Sob um milhão de estrelas

CHRIS MELO

Sob um milhão de estrelas

FÁBRICA 231

Copyright © 2017 *by* Chris Melo

FÁBRICA231
O selo de entretenimento da Editora Rocco Ltda.

Direitos desta edição reservados à
EDITORA ROCCO LTDA.
Av. Presidente Wilson, 231 – 8º andar
20030-021 – Rio de Janeiro, RJ
Tel.: (21) 3525-2000 – Fax: (21) 3525-2001
rocco@rocco.com.br
www.rocco.com.br

Printed in Brazil/Impresso no Brasil

CIP-Brasil. Catalogação na fonte.
Sindicato Nacional dos Editores de Livros, RJ.

M485s	Melo, Chris
	Sob um milhão de estrelas / Chris Melo. – 1ª ed. – Rio de Janeiro: Fábrica231, 2017.
	ISBN 978-85-68432-89-1 (brochura)
	ISBN 978-85-68432-91-4 (e-book)
	1. Romance brasileiro. I. Título.
16-36072	CDD-869.3
	CDU-821.134.3(81)-3

Agradeço ao meu amigo Leonardo Barros, médico e escritor, por toda a disponibilidade e interesse em me ajudar. Obrigada pelas aulas de "medicinês", sua contribuição foi essencial para Alma ser ainda mais real.

Ao Cristiano. Por me dar tantos recomeços.

Às minhas queridas filhas.
Para que jamais se esqueçam
de que recomeçar é parte
de todos os caminhos.

"*Não me lembro mais qual foi nosso começo.*
Sei que não começamos pelo começo.
Já era amor antes de ser."

(Clarice Lispector)

"*Não sei que caminhos eu fiz, com que pernas eu vim*
Nem sei como se diz, mas digo mesmo assim
Te quero pra mim
Eu vim pra te buscar e te fazer feliz."

(Pedro Mariano)

1
Quem é que pode parar os caminhos?

Mário Quintana, in Apontamentos de história sobrenatural.

É domingo e eu acabo de chegar à pequena e empoeirada cidade que sempre foi sinônimo de tabu nas conversas lá de casa. O comércio está fechado e as badaladas do sino dão um ar cansado e preguiçoso ao vilarejo que, na verdade, nem é tão pequeno, mas para mim, que passei toda a vida em uma metrópole, parece um daqueles vales encantados que ilustram livros de histórias infantis. É verão, mas ainda há uma brisa fresca rondando entre meus cabelos e minha mochila. Tiro o endereço do bolso e confiro o número. Meu destino está a poucas portas dali e tenho vontade de me sentar na calçada para retardar a descoberta. Ainda não estou certa sobre mergulhar no passado. Talvez estar no lugar que minha mãe fez questão de fingir que esqueceu pode não ser uma boa ideia. Contudo, eu não tenho para onde ir. Meu presente é tão nebuloso que me faz ter vontade de correr para trás. Sim. Esse é um bom momento para pensar em um inventário, uma herança e coisas passadas. É melhor olhar para trás do que ter que olhar para frente.

Alcanço meu destino e me surpreendo. A casa ainda tem flores no parapeito da janela e o azul da porta e das janelas parece recém-pintado de tão reluzente. Imagine uma casinha daquelas que não têm garagem, somente uma vitrine coberta por uma cortina fina e uma porta de folha simples ao lado. Coloco as mãos em forma de concha sobre o vidro e consigo ver o que parece ser um antigo ateliê ou uma loja de móveis antigos. Tiro a chave do bolso da mochila e hesito. Parece errado invadir uma casa que nunca visitei e que agora, pelo que dizem, é minha. Crio coragem e entro. Há uma porta à esquerda que dá acesso ao ateliê que vi pelo lado de fora, mas meu cansaço e calor me empurram escada acima em busca de um chuveiro e abrigo.

A sala e a cozinha americana começam assim que a escada termina e tudo tem cara de casa de vó ou pelo menos a imagem que eu criei fantasiosamente do que deve ser uma avó, já que nunca convivi com uma. Os móveis são clássicos e o sofá amarelo contrasta com os inúmeros enfeites da parede. Há tantas cores espalhadas... Duvido que exista paleta de cores semelhante nas revistas de decoração. Ainda assim, combina, mesmo parecendo uma escolha errada, cada objeto, cor e disposição das coisas combinam entre si e dão certo.

Tiro a mochila das costas e tenho vontade de pedir licença. Acabo entrando e maculando o ambiente com minhas botas sujas de terra e meu cheiro de viajante. Vou à procura de um banheiro, mas encontro um quarto. Continuo a procura, mas as outras portas guardam um escritório minúsculo e um lavabo. Volto ao quarto e encontro um banheiro completo, escondido próximo ao guarda-roupa. Passo os olhos e me espanto com cada detalhe, tem até uma pequena banheira.

Vou tomar banho no chuveiro da vovó, penso.

Pela primeira vez, imagino que gostaria de ter sido recebida por ela e ter sido convidada a estar aqui enquanto minha anfitriã vivia por estas paredes e mantas coloridas. Ao invés disso, invado uma parte da história que eu já não almejava mais conhecer. Caso eu não estivesse prestes a me afogar nos últimos acontecimentos da minha vida, não teria vindo.

Apoio a mochila no chão e decido que qualquer coisa é melhor do que estar no meu apartamento, pelo menos essa casa está cheia de lembranças que não são minhas.

Depois do banho, olho em volta e fico sem saber o que fazer. Lembro-me do ateliê e desço as escadas. A porta range quando eu a forço e de lá de dentro sai um cheiro de alfazema e pó. Ando pelo ambiente e me dou conta de que se trata de um antiquário. Há alguns objetos de arte, tecnologia ultrapassada, chapéus, fotografias, móveis, louças e espelhos. Na parede, alguns recortes de jornais emoldurados servem de decoração.

"Samanta Cunha é destaque na feira de artesanatos."
"Membros do comitê de caridade realizam o maior evento beneficente da região."
"Senhoras arrecadam dinheiro para a paróquia com a barraca de doces na festa do vinho."

Algumas matérias têm fotos e não demoro a saber quem é a minha avó. Não por reconhecê-la, e sim por ver a mesma senhora em destaque em todas as fotografias. Sempre com um sorriso do tamanho do rosto, postura ereta e olhos tristes.

Percorro a loja e abro o armário dos fundos. Há um arquivo, duas caixas repletas de quinquilharia e uma caixa redonda amarrada com uma fita cor-de-rosa. Olho os pequenos objetos, alguns deles não fazem sentido para mim. Mexo nos papéis e percebo que está tudo muito organizado: contas, fornecedores, recebimentos. Tudo arquivado em ordem cronológica. Meus olhos se voltam novamente para a caixa com cara de presente. Será que é alguma encomenda? Fico na ponta dos pés para alcançá-la e, quando a puxo, um envelope cai no chão. Apoio a caixa na mesa e me agacho para pegá-lo. Para minha surpresa, no envelope estava escrito *Alma*. Sinto um frio no estômago e olho para os lados instintivamente. Poderia não ser para mim, talvez fosse uma cliente. É provável que não seja, mas como o envelope não está lacrado, resolvo abri-lo. Não faria mal ler, mesmo que não fosse para mim.

> *Querida Alma,*
>
> *Aqui está o presente que eu deveria ter dado a sua mãe para que ela pudesse ter o direito de dá-lo a você, mas nem sempre as coisas são como prevemos ou como gostaríamos.*
>
> *Provavelmente não estarei aqui para lhe dar as boas-vindas, mas quero que se sinta em casa e que faça tudo como bem entender. Gostaria que passasse um tempo por aqui, que conhecesse suas origens e que, talvez, apreciasse o local onde sua vida começou. Contudo, se não lhe parecer uma boa ideia, deixei tudo organizado para que você possa vender tudo sem maiores problemas.*
>
> *Sei que não convivemos e que normalmente o amor nasce na presença, mas ser avó ultrapassa esses pormenores, eu te amei no instante em que sua mãe apareceu chorosa em minha porta e me informou da sua existência, e foi assim sempre. Dentro de mim sempre foi.*
>
> *Sei que corro o risco de você me odiar, mas eu não queria machucá-los, tentei cuidar de todos da melhor maneira possível. Infelizmente não funcionou e acabei perdendo os três: seu pai, sua mãe e você.*
>
> *Espero que me perdoe e saiba que minha vida sem vocês foi a maior penitência que eu poderia pagar.*
>
> *Seja feliz o máximo que puder, minha neta.*
>
> *Com afeto,*
> *Samanta.*

> *Obs. Pedi para o Carlos Eduardo arrumar um jeito de manter a casa agradável e os armários abastecidos aguardando sua chegada. Espero que esteja bem instalada.*

Derrubo o braço sobre a perna e olho a carta de longe. Quantas informações estranhas: ela sabia que eu vinha, então por que não deixou a caixa lá em cima, em um lugar visível? Ela imaginou que eu fuçaria nas coisas dela assim que chegasse? Coloco a carta de volta no envelope e não consigo evitar pensar no pedido de perdão. O que será que ela fez? O fato de minha mãe nunca tocar no assunto e ignorar minhas perguntas me deixa sem pistas. No começo, tentei insistir, mas depois me dei conta de que ela sempre se entristecia ao lembrar. Assim, parei de questionar e passei a considerar a minha história a partir do dia em que nasci na capital de São Paulo. A única coisa óbvia é que minha mãe fugiu ainda grávida do interior para lá, antes disso é um imenso mistério.

Desamarro o laço da caixa e retiro a tampa com cuidado. Retiro o embrulho de papel de seda florido e me deparo com o que parece ser um vestido de noiva. Que ironia! Vovó me deixa um único presente em toda a vida e ele não poderia ser pior. Estico o tecido leve em frente ao corpo e me olho no espelho. Talvez o Fernando gostasse desse modelo, ele sempre teve uma queda por coisas com aparência romântica e tradicional. Não é bom pensar nisso, não vim aqui para pensar em ex-namorados e muito menos em vestidos de noiva.

Faço um bolo desajeitado com os metros de seda e renda e o enfio de volta na caixa. A barra fica para fora e noto que há alguma coisa escrita nela. Puxo o tecido e, conforme o estico, leio: *Helena Arrais, Carmem Muriel, Silvia Diniz, Ana Abreu e Clara Abreu.*

Amigas solteiras, penso. Não sabia que essa tradição era tão antiga.

Passo o dedo sobre os nomes. *Abreu* como minha mãe, como eu.

Deixo a caixa sobre uma das mesas, mas fico com a carta. Subo e vejo que a geladeira e os armários estão abastecidos. Quem seria esse Carlos Eduardo? Algum empregado? Amante? Sacudo a cabeça para espantar essa ideia. Ligo a TV e mordo um chocolate, sem prestar atenção no programa de entrevista que está passando. Minha cabeça não consegue se dar conta, mas, de alguma maneira, uma parte de mim diz que algo muito importante está começando. Eu só não sei o quê.

2

Antes, todos os caminhos iam.
Agora todos os caminhos vêm.

Mário Quintana, Envelhecer, in Poesia Completa.

Morar no interior exige certos planejamentos que, para um cara que estava acostumado a pedir pizza às duas da manhã, não é algo fácil de se habituar. Por isso, não é raro eu me pegar vasculhando os armários de madrugada em busca de algo que nunca tem. E pensar que eu fiz compras para a casa da Senhora Samanta hoje à tarde... Talvez eu deva ir até lá buscar alguma coisa, pois é bem provável que aquela neta dela nunca apareça. Até quando devo deixar os armários abastecidos? E se ela nunca vier? Onde eu estava com a cabeça ao prometer que cuidaria de tudo? Culpa de sua hospitalidade e minhas carências. Culpa do jeito estraçalhado com que cheguei aqui, quase implorando para alguém me adotar. Patético. Ainda penso em como fui covarde fugindo para cá. Depois do furacão Elisa devastando minha vida, não pensei duas vezes ao receber o convite da Universidade Federal instalada próxima daqui. No outro dia, já estava de malas prontas. Não contente, vendi o meu apartamento e, com o dinheiro, comprei um bar aqui. Ideia brilhante! Um ato libertador e rebelde. Agora passo as manhãs trabalhando com pesquisas literárias e as noites escutando estudantes bêbados cantando canções de amor. Grande vida a minha. Grande recomeço esse que eu fui encontrar.

A noite está quente e a maior parte dos habitantes foi para o lago, por isso fechei o bar mais cedo. Não costumo ficar sozinho. Antes, sempre passava na casa da Senhora Abreu para conversar. Ela sempre foi falante, mas seus assuntos ficaram mais tristes e pesados nos últimos tempos. Sempre direcionados ao passado, especialmente ao filho e à neta. Uma história sem pé nem cabeça, difícil de entender. Talvez ela precisasse desabafar para conseguir morrer em paz, e eu emprestava meus ociosos ouvidos e mente cansada para ajudar a nós dois: enquanto ela contava suas histórias, eu não precisava pensar na minha.

Com isso, acabei tendo a Senhora Abreu como principal companhia nos últimos tempos. Ando sem paciência para me envolver com as pessoas. A cidade é povoada por famílias tradicionais e estudantes, o que limita muito minhas opções de convivência. Fiz poucas amizades, a maioria no bar e na Universidade, o que rendeu alguns churrascos e pescarias. O auge do modelo pré-moldado interiorano.

Amorosamente, no entanto, qualquer tipo de aproximação é um pouco mais arriscado. É quase perigoso se envolver com as mulheres disponíveis daqui. Eu acabaria noivo em três meses e seria, provavelmente, com uma garota de vinte anos. Talvez isso pareça tentador sob o aspecto físico, mas eu gosto de mulheres inteligentes, espirituosas e maduras. Sei que não teria paciência para um relacionamento com uma das estudantes e casos esporádicos estavam fora de questão.

A verdade é que eu não quero encrenca de nenhum tipo e também ainda não esqueci Elisa. Não totalmente, pelo menos. Mesmo sabendo que ela ainda está com ele e que os dois estão muito bem juntos, uma parte de mim ainda a imagina voltando cheia de dor e remorso. É um pensamento doentio que eu repilo, mas que existe mesmo assim.

Já é noite alta, mas o calor não dá trégua. Abro a janela na esperança de encontrar alguma brisa fresca, mas a única coisa que encontro é um golpe de ar quente. Olho em direção ao antiquário e vejo luz. A janela está aberta e posso ver uma sombra cruzar o lado de dentro. *Alma Abreu* enfim chegou. Espero que não tenha vindo em busca só de sua herança e que trate bem as memórias de sua avó, mesmo sabendo que ela não tem a menor obrigação de fazer isso. Não se pode obrigar alguém a amar outra pessoa pelo grau de parentesco, mas Samanta a amava, mesmo sem nunca tê-la visto. Como é possível?

Olho para o relógio, fico com vontade de ir até lá, mas o horário não permite. Não seria educado bater na porta e me apresentar a uma hora dessas, mesmo sabendo que a pessoa está acordada e perambulando pela casa vestida em uma regata e de calcinha. Pois é, ela acabou de aparecer na janela e puxar a cortina.

Eu não precisava dessa imagem, não mesmo. Foram dez segundos ou menos, mas eu pude ver sua silhueta nitidamente e seria melhor não ter visto, pois inevitavelmente meus sentidos despertaram e agora não consigo tirar os olhos de sua janela esperando vê-la novamente.

Passo um tempo paralisado e volto a me sentir ridículo. Ah, Cadu! Qual é o tamanho da sua solidão, meu caro? Não pode ver a sombra de uma mulher que já se sente inseguro. Talvez eu esteja cansado de ser sozinho. Já passei dos trinta e, nos meus planos, já era hora de ter uma família ou pelo menos estar dividindo a vida com alguém. Estive tão próximo disso e agora estou de volta à estaca zero. Quer dizer, pensei que estivesse próximo, mas hoje sei que nunca estive tão longe. Não havia espaço para mim na vida dela e não posso negar que algo me avisava.

Era como se um alarme soasse a cada vez que eu acordava no meio da noite e não a encontrava na cama. Toda vez que a via com o olhar perdido em um ponto qualquer ou quando ela trocava o canal da televisão bruscamente. Estavam ali todos os sinais e eu preferi ignorar, preferi fingir que não via. Assim, eu não precisaria ter alguma reação. Não precisaria perdê-la.

O anel foi o último golpe, a tentativa final. Eu sabia que estava perdendo terreno, sabia que algo estava diferente e ela ainda mais distante. Não pensei em nada além de que eu a queria. Criei uma obsessão por tê-la desde que a vi sozinha cruzando o jardim do prédio no dia da minha mudança. Cheguei a segurar o elevador para esperá-la.

Não me esqueço do jeito que os cabelos dela sempre estavam por cima de um de seus olhos verdes, do cheiro de banho que tinha e de como seu sorriso triste me atraía. Eu a queria para mim de qualquer maneira e isso me fez perder o juízo. Encenei todo tipo de teatro para conseguir me aproximar, praticamente me instalei na vida dela e, para resumir, acabei expulso da pior maneira: por outro cara. Um com mais dinheiro, mais beleza e famoso, ainda por cima. Tenha dó! E com direito a foto da traição em todos os jornais. Difícil de engolir...

Por essas e outras é que ficar sozinho, enterrado em uma cidade que caberia no meu antigo bairro, tem sido melhor, ou pelo menos mais calmo. Ok, não nego que sou um dos bonzinhos, um dos que querem ter uma garota para poder chamar de sua, mas ando tentando reprimir isso e ser menos romântico. Morar aqui tem me ajudado a cumprir minha missão de celibatário e não é uma turista que vai mudar isso. Não apenas por eu tê-la visto quase nua sob a luz do poste e ter testemunhado as suas curvas como uma confissão noturna. Não por ter sido o melhor cartão de visitas que alguém tenha me dado.

3
Os espelhos partidos têm muito mais luas.

Mário Quintana, in Caderno H.

Batidas na porta soam ao longe. Tento abrir meus olhos cansados, mas não consigo. Batem novamente e eu coloco a mão sobre a testa. Sento no sofá e olho em volta, tentando me lembrar de onde estou. Levanto, me enfio no jeans e desço correndo. Antes de abrir, esfrego as mãos no rosto e tento me recompor. Abro uma fresta e encontro do outro lado da porta uma moça sorridente com um pacote nas mãos.

– Bom dia. Seja bem-vinda.

Não consigo dizer nada. "Quem é você?" seria rude demais. Ela tira uma das mãos de baixo do pacote e a estende, feliz.

– Meu nome é Cláudia.

– Alma... – murmuro desajeitada.

– Desculpe aparecer sem avisar, mas fiquei empolgada ao saber que você tinha chegado. Muitos achavam que você mandaria um representante e não colocaria nunca os pés aqui. Eu não! Sempre tive esperança de que você viesse e que, enfim, pudéssemos ter a irmandade completa. Não que seja uma irmandade de verdade, mas é que sempre foram duas representantes dos Abreu, e com a partida da sua avó tudo mudou... – Ela puxa o ar para respirar e, antes de voltar a dizer alguma coisa, arregalo bem os olhos para ela notar que não estou acompanhando o raciocínio. – Desculpe, eu sou uma tagarela.

– É que eu não entenderia o que você está dizendo em condições normais, sobretudo antes do café.

– Claro! Olha, isso é pra você, espero que goste.

Ela praticamente joga o embrulho nos meus braços e abre a bolsa à procura de alguma coisa.

– Aqui está. Esse é o endereço do bar em que faremos a despedida de solteira da Lúcia. Sim, eu sei, uma despedida de solteira em plena segunda-feira não parece adequada, mas é o único dia que o Cadu normalmente não abre o bar, e por isso conseguimos convencê-lo a nos receber. E, sinceramente, a maioria de nós não trabalha... Então, quem estamos querendo enganar?

É, realmente você é uma tagarela, penso segurando o riso.

– Faz o seguinte: aparece lá pelas oito e eu tento te explicar ou a Raquel te explica, ela é menos prolixa e menos ansiosa também. Enfim... Até lá? – ela pergunta esperançosa.

– Acho que sim – digo olhando para o papel.

– Bom, ótimo, excelente. Aproveite o bolo, é minha especialidade.

– Obrigada.

Ela sorri e é impossível não gostar.

– Por nada. Até mais tarde.

Aceno um adeus e fecho a porta. Levanto o pano que cobre o embrulho e aspiro o cheiro. É estranho. Lembra aveia misturada com algo indescritível. Subo, apoio o bolo no balcão e tiro um pedaço. Provo e, depois de mastigar duas vezes, constato que é aveia misturada com algo indescritivelmente ruim. Essa é a especialidade?

Pego um copo de suco e me debruço na janela. É como estar de férias, tudo é tão parado, quieto e ensolarado. Meu nariz, mal-acostumado, estranha a terra espalhada pelo ar. Penso em Fernando. Será que algum dia eu não vou ficar imaginando o que ele diria em resposta aos meus pensamentos? É como estar de férias, mas com uma bagagem do tamanho de um contêiner.

Lavo o rosto, escovo os dentes e sacudo os cabelos com as mãos. Olho a minha mochila e percebo que minhas opções de roupas são escassas. Decido sair do jeito que estou. A reunião com os advogados seria no dia seguinte e eu não ficaria enterrada naquela casa. Decido aproveitar o dia e conhecer a cidade.

Confesso que não gosto de andar. Não faço exercícios desde que tinha quinze anos e abandonei as aulas de natação. Culpa da minha escolha para profissão, ser médica não é fácil. Desde o momento em que você decide que quer isso da vida, as coisas mudam. Você passa a estudar mais e a sair menos do que todos os outros. A única coisa que a faculdade de medicina te permite fazer mais do que qualquer outra, além de estudar, é sexo e bebedeiras.

Não sei qual é a origem disso, acho que a culpa é dos quartos de descanso nos hospitais e dos nossos horários atrapalhados. Talvez seja pela falta de romantismo dos seres da ciência ou pela dureza que se forma em quem vê ser humano como órgão, doença e diagnóstico. Espero que não. Espero que seja pelo cansaço e falta de vida social.

De qualquer maneira, nos últimos meses, nem sexo tenho feito e deve ser por isso que já me sinto cansada antes de chegar ao fim da rua. O calor também não ajuda e, por isso, penso em desistir do passeio. Mudo de planos ao me deparar com uma placa escrita *lago*. Seria bom, principalmente porque a placa indica que está a um quilômetro.

Certo, Alma, você já foi capaz de encarar trinta e duas horas de plantão sem nem cochilar, então pode fazer isso.

Ando pela trilha, me escondendo na sombra produzida pelas copas das árvores. O calor diminui, o ar fica agradável e eu caminho devagar apreciando o céu azul. Penso em meus pais andando por esses caminhos enquanto se apaixonavam. Bem mais poético e romântico do que os caminhos que eu e Fernando percorremos, mas duvido que tenha sido um amor ou admiração maior do que tudo o que nós sentíamos.

Chego ao lago e a vista é de tirar o fôlego. Ele é cercado de verde. Apenas pequenos raios de sol conseguem alcançar suas águas. Tiro as botas e dobro a barra da calça.

Vou até a margem e mergulho os pés. A água é fria, mas me agrada. Um passarinho voa baixo e seu canto parece um trovão quebrando o silêncio. É tudo tão quieto que eu gostaria de ter no que pensar ou ter algum problema que pudesse resolver, mas minha cabeça está vazia. Meu coração está vazio e eu sou um monte de nada.

Esfrego os pés nas pedras e é como descobrir algo novo. Já vi outros lagos e não é a primeira vez que visito o interior, mas nunca sozinha, e talvez por isso eu não tenha prestado atenção em como as pedras deslizam sob meus pés e como a temperatura da água arrepia minha perna.

Um barulho chama a minha atenção e quando me viro, vejo um homem alto, de pele bronzeada e cabelos encaracolados. Ele está sério, mas parece querer sorrir.

– Desculpe atrapalhar. Não sabia que teria alguém aqui.

– Sem problemas – digo, ainda olhando para os meus pés.

Começo a sair da água e ele estende a mão em minha direção. Será que é sempre assim? Todo mundo age com intimidade nesse raio de lugar?

– Olá, Alma – ele diz, olhando firme nos meus olhos.

– Nós nos conhecemos? – respondo com estranheza, aceitando sua mão estendida.

– Não, mas eu te conheço, pelo menos por nome. Eu sou o Carlos Eduardo.

– Ah! Sim... Obrigada por cuidar da casa.

– Sua vó me fez prometer. Então... – Ele sorri olhando para baixo.

– Ela era mandona? – Tento brincar.

– Persuasiva – responde e pisca pra mim.

– Entendo. Bem, já vou indo. Não quero atrapalhar o seu almoço – digo apontando para o pacote em suas mãos.

– Não atrapalha.

Parece um convite.

– Obrigada, mas acho melhor ir embora.

– Certo. Até mais.

– Até.

Eu já estava saindo quando ele voltou a chamar minha atenção.

– Alma, aparece lá no bar hoje. Fica na avenida principal. É noite das garotas.

– Seu bar é a única coisa que essa cidade tem, não é?

– Além do lago, claro.

– Imaginei. Faz menos de vinte e quatro horas que cheguei e é o segundo convite que recebo para ir até lá.

– É porque no lago não tem jukebox. Certeza.

Acabo rindo.

– Sobre o outro convite... Cláudia já te achou? – ele continua.

– Antes do café.

Ele gargalha tão naturalmente que é impossível não se sentir confortável dentro do momento.

– Ela fala muito e é invasiva, mas é uma boa pessoa – ele ameniza.

– Pareceu que sim.
– Só não coma nada do que ela cozinhar. Sério! É um risco.
– Anotado.
A gente se olha como se já fôssemos amigos.
– Bem-vinda, Alma. De verdade.
– Obrigada, Carlos Eduardo.
– Cadu, por favor. Até mais tarde? – Mais uma vez a pergunta esperançosa.
– Quem sabe, Cadu.
Saio balançando os quadris mais do que deveria. Penso em Fernando me dizendo que sou capaz de seduzir um repolho sem perceber. Seu exagero sempre me fez rir, e seu ciúme também. Ele nunca precisou se preocupar, eu até poderia seduzir qualquer um como ele dizia, mas eu não percebia justamente por ter olhos somente pra ele. No entanto, ele não está aqui e os meus olhos andam errantes sem sua presença.

Volto para casa me arrastando. O calor e a noite curta de sono estão pesando sobre meus olhos. Corro para o chuveiro e depois me jogo no sofá. Olho em volta e vejo os detalhes da casa: o tapete cor de uva em frente ao sofá amarelo, os enfeites coloridos espalhados pela pequena estante e as cortinas azul-turquesa, que deixam o conjunto aconchegante. Acho graça ao imaginar que talvez eu tivesse escolhido as mesmas peças e as mesmas cores se eu pudesse ter vivido naquela cidade, em uma vida imaginária.

Na realidade, o meu apartamento não tem cor, mal há móveis lá. Dá pra contar as horas que gasto ali dentro, a maioria dormindo ou entediada.

Construí a minha rotina correndo de um lado para o outro, fugindo para a casa do Fernando ou de minha mãe nas horas livres, nunca me preocupei em colocar um quadro na parede ou um vaso com flores em cima da mesa justamente por achar que essas coisas não combinam com o meu estilo. Eu salvo vidas e isso parece não dar espaço para mais nada. Quero dizer, salvava. Colocar essa palavra no tempo passado me traz uma nova rotina repleta de espaço, tempo e mais cores do que eu consigo processar.

Minhas pálpebras pesam e eu tento focar o olhar na cristaleira e enxergar algo que me parece familiar. Contudo, meu pensamento se perde entre o pó da estrada, o calor do céu e o bem-estar da sombra deitada no sofá.

Antes de finalmente adormecer, lembro-me da despedida de solteira de alguém, que acontecerá mais tarde no bar de Cadu. Talvez eu vá... Se conseguir acordar e arranjar um sorriso para vestir.

4
O que eles chamam de nossos defeitos é o que nós temos de diferente deles.

Mário Quintana, in Caderno H.

Olho o pacote do meu lanche e quase desisto de comer ali. Alma é bem mais simples do que eu imaginava, estava sem maquiagem nenhuma e foi embora com os pés descalços. Seus cabelos são curtos e tudo nela parece não exigir muitos cuidados. Sempre quando olho para uma mulher penso no trabalho que deve ser sair de casa. Elisa sempre estava arrumada. Apesar de não ter paciência para rituais de beleza, os cumpria mesmo assim. Não me lembro de Elisa sem batom ou brincos, ela ainda é a mulher mais incrível que conheci... Alma estava nua de apetrechos, mas estava bonita mesmo assim.

Sento em uma pedra, mordo o sanduíche e meu pensamento salta para o que devo fazer nas próximas horas: abastecer o freezer, conferir o estoque, supervisionar a limpeza. Noite das garotas... Eu mereço! Hoje era dia de ver algum filme antigo, tomar vinho e ficar quieto na minha casa, mas elas chegaram em grupo, me cercaram e não pararam de falar até eu concordar.

Gosto das meninas. São pessoas honestas, amigas, embora ligeiramente alienadas, falantes e um pouquinho fúteis. Não gosto é de ter que trabalhar às segundas-feiras e de ter que aturar a Patrícia. Ela aparece de vez em nunca, mas quando vem, está sempre cheia de olhares e indiretas. Ela não faltaria a um evento tão importante do clã, irmandade, ou seja lá como chamam aquele grupo de mulheres de cabelo escovado e cheiro de perfume importado.

✵ ✵ ✵

As próximas horas se apressam a passar. Fui o único que aceitou perder a folga de hoje e por isso tenho que cuidar de tudo sozinho. Felizmente a faxina acontece às segundas-feiras e pelo menos desse serviço eu me livrei. Deixo tudo adiantado, vou para casa, tomo um banho e fico apresentável.

Já é perto das oito quando Cláudia chega cheia de pacotes e barulho, mas o céu ainda não está escuro totalmente. A noite tem uma cor azulada e misteriosa, o clima está brando, por sorte o calorão cedeu espaço para uma brisa agradável. Talvez não fosse totalmente perdido ficar ali, quem sabe ainda tivesse um pouquinho de diversão em servir *apple martinis* e ouvir risos de mulher. Essa sensação otimista me invade e, de repente, me animo.

Ajudo a mais falante do clã a espalhar suas coisas cor-de-rosa pela mesa sem prestar atenção no seu falatório. Ela me ajuda a preparar os primeiros drinks e a selecionar as músicas. Quando Raquel e Lúcia chegam, tudo está praticamente pronto.

Testemunho os abraços e festejos entre as amigas. Depois, todas se sentam e começam a fazer o que a maior parte das mulheres mais sabe: falar. E, essas aqui, como falam! Eu até gosto, mas é inevitável pensar no silêncio de Elisa, ela sempre soube dosar momentos de oratória ardente e convicta com horas de quietude e calmaria.

Sacudo de leve a cabeça tentando deixar de ser idiota e afastar as memórias. Ela está vivendo um conto de fadas enquanto limpo o balcão. Bola pra frente! Hora de parar com essas correlações abobalhadas que minha cabeça insiste em fazer.

Sou arrancado do meu autoflagelo ao vê-la cruzar a porta. Alma é recebida por uma Cláudia ainda mais animada do que o normal – se é que é possível. Ela a puxa para a mesa ao encontro das outras.

Alma está desconfortável, mas se esforça em ser agradável. Vejo que tenta sorrir, recusa com gentileza o copo que Lúcia lhe estende e se senta afastando os balões que disputam o espaço com ela. Sei exatamente o que fazer: pego sal, corto limão e sirvo uma dose.

– Meninas da cidade preferem tequila – digo, enquanto a sirvo.

– Você tem toda razão, mas a garota da cidade não bebe – ela responde e sorri de verdade.

– Bola fora – lamento.

– Imagine. Eu aceitaria há algum tempo, mas decidi adotar um estilo mais saudável.

– O que será, então?

– Água.

Franzo a testa.

– Com gás, hoje é dia de festa – ela emenda.

– Ok, água com gás, então.

Volto ao balcão e jogo a tequila na pia. Busco a água e depois que a sirvo volto ao meu local de observação.

– Logo Patrícia chegará e estaremos todas reunidas pela primeira vez. Não é empolgante? Quer dizer, não totalmente, pois não temos mais um representante da família Cunha, já que Samanta teve um filho menino – exclama Cláudia em uma excitação infantil tão alta que consigo ouvir.

Alma a olha como um latino tentando decifrar o que diz um árabe, e parece meio alheia, mesmo sua vó e pai sendo citados. O forno apita e eu retiro as batatas ao murro que já estão prontas para serem servidas. Não sou cozinheiro, mas sempre invento alguns petiscos para ter no cardápio e me encarreguei de fazer alguns hoje.

Enquanto sirvo um prato após o outro, os assuntos mudam: começou com a famosa explicação do clã das amigas que mantém até hoje a amizade iniciada por suas tataravós. Depois, foi um desfile de fotos sendo retiradas de suas carteiras para mostrar os maridos, noivos etc. Alma se mantém calada, escutando com interesse e gentileza. Contudo, quando o assunto vai para o lado de filhos e bebês, ela pede licença e se levanta. Parece precisar respirar um pouco de ar que não cheire a maquiagem. Ela se apoia no balcão e sorri com timidez.

– Cansou da tagarelice?

– Não, pelo contrário, até que estou me divertindo.

– Que bom! Está bonita.

– Ah! Qual é? Eu trouxe três trocas de roupa e em nenhuma delas estava escrito "despedida de solteira com desconhecidas".

– Não importa, lhe caiu bem mesmo assim.

– Você é sempre legal? Do tipo que abre o bar para as amigas, cuida de uma casa a pedido de uma velhinha e tenta fingir não perceber que uma desconhecida está se sentindo totalmente deslocada?

– É. Ele é sempre legal, mas eu vi primeiro, *prima* – interferiu a moça loira, alta, bonita, sorridente e... Levemente irritante.

– Patrícia? – Alma arrisca.

– Claro! E você deve ser a Alma.

– Sim. Prazer em conhecer a outra Abreu.

– Vejo que as meninas já lhe encheram com aquele mundo de babaquice.

– Já, prima. – Alma sorri e parece não duvidar do grau de parentesco.

– Olha aqui, Cadu, tire os olhos dela, certo? Não fira meu coração. – Ela solta um beijinho no ar, pisca para mim e sai ao encontro das garotas.

– Ela é impossível – entrego.

– Estou vendo.

Alma ri do meu embaraço, enquanto balanço a cabeça ligeiramente envergonhado.

– E aí, Cadu, do que os homens da cidade gostam? De mulheres diretas não é, pelo visto.

– Como sabe que eu não sou daqui?

– Não tenho certeza. É um palpite.

– Está bem instalada? Precisa de alguma coisa? – desconverso.

– Estou, sim. Obrigada... – ela responde distraída.

Sirvo mais uma água, dessa vez com uma rodela de limão para parecer mais interessante.

– Me acompanha? – convida.

– Água?

– Com o que preferir.

– Estou trabalhando.

– Que isso? Hoje é noite das garotas, não é trabalho.

– Tudo bem, uma só.

– Claro...

Sirvo uma taça de vinho e não preciso dizer que foi muito mais do que uma dose. Alma acaba me levando para a mesa das meninas, na qual pudemos testemunhar aquela amizade sustentada por uma tradição que não entendo muito bem, mas que tem lá seu charme e sua beleza.

Passamos metade da noite bebendo, rindo e conversando bobagens. Acabo descobrindo como somos capazes de falar sobre nós sem dizer a parte importante. Não menciono Elisa ou os milhares de planos desfeitos. Muito menos a humilhação que ainda sinto meses depois, ou pior, a falta que sinto dela.

Depois que o grupo se despede, Alma e eu permanecemos parados em volta da mesa bagunçada como se tivéssemos dificuldades para seguir adiante. Nós dois, sabe-se lá o motivo, permanecemos olhando para os balões até arrumarmos um jeito de esticar a conversa, adiar a vida.

Falamos sobre política, livros e filmes. Colocamos músicas no jukebox – o que não tem no lago –, ela me ajudou a recolher os copos e a trancar as portas.

Seguimos em silêncio, andando em linha reta e respeitando uma distância de três palmos entre nós até chegarmos às nossas casas. Ao nos despedirmos, ela ri ao me ver um pouco atrapalhado.

– Você é um fraco, Carlos Eduardo – debocha.

– Acho que nunca bebi tanto vinho com alguém bebendo água. Não é muito justo... – reflito meio tonto.

– Tenha uma boa noite.

– Consegue atravessar a rua e chegar em segurança depois de tanta água com limão?

– Claro que sim.

Ela atravessa a rua com os braços esticados como se estivesse andando em uma corda bamba e, ao chegar à calçada, faz o número quatro com as pernas.

– Não é justo! – grito.

Ela levanta os ombros, faz uma careta e entra.

Fico parado na calçada por alguns instantes, esperando a luz escapar de sua janela. Foi uma noite bacana, divertida.

Entro e me jogo no sofá. Olho em volta e me pergunto a razão de ter me enterrado em tanta solidão. Eu poderia ter voltado ao Rio de Janeiro, para a minha família. Poderia ter ficado em São Paulo e enfrentado. Mas fugir, às vezes, é o que se sabe fazer.

Olho para a janela e vejo a luz trepidante e azulada atravessando a cortina de minha nova vizinha. O que será que diz a televisão ligada de Alma? Será que ela assiste a algo interessante, apenas olha desatenta para a tela à espera de o sono vir ou simplesmente a ligou para inibir o barulho que toda solidão tem?

5
[...] levo metade do dia a procurar o que se extraviou na véspera.

Mário Quintana, in A vaca e o hipogrifo.

Deitada na cama, olhando as cortinas balançarem ao sabor do vento fresco da manhã, tenho preguiça de amanhecer. Penso nas horas anteriores e meu lábio se move em direção à alegria. Sim, eu me senti deslocada a maior parte do tempo e não, não foi tão ruim como eu previ. Estranho admitir como gostei daquelas horas de conversa desinteressante e intimidade constrangedora.

As garotas são legais e me acolheram como parte do grupo. Foi comum, como se eu tivesse reencontrando parentes que me viram quando criança. Uma sensação de não conhecer o outro, mas sentir no peito uma forte exigência para gostar, apreciar, ser parte. Foi semelhante a encontrar algo após um longo período de procura, por mais incoerente que isso pareça.

E teve o Cadu... A pessoa do nome Carlos Eduardo desenhado no bilhete de minha avó. A figura cheia de sorrisos tímidos, gentileza e vinho. O Adão perdido na nuvem de progesterona que exalava perfume de Martinis, risadas e batons.

Ele é bem-humorado, paciente e bonito. Preciso parar de dizer isso mentalmente. Jurei que não voltaria a mencionar essa constatação porque, segundo uma teoria minha, quanto mais você repete que alguém é bonito, mais bonita essa pessoa te parece e, sinceramente, não posso fazer do Cadu algo tão lindo a ponto de querer pra mim. Partirei em alguns dias e, ainda que não fosse, é cedo para isso. Permaneço enroscada no Fernando, mesmo sabendo que nosso envolvimento passou do amor ao ódio e à culpa. Ódio dele. Culpa minha. Cruzamos a tal da linha tênue que divide os sentimentos. Ela é realmente fina. Muito. Infelizmente. Um tropeço e você cai do outro lado sem ao menos perceber.

Suspiro fundo e rolo na cama. O que eu vou fazer? Passo os dedos contornando a estampa floral do lençol e não tenho resposta. Eu não sei o que faço com a herança da vovó, não sei o que faço com meu emprego e muito menos com a minha situação com Fernando.

O telefone toca e eu me sobressalto. Por um instante, duvido que esteja escutando o toque estridente e extremamente antigo se repetindo, mas ele insiste e eu me levanto para atender.

– Alô? – pergunto sonolenta.

– Oi, filha. Tudo bem?

– Mãe? Por que não ligou no meu celular? – digo tentando me mover para procurar meu telefone, enquanto me enrosco no fio do aparelho arcaico.

– Seu celular está fora de área desde ontem. Fiquei preocupada. Você não ligou.

– Desculpe, a bateria deve ter acabado... Não percebi. Como conseguiu o telefone daqui?

– Sempre tive o telefone da Samanta, minha filha.

– É verdade... Desculpe.

Sempre me esqueço de que há um grau de parentesco entre nós e este lugar. E sempre me desculpo por esquecer que eu estou aqui porque minha mãe engravidou do filho da tal vovó.

Pensando nisto, olho em volta e me dou conta de que esta casa é pequena demais para uma família.

– Mãe?

– Oi.

– Ele morava aqui? – Minha mãe sabe de quem estou falando, não preciso usar a palavra pai para que ela saiba que o *ele* se refere ao cara que ela amou e depois ferrou com tudo.

– Não. Eu nem sabia que a sua vó estava morando aí até aquele advogado aparecer. Eles moravam em outra casa. Esse imóvel era somente o antiquário e um apartamento que sempre estava alugado para uma estudante riquinha demais pra ficar em alguma república.

Acho que essa é a primeira vez que minha mãe fala mais do que duas palavras em relação ao seu passado.

– Entendi... – respondo evasivamente enquanto tento não perder tempo e aproveitar o momento. – Mãe, tem alguma coisa que seja melhor eu saber da sua boca antes que alguém me conte?

– Por que está dizendo isso? – resposta com outra pergunta é algo que me irrita.

– Porque tem umas garotas bem falantes aqui que me acolheram como parte de uma irmandade. Sei lá, não tive muita paciência pra tentar entender. Sabe o que é?

– Isso ainda existe? É sério que todas tiveram filhas mulheres de novo? – Outras perguntas. Sério?

– Existe e é... Hum... Estranho – digo já sem paciência porque percebo que minha mãe está nitidamente me enrolando.

Ela ri de um jeito bonito e eu esmoreço. Fecho os olhos e é como vê-la.

– Nossas bisavós eram amigas e juraram que seria assim por todas as gerações ou pelo menos enquanto elas tivessem filhas garotas. Então nós nascíamos com nossas melhores amigas determinadas.

– Quanta imposição – resmungo.

– É assim com irmãos, não é? Você nasce e já tem aquela criatura que chegou antes e é obrigada a te amar e vice-versa.

– Até que tem sentido. Mas, se for assim, é uma bobagem vincular ao nascimento de mulheres.

– Interior. Século passado. Senhorinhas.

Adoro quando minha mãe diz uma sequência de palavras para me fazer chegar a uma conclusão. É divertido e meio debochado. Minha mãe sempre foi minha melhor amiga. Somos muito próximas uma da outra, acho que acabamos nos unindo ainda mais porque sempre fomos nós duas, uma pela outra nos dias de sol e também nos de inverno.

– Está certo, posso entender. De qualquer forma, seria maluco mesmo se fosse uma irmandade mista – brinco.

– É meio maluco mesmo, mas tem sua graça – desabafa, nostálgica.

– Parece uma tentativa de não deixar o passado passar – penso em voz alta.

– Deve ser porque elas o achavam bom demais para acabar...

Silêncio.

Longos segundos de respiração, história, sensações e pensamentos velados. Quando meu peito começa a doer com o peso das coisas que eu não conheço, desconverso.

– Vou tomar um banho. Vou encontrar com o advogado daqui a algumas horas.

– Está bem. Até sexta-feira. Beijo, filha.

– Ô, mãe?

– Oooi – responde impaciente. Tenho certeza de que ela olha para o relógio delicado que dei de presente no primeiro Natal que tive um salário decente. Somos tão parecidas.

– O Fernando apareceu? – Me arrependo da pergunta enquanto a pronuncio.

– Esquece o Fernando. Ele não está em um bom momento. Vai pensar melhor depois que a poeira baixar.

– Mas ele te procurou? Falou alguma coisa?

– Não. Dê tempo a ele. Vai passar. Está bem?

– Será? – digo roendo o canto do dedinho.

– Claro. Agora tenho que ir.

– Beijo, mãe.

Coloco o telefone no gancho e vejo Cadu na calçada fechando a porta. Ele está de jeans e camiseta, com uma bolsa carteiro pendurada em um dos ombros e de óculos escuros. Coloco metade do corpo para fora ignorando as plantas da floreira e o chamo:

– Bom dia, vizinho. Como acordou?

Ele olha para cima se virando para mim, aponta para os óculos escuros e responde:

– Ressaca.

– Sinto muito. Tem tempo para um café? – digo sem pensar.

– Não. Já estou atrasado para a primeira aula. Uma pena. – Ele entorta os lábios demonstrando pesar. – Mais tarde? – convida.

– Claro. – Sorrio mostrando todos os dentes que tenho.

Pare de sorrir, pare de sorrir, penso ainda sorrindo.

– Combinado. Mais tarde passo aí então – ele responde, acena e parte a pé.

Depois de acenar de volta, fico na janela encarando a figura de Cadu se afastar. Assim que ele some dobrando a esquina, me dou conta das flores enroscadas na minha blusa, cutucando meu peito. Tento me desvencilhar delas e acabo desfiando o tecido e destruindo alguns galhos ao voltar para dentro. Ótimo! Para quem trouxe uma mochila, cada peça de roupa é imprescindível. Olho de perto e vejo que se eu não der alguns pontos para fechar o buraco, ele aumentará.

Saio vasculhando a estante, certamente vovó teria uma caixa de costura. Há coisa mais de vó do interior do que uma caixa enorme repleta de linhas, agulhas e aviamentos?

Abro cada gaveta e caixa à procura, mas não encontro. Há pilhas de todos os tamanhos, elásticos de dinheiro, cartões-postais, canetas e agendas. Vou para o quarto e continuo a busca: enfeites de cabelo, joias, maquiagem, meias de seda e cartões de natal. No criado-mudo, um livro com um cartão de biblioteca denunciando o atraso na entrega, óculos de leitura, uma pequena lanterna e manteiga de cacau. No do outro lado, uma revista de cruzadinhas, um caderno de anotações em branco, um lápis e uma caixa de comprimidos.

Percorro os dedos sobre as coisas de uma pessoa que nunca vi, mas me sinto próxima. Não é uma invasão. Tenho a impressão de que exploro coisas já conhecidas, como se cada objeto daquele já tivesse a marca das minhas digitais. Talvez agora eu consiga entender perfeitamente o termo *familiar*.

Dizemos que algo é familiar quando não o conhecemos, mas sentimos afinidade, quando insistimos em procurar uma memória, algo que explique aquela sensação incontrolável de reencontro. Mesmo sem nunca ter visto, alguma parte inconsciente da gente conhece – ou reconhece – como parte do mesmo círculo de convivência, como parte da família.

Desço as escadas para dar uma olhada no antiquário. Começo pelo balcão de atendimento. Nada. Confiro as prateleiras. Nada. Quinquilharias sem fim e nem uma agulha sequer.

Decido ir até o armário que guardava a caixa com o vestido de noiva e o bilhete que encontrei assim que cheguei. Confesso que neste ponto eu já estava xeretando tudo por curiosidade e mal me lembrava da blusa rasgada.

Meus dedos e olhos se movem perseguindo algo, obedecendo a uma motivação irracional. Sinto como se algo maior do que uma caixa com alfinetes se escondesse entre as memórias daquelas coisas. E foi nervosamente que tirei tudo do lugar e nada achei.

Sentada no chão, olhando a bagunça que tinha feito, abro novamente a caixa do vestido de noiva. Passo a mão no tecido amarelado e o puxo para cima de mim. Como seria se minha mãe tivesse tomado pílulas e me deixado para o futuro? Será que ela teria usado este vestido? Será que me daria essa velharia, me obrigando a não querer casar nunca para não ter que usá-lo?

Certamente minha avó materna não permitiria que minha mãe vestisse algo da sogra. Pobre, mas com um orgulho ferino, ela jamais deixaria a filha desfilar outra história, outro amor. Pelo que minha mãe me conta, minha vó era difícil feito o cão.

Minha mãe teve uma vida complicada. Sem o pai, que morreu muito jovem, ela e vovó passaram por inúmeras dificuldades. Era um desafio até ter o básico. Mamãe chegou a largar a escola por um tempo para ajudar minha avó com as casas que limpava ou com os biscoitos que fazia e vendia para o pequeno mercado, casa de pães e doceria.

Foi assim até o dia em que o dono do armazém pediu para a minha mãe fazer uma entrega na casa da família Cunha. Ela foi atendida pelo belo rapaz de olhos verdes, camisa fina e largo sorriso. A menina pobre e o garoto rico. Há quantos séculos se conta essa mesma história? E ela continua a cometer a indecência de se repetir. Se existe alguém no comando dessa desordem, não podemos chamá-lo de criativo.

O que aconteceu depois eu não sei. Essa parte eu li escondida no diário de Dona Vera, que também atende por mãe, mããã ou minha velha – que eu falo para provocar porque ela é quase uma irmã mais velha em termos de aparência.

Tentei insistir, mas ela não me contava nada e eu acabei invadindo sua privacidade. Quando fui pega lendo seu diário, ela o arrancou da minha mão e eu nunca mais o vi. Acho que o jogou fora. Sempre me lembro de seus olhos lacrimejando ao dizer que nada daquilo era real, não passava do olhar ingênuo de uma garota apaixonada e que eu não deveria ver sua história pelos olhos dessa garota. Deu pena e eu achei melhor não forçar a barra.

Quando o advogado nos procurou para informar sobre a herança, nós duas estranhamos. Não sabíamos da morte da Samanta e muito menos que nos encontrariam. Teoricamente, ninguém sabia do nosso paradeiro, salvo a escola que minha mãe cursou e solicitou seus documentos quando decidiu voltar a estudar. Minha mãe convenceu o diretor a enviar tudo pelo correio já que ela não queria de jeito nenhum botar os pés em Serra de Santa Cecília novamente.

Ele se apiedou e, anos depois, mostrou que burlar regras e acordos de confidencialidade por piedade era o seu fraco, pois ele entregou nosso endereço para a influente vovó.

Nós não queríamos herança, reconhecimento de paternidade ou qualquer coisa do tipo, mas os advogados insistiram dizendo que tinha sido o último desejo da vovó. Eles afirmavam sem parar que ela só conseguiu descansar depois de prometerem que não desistiriam de me encontrar e que fariam tudo exatamente como dizia o testamento.

Não vou dizer que meu coração amoleceu por ser um pedido da mãe do meu pai, meu coração amoleceu porque eu lido com a morte e sei que últimos pedidos são coisas sérias. Já vi pacientes esperarem um filho cruzar o mundo para dar o último adeus, já vi pessoas implorarem perdão até o seu coração cansar e parar, já vi pacientes assinarem a própria alta somente para se casar e morrer dias depois, já vi gente esperar seus grandes amores aceitarem sua partida para somente assim conseguir deixar de respirar. Eu não sei o que se passa do outro lado, mas sei que muitas partidas dependem de pequenas realizações, acertos de contas e alguma paz. Jamais tiraria isso de quem quer que seja, nem de Samanta.

O primeiro passo foi realizar um exame de DNA, já que em minha certidão de nascimento só continha o nome de minha mãe. Fios de cabelo de Samanta colocaram o nome de Roberto Cunha no espaço que sempre esteve em branco. No papel, foi bem fácil.

Obviamente, minha mãe ficou nervosa quando o advogado informou que eu deveria ir até a cidade da minha família para assumir a herança. Ela tentou argumentar dizendo que os Correios resolveriam a questão, mas eu estava no fio da navalha, louca para fugir.

Assim, enfiei três trocas de roupas na mochila e prometi voltar no final da semana, estando tudo resolvido ou não.

Mamãe me olhou e disse:

– De repente é hora de você conhecer de onde veio. Que seja pelos seus próprios olhos. Já que é inevitável, que seja assim.

Não parei para pensar em quanto aquela cena era enigmática. Decidi sair depressa, antes de desistir. Foi com alívio que respirei dentro do ônibus vendo São Paulo ficar para trás.

Amo minha cidade, meu emprego, meus amigos, minha vida e o Fernando, mas eu bagunceí tudo e ainda não sei como arrumar. Se é que tem conserto tudo o que fiz.

Jogo o vestido para o lado e me deito sobre ele. A preguiça volta e eu fecho os olhos. Parece que todo o cansaço do mundo cai sobre mim. Talvez todas as horas que não dormi durante a vida estejam me cobrando o que lhes é de direito. Pisco algumas vezes e acabo dormindo.

※ ※ ※

Ouço a campainha ao longe como se estivesse tocando a muitos metros de mim. Movimento as pálpebras tentando despertar e sons de batidas no vidro da vitrine do antiquário me acordam de vez.

Levanto me sentindo quebrada e vou em direção à porta. Uma leve dor de cabeça me irrita e eu tento me ajeitar antes de abri-la. Abro uma fresta e vejo Cadu de banho tomado, roupas trocadas e expressão preocupada.

– Tudo bem aí? – ele diz me olhando pelos centímetros que abri.

– Acredita que eu dormi até agora? – digo envergonhada.

– Sério? Mas está se sentindo bem?

Lembro que não comi nada o dia todo e sequer tinha escovado os dentes. Fecho um pouco mais a porta com medo de ele perceber meu estado.

– Posso te encontrar na sua casa daqui a pouco? – sugiro.

– Claro. – Ele dá um passo para trás tentando me ver melhor. – Mas está tudo bem aí, né? Certeza?

– Está, sim. Até já. – E fecho a porta encostando meu corpo nela.

Olho para baixo e me vejo descalça, de calcinha e regata furada. Sinto meu rosto esquentar de vergonha. Ai, meu Deus... E eu nem achei a maldita agulha.

6

São os passos que fazem os caminhos.

Mário Quintana, in A cor do invisível.

Atravesso a rua com um ponto de interrogação instalado nas minhas ideias. Alma estava descabelada, seminua e com jeito assustado. Será que estava com alguém? Não. Para de fantasiar. É claro que ela não estava com ninguém... A não ser que o namorado tenha vindo atrás dela. Ela tem um namorado? Não me lembro de termos mencionado algo do tipo durante nossa conversa na noite anterior. Acho que não tocamos no assunto. Ou tocamos e meu cérebro embriagado não registrou. Será que eu apareci enquanto ela... Não. Ela disse que estava dormindo. Foi o que ela disse. Olho o relógio e vejo 15:32 marcando. Meio estranho dormir até essa hora...

Passo a mão pela cabeça e acabo rindo. E daí se ela estivesse transando com o namorado ou até com um desconhecido? O que eu tenho a ver com isso? Tanto faz. Eu mal a conheço. Acho que ainda estou infectado pelas fotos de Elisa com Paul, pelo final de semana em que eu me senti preterido e abandonado, com testemunhas ainda por cima. Eu ainda amargo ter sido trocado e, por mais que eu não queira, ainda sinto raiva e tristeza na mesma proporção.

Resolvo arrumar a mesa para comer alguma coisa. Caso Alma apareça, está convidada, se não vier, não será a primeira vez que tomo café sozinho. Desde que saí do Rio de Janeiro para trabalhar em São Paulo, a maior parte das minhas refeições é feita sem companhia. Não me importo, apesar de gostar demais dos tempos em que eu participava de conversas de bar e, depois, de jantares a dois.

Contudo, com o tempo, acostumei com a nova vida. Antes, trabalhava muito, passava o dia enfurnado na universidade e via Elisa algumas noites durante a semana. Nossos horários nem sempre contribuíam. Ela vivia mais na redação da revista em que trabalhava do que em seu apartamento.

Aos finais de semana, eu passava a manhã no parque correndo, andando de bicicleta, cansando meu corpo exausto de salas fechadas e trabalho intelectual. A maioria das tardes e noites era com Elisa em nossos apartamentos ou na casa da Carol. De vez em quando, ela almoçava com seus pais, mas, quando isso acontecia, ela nunca me convidava e eu fingia não me importar.

No fundo, sempre apreciei meus momentos de solidão. Quando viajávamos para Angra, me irritavam o barulho, a correria de crianças e as conversas infinitas com os amigos, que não permitiam ver um filme inteiro ou ler sequer um capítulo de um livro. Elisa e eu sempre escapávamos para o quarto para poder assistir TV, ler, dormir e ficarmos juntos. Mesmo assim, uma risada alta sempre atravessava a porta fazendo a gente se olhar e franzir as testas igualmente ranzinzas.

Acho que essa necessidade de silêncio que eu e ela sempre tivemos é o motivo maior da minha paixão por ela. E o pior é que eu ainda sinto necessidade de silêncio e sinto a paixão também. Ainda me fisga o peito pensar em seus olhos verdes e no jeito que ela ria sem mostrar os dentes, com a franja tocando a maçã de seu rosto. Ainda tenho nos dedos a textura de seus cabelos negros e minhas narinas sentem falta do cheiro de fruta fresca que sua pele sempre tinha. Eu ainda penso no anel que jaz na gaveta da minha escrivaninha.

    O café já está em minha xícara quando a campainha toca. Desço as escadas, abro e vejo Alma de vestido. Não é nada justo ou curto, é um vestido de verão, roxo, desses sem mangas, ajustado até a cintura e com uma saia ligeiramente rodada. Como um vestido infantil em versão adulta. Mesmo seu visual não tendo nenhum apelo sexual, não consigo impedir meus olhos de passearem rapidamente por ela. As cores escuras de seus cabelos e do vestido contrastam lindamente com o tom claro de sua pele. Ela não é exuberante. Tem os cabelos curtos, não usa maquiagem nem brincos chamativos. Está sem salto, suas unhas são curtas e pintadas com esmalte transparente. Alma é uma mulher comum e linda.

    - Esse era o traje para encontrar com os advogados, mas eu perdi a reunião de hoje porque entrei em coma enquanto xeretava o antiquário da Samanta, então resolvi remanejá-lo para tomar café com um amigo. O que acha? - ela diz com simpatia, mas sem sorrir.

    - Funciona - respondo apreciando enquanto ela estica a barra do vestido para o lado com uma das mãos, fazendo uma reverência engraçada. - Entre - convido.

    - Não vamos sair? - estranha.

    - Podemos, se quiser, mas eu acabei de servir a mesa para o café. Eu estava com fome - explico.

    - Você serve a mesa para comer, mesmo estando sozinho?

    - Triste, não é? - confesso em tom de brincadeira.

    - Não. Até que é bonito. Simbólico. Você deve gostar de ficar em casa e deve gostar ainda mais da sua própria companhia. Eu mal como na minha casa. Quando faço uma refeição, é sempre um sanduíche mastigado em pé na beirada da pia.

– Não gosta da sua própria companhia? – deixo escapar.

– Não é bem isso, mas se vamos ter esse tipo de conversa profunda, melhor eu entrar.

Afasto o corpo e ela para diante de mim.

– Você na frente, anfitrião. – Ela está tão próxima que sinto seu hálito de menta.

Fecho a porta e começo a subir. Escuto seus passos atrás de mim e fico me perguntando se Alma estava flertando ou se seduz sem se dar conta.

– Sua casa tem a mesma planta da casa da Samanta? – ela diz se apoiando no corrimão.

– Sim, mas no lugar do Antiquário, fiz uma garagem.

– Todas as casas desta rua são muito parecidas.

– São, sim.

– Deve ser por isso que cada um pintou as portas e as janelas de uma cor diferente. Busca da própria identidade. – Ela ri de leve.

– É uma possibilidade – rio também.

– Então... Voltando ao assunto. Não é que eu não goste de mim mesma, mas me acostumei a achar que estou vivendo enquanto trabalho ou estudo. Quando estou fazendo outra coisa, estou correndo para voltar ao trabalho ou dormindo para aguentar voltar ao trabalho. Entende? – ela dispara enquanto alcançamos os últimos degraus.

– Entendo. O que você faz? – digo enquanto puxo uma das cadeiras para ela. – Sente-se – convido.

– Obrigada. Você é muito cavalheiro, Cadu. Faz tempo que não vejo ninguém puxando a cadeira para uma mulher.

– Que tipo de lugar você frequenta, Alma? – respondo meio tímido.

– Lanchonetes e refeitórios de hospital. Isso responde o que eu faço.

– Não responde, não. Há muitas funções em um hospital.

– Sou médica, Cadu. Faço residência para me tornar cirurgiã. Moro no pronto-socorro, praticamente.

– Caramba!

Ela abaixa a cabeça e ri de uma maneira quase triste. Seus cabelos curtos caem sobre seu rosto e eu tenho vontade de colocá-los atrás de sua orelha para poder vê-la melhor.

– E você, Cadu? Como virou professor e dono de um bar? – ela fala enquanto estica o braço para alcançar o bule.

– Professor eu virei porque sou apaixonado por estudar e ensinar é nunca deixar de aprender.

– Que lindo isso.

– Nem tanto...

– E dono de bar?

– Sei lá – sorrio sem jeito. – Eu cheguei aqui tão desnorteado. Quando vi a placa de vende-se, peguei o resto do meu dinheiro e comprei.

– Estou morta de curiosidade para saber o que te trouxe aqui, mas tenho medo de você me achar inconveniente. A gente acabou de se conhecer.

– Você é sempre direta assim? – esquivo-me.

– Quase sempre. Você pode ser também. Se quiser contar, conte, se não, diga que não está pronto. – Fico sério e ela tenta aliviar o clima. – E me chame de enxerida.

– Não estou pronto – quase balbucio.

– Ok. Sem problema. – Alma olha a mesa como quem procura alguma coisa. – Não tem nada doce? – pergunta fazendo um muxoxo de decepção.

– Tem, sim, desculpe. Vou pegar.

Vou até a geladeira buscar uma geleia e um pouco de tempo para analisar a situação. É a primeira vez que vivencio um diálogo tão inusitado. Normalmente as pessoas fingem que não estão curiosas a seu respeito e tentam forçar a conversa para um lado que te faça se desarmar. As pessoas usam amizade, confiança ou sedução apenas para satisfazerem suas curiosidades particulares, nada mais.

Abro a geleia, coloco próxima à xícara dela e volto a me sentar. Alma pega uma torrada e desliza a faca calmamente sobre ela. Um pequeno gemido escapa de sua boca e sua expressão de prazer ao ver o creme vermelho se espalhando é tão simples, autêntica e leve que me sinto bem só em olhar.

Sua postura calma e sem cobrança traz segurança. Tanta que, pela primeira vez, sinto vontade de falar. Nunca deixei uma palavra sobre Elisa escapar de mim, talvez seja a hora. Talvez tivesse que ser com uma desconhecida gente boa para que eu pudesse ter coragem.

– Tinha uma garota... – Alma desvia os olhos da torrada e os coloca sobre mim. – E eu era louco por ela. Ficamos juntos por dois anos e alguma coisa, mas nunca atravessamos a barreira que separa os amigos com benefícios do status de relacionamento sério.

– Que pena, Cadu. Você parece ser um cara legal – ela diz com pesar sincero.

– Pensei que eu deveria deixar claro que eu desejava que ela estivesse no meu futuro, que eu queria algo sério, então lhe entreguei um anel, por falta de coragem de entregar uma aliança. Tive medo de ela escapar de vez e, no fim, foi o que aconteceu.

– E você simplesmente largou tudo e veio para cá? – pergunta intrigada.

Um nó se faz na minha garganta. Esqueci que para ela entender o tamanho da minha reação, eu teria que explicar o tamanho da minha vergonha.

– Você já ouviu falar em Paul Hendsen? – digo e respiro fundo.

– Acho que sim. É o ator gatinho inglês. Um que anda bem em alta e... – Alma dá um gole em seu café e quase cospe na mesa ao perceber que a minha pergunta tinha ligação com o que eu estava falando anteriormente. Depois de engolir, ela tosse, arranha a garganta e prossegue. – Que casou com uma brasileira há pouco tempo?

– Exatamente.

– Não me diz que essa história tem a ver com você – fala em tom desolado.

– Elisa, aquela do ator inglês gatinho, é a minha ex-namorada – confesso, tentando usar um tom engraçado.

– Eu falaria um palavrão agora, Cadu. Um bem feio.

– Eu também.

– Sabe, Cadu. Eu entendo sua reação. Você quis sumir. Quem já não quis desaparecer? Mas você ainda se lembra da situação porque a dor é sua, ninguém mais menciona o casal. Não fique achando que vai ter que se esconder para sempre. Que as pessoas vão te apontar na rua. É paranoia... A confusão que você sente é sua. Uma notícia não dura, as pessoas seguem em frente e não olham para trás.

Fico em silêncio absorvendo suas palavras e Alma continua:

– Não que seja uma boa notícia... Achei que tinha que te dizer.

– Você tem razão. É que as coisas acabaram de um jeito difícil – desabafo.

– A briga foi feia?

– Como nunca. Mal consigo entender como tudo aconteceu. Eu tinha tanta raiva que não conseguia raciocinar. Extrapolei.

— Você bateu nela? — se sobressalta.

— Não, mas fui agressivo com ela e provoquei uma briga com o cara.

Levanto e ando até a janela. Sinto os olhos esquentarem. É a primeira vez que revisito aquele dia. Por que estou fazendo isso? Por que não fiquei calado? Alma se mantém sentada em silêncio, parou de comer e espera pacientemente que eu me acalme. As palavras forçam minha garganta e eu não consigo segurá-las.

— Soube que a perderia no momento em que ela não colocou o anel no dedo, mas continuei a me enganar tentando ter esperança. Eu a queria demais para simplesmente desistir. Quando encontrei o bilhete falando que ela havia ido para Angra pensar, meu coração gelou. Ela saiu correndo de mim quando deveria fazer exatamente o contrário. Depois, uma multidão de jornalistas invadiu a calçada do prédio em que morávamos. O porteiro interfonou dizendo que era melhor eu não sair de casa. Eu não conseguia entender. Fui até o computador para ver as notícias e tinha uma foto dela entrando com o Paul no hotel em que ele estava hospedado no Rio de Janeiro e um texto sensacionalista imenso embaixo.

— Ai, caramba... Que situação — Alma diz baixinho.

— Liguei e ela não atendeu. Fui tomado por ódio. Deixei um recado curto e contei os minutos até que ela finalmente cruzou a minha porta.

— Ela voltou? Tentou se explicar?

— Sim. E foi pior do que se ela tivesse me mandado um e-mail dizendo que não queria mais nada comigo. Porque assim que ela tocou a campainha eu achei que ela me pediria perdão e que tudo ficaria para trás.

– Estaria disposto a isso?

– Sim. Acredita, Alma? – rio sem graça enquanto volto a me sentar próximo dela. – Acredita que eu ainda pensei que ficaríamos juntos? Que estupidez.

– Acredito. Você não sabe o quanto. – Ela abaixa os olhos.

– Para encurtar a história, ela me contou que foram namorados na juventude e que ele a tinha procurado. A princípio, ela queria acertar as contas, mas quando se reencontraram, tudo o que sentiam voltou à tona. Decidiram tentar novamente e estão juntos, como o mundo inteiro sabe e, pelo visto, não é uma aventura. Parece que se amam mesmo.

– E você vai saber de cada maldito passo deles para sempre.

– Não é um inferno?

Acabamos gargalhando.

– Que porcaria, Cadu. Já vi ex ser encrenca, mas no seu caso, é quase um fantasma.

Assim como o Paul era para Elisa, concluo em pensamento pela primeira vez.

– Sabe o que minha mãe diz quando estou encrencada? – ela fala enquanto se levanta retirando sua xícara da mesa. – Que não parece, mas vai passar.

– É o que a minha diz também. – Me levanto e tento impedi-la de levar a xícara até a pia. – Larga isso. – Nossas mãos se tocam.

– Então elas devem ter razão, Cadu. Em algum momento, vai passar. A gente tem que acreditar nisso. – Os olhos castanhos de Alma cintilam.

– Combinado, vizinha.

Antes de o silêncio se tornar constrangedor, Alma retira sua mão da xícara e das minhas e se afasta devagar.

– Tenho que ir. Vou tentar remarcar meu horário com o advogado. – Recua.

– Tudo bem. Eu tenho que ir até o bar.

– Precisa dar um nome ao bar.

– Preciso?

– Sim. Para dar identidade. É como pintar as janelas, entende?

– Vou pensar em um.

Parece que alguém retirou dos meus ombros uma tonelada de angústia, mas eu não ouso dizer isso a ela.

– Abre a porta para mim? – pede com doçura.

– Claro.

Descemos as escadas em silêncio. Trocamos um beijo no rosto – tipicamente paulistano – de despedida e ela já estava na calçada quando voltou a me chamar:

– Cadu?

– Oi.

– Sabe, eu ainda não estou pronta, mas se um dia estiver, será para você que contarei o real motivo de eu ter vindo para cá.

Tentou sorrir, mas não conseguiu. Depois virou as costas, atravessou a rua e sumiu por trás da porta azul anil. Não consegui dizer nada.

Fecho a porta e bufo. O ar ainda tem o rastro do cheiro dela. Droga, Alma. Não faz isso! Não seja tão legal para depois criar mistérios. Não me dê lacunas que meu cérebro iludido adora brincar de preencher. Eu acabei de me livrar de uma paixão de faz de conta. Não faz isso comigo não, mulher.

7

*As moças das cidades pequenas
com seu sorriso e o estampado claro
de seus vestidos são a própria vida.*

Mário Quintana, in Esconderijos do tempo.

Assim que chego, ligo para o advogado e invento uma indisposição para explicar o meu não comparecimento à reunião. Ele parece entender. Pergunto se ele poderia passar na casa da Samanta para eu assinar os papéis e, após relutar um pouco, acaba cedendo.

– Poderei amanhã. A que horas devo ir? – questiona.
– Pela manhã está bem?
– Sim, senhora.
– Está marcado, então.

Desligo o telefone e retiro o vestido. Vou ao quarto e encaro meu jeans sujo, a regata rasgada e a minha única troca de roupas limpas. Abro o armário de Samanta e vejo seus pertences, abro a gaveta e pego uma blusa. Aproximo-a do nariz e sinto cheiro de talco. Parece que ela acabou de sair de casa e logo voltará. Nada tem jeito de estar abandonado. Todas as coisas de Samanta têm vida, embora ela não tenha mais.

Hesito em vestir a roupa dela. Parece que estou desrespeitando algo, mas encaro a cadeira com as minhas roupas e termino vestindo. Fecho o guarda-roupa e o espelho da porta me encara. O que eu farei com todas essas coisas quando vender a casa? O quarto parece se iluminar de repente. É tão bonito aqui.

A bagunça que deixei no antiquário invade meus pensamentos e resolvo descer para arrumar. Enquanto desço as escadas, a campainha volta a tocar. Olho o figurino e paro no meio do caminho.

– Quem é? – pergunto levemente mal-humorada.

– Oi, Alma... Sou eu, a Claudinha.

Desço os últimos degraus e abro a porta.

– Oi. Tudo bem?

Ela me olha curiosa.

– É... Vesti uma camisa da Samanta porque eu sou péssima em matemática e trouxe três trocas de roupa para seis dias – explico o visual.

– Posso entrar?

– Claro. Entre.

– Ajudinha, por favor... – Ela empurra um carrinho com uma criança dentro, que dorme tranquila.

– Ah... Um bebê. Eu não tinha visto. Desculpe, venha, eu pego desse lado.

Ajudo Cláudia a levar o carrinho escada acima, rezando para que o nosso jeito desastrado não derrube o bebê. Quando chegamos à sala, nos jogamos ofegantes no sofá.

– Estou impressionada. Continua dormindo – digo esticando a cabeça para dentro do carrinho.

– Dou calmantes para ela dar sossego – sussurra.

Arregalo os olhos assustada com a informação e pego o pulso da criança para conferir o batimento cardíaco.

– É brincadeira, Alma. Acha que sou louca? – debocha.

– Sei lá... Já vi tanta coisa.

– Eu não faria isso, nem é preciso. Angélica combina com o nome. É bem calminha. Um anjo – Cláudia diz com amor.

– Não sabia que tinha uma filha. Ela é linda. – Bebês me derretem, apesar de não me ver sendo dona de um.

– É a representante da família Muriel. A tradição continuará em pé já que a Patrícia e a Raquel também tiveram filhas.

– É mesmo? – digo intrigada alisando a mão da pequena.

– Sim. A Raquel tem a Júlia, de doze anos, e o Antônio, de sete. A Patrícia tem a Luana, de cinco, e eu a pequena Angélica, com dois anos.

– Caramba! A Raquel já tem uma filha mocinha... Não parece.

– Ela é a mais velha. Não gosta que falemos porque ela foi a primeira a chegar aos trinta e também porque casou grávida. Aqui a coisa é meio arcaica. Quando sua mãe foi embora, ela estava com dois anos.

– Não sabia...

– É a única mais velha que você. Única que sua mãe pegou no colo.

– Como era a Samanta, Cláudia? – deixo escapar.

Ela pisca os olhos como uma boneca que acabamos de ligar. Suspira. Parece escolher por onde começar.

– Ela era bonita, disposta e comunicativa, mas Samanta era triste.

Quis perguntar se ela sabia o motivo de minha mãe ter ido embora, se ela conhecia a parte da história que eu só sabia imaginar e se podia me ajudar a entender o que aconteceu de fato naquela época. Contudo, tive vergonha de mostrar que sabia tão pouco sobre meus pais, sobre meu passado e sobre o que eu sentia em relação a uma parte que, embora eu desconheça, é um pedaço meu.

Ela parece adivinhar.

– Eu não sei muito bem o que houve. Quando a gente sabe uma história pela boca dos outros, cada hora se conhece uma nova versão. Minha avó dizia que a sua vó materna era uma pessoa difícil, orgulhosa e muito tradicional. Ela não queria que sua mãe se envolvesse com o Roberto. A Samanta, por outro lado, nunca se importou com as farras do filho.

– Segurem suas cabras... – digo, mencionando um ditado machista.

– Exatamente. Quando ficaram sabendo que a Vera estava grávida, um lado exigiu o casamento e outro queria fazer acordos em que o matrimônio não estivesse em questão.

– E eles? Alguma das versões contadas diz o que meus pais queriam?

– Claro. Minha mãe era melhor amiga da sua. Segundo ela, eles eram loucos um pelo outro. Que nunca viu duas pessoas se gostarem daquele jeito. Queriam ficar juntos e criar você.

Aquela informação me atravessou esmagando alguma coisa dentro de mim. A amargura em minha mãe me dizia que meu pai não tinha interesses românticos em relação a ela. Equivocadamente pensei que ele tivesse só se divertido. Nada mais.

– Não sabia. – Levanto passando a mão pela nuca. – Minha mãe não fala dele – confesso.

– Eles combinaram de fugir. Sua mãe contou para a irmandade.

Meu coração acelera como se eu estivesse assistindo a um filme e inesperadamente uma música estridente e misteriosa invadisse todo o ambiente.

– E o que aconteceu? – Dane-se uma estranha saber mais do que eu, se ela sabia, precisava me contar.

– Seu pai não apareceu – ela fala constrangida, abaixando o olhar.

Sinto uma tristeza imensa ao imaginar minha mãe de mala em punho, comigo no ventre à espera dele em algum lugar. Dói demais imaginar sua esperança se transformando em lágrimas ao constatar que ele não iria. Quanto tempo será que levou para ela se dar conta de que o acordo se dissolvera nas horas que separaram o último beijo do mudo adeus?

A moça pobre e grávida, abandonada na beira de alguma estrada enquanto o mocinho rico fugia. História batida. Devo ter lido um punhado de livros, visto algumas novelas e ouvido muitas histórias reais com o mesmo enredo. Nada de novo a não ser o fato de a moça da vez ser a minha mãe. Acredite, esse pequeno detalhe altera totalmente a proporção das coisas.

Vejo Cláudia cabisbaixa e me sento ao seu lado. Coloco minha mão sobre a dela e digo:

– Não fique assim. Eu não conhecia os detalhes, mas já sabia que não tinha acabado bem.

– Desculpe, não queria falar mal do seu pai. Ele nem está aqui para se defender. É o que eu ouvi dizer. A verdade é que ninguém tem certeza do que realmente aconteceu.

– Ok, está tudo bem – consolo-a.

A pequena mulher, de cabelos cor de cobre e olhos azuis, se mostra sensível àquela história toda. Passei a considerar que talvez aquela loucura de irmandade fosse pra valer. Talvez ela realmente me visse como parte de sua família.

– Mas, diga, você não veio até aqui para contar a triste história de amor da minha família, não é? – tento brincar.

– Oh... Não mesmo! – diz entusiasmada em seu costumeiro tom nas alturas. – Temos uma festa beneficente no sábado. Será em um dos Campus da Universidade. Terá um monte de trabalho social, barracas, gincanas, música e tudo de lindo que sabemos fazer. Queria muito que você ficasse no leilão. Era o que sua avó fazia.

– Leilão? – pergunto curiosa.

– Sim. Recolhemos contribuições e leiloamos. Tem de tudo, de aparelho de jantar de porcelana a dança com a Miss Serra de Santa Cecília!

Gargalhamos alto e paramos quando Angélica resmungou no carrinho.

– Viu? É divertido só em pensar. Você tem que ir.

– Desculpe. Adoraria ver tudo isso, mas vou embora na sexta-feira.

– Por quê? – ela murcha.

– Tenho meu trabalho, minha mãe... Preciso voltar.

– O final de semana. Depois você vai. Por favooooor. – Os olhos de boneca voltam, mas suplicantes dessa vez.

– Acho que um final de semana não faria diferença. – Não resisto.

– Eba! – ela diz e bate palminhas. – Leilão, então?

– Hum... Passo. Mas sou médica, isso deve servir para alguma coisa – sugiro.

– Claro que sim. Serve muito. – E me abraça.

Pronto. É oficial. Adoro a Claudinha.

8

*Não importavam as coisas
bobas que disséssemos.
Éramos um desejo de estar perto, tão perto.*

Mário Quintana, in Nova Antologia Poética.

Não sei como funcionam as outras cidades pequenas porque Serra de Santa Cecília é a única cidade do interior em que já vivi, mas, aqui, festa é sinônimo de caos. Não há um cidadão que escape dos preparativos. Você terá que ajudar. Nem que seja no comitê de decoração colocando bandeirinhas nas ruas.

No meu caso, tive que entrar para o comitê das barracas de alimentação. Há o comitê das atrações de lazer, um para os serviços sociais, outro para o leilão e mais outros tantos que não me lembro. Comitê é uma palavra que o povo daqui gosta e pior do que o meu, só o da limpeza.

O sino da porta do bar se agita e eu levanto de trás do balcão imaginando ser o entregador de bebidas, mas é a sorridente Alma cruzando o meu chão grudento.

– Oi, vizinha.

– E aí, Cadu? A cidade está agitada – ela diz sacudindo as mãos e em tom de brincadeira.

– Festa enlouquece os cidadãos Santacecilianos – debocho. Ela gargalha.

– Está precisando de alguma coisa, Alma?

– Lavei as minhas duas trocas de roupas porque esta que estou vestindo é a última, estou com preguiça de arrumar a bagunça que fiz no antiquário e estou fugindo da Patrícia, que quer me levar para fazer compras desde que Cláudia contou que me pegou vestida em uma blusa da Samanta. Seja lá o que você estiver fazendo escondido atrás desse balcão, eu posso ajudar.

– Na verdade estou terminando, mas você pode ficar agachada segurando um pano para servir de álibi, o que me diz?

– Serve.

Alma sorri e dá passos largos até ficar ao meu lado. Entrego o pano e, enquanto organizo os copos, ela me olha divertida.

– Parece que estamos escondidos fazendo alguma arte – brinca.

– Você é do tipo arteira, é? – provoco.

Ela estreita os olhos, aperta os lábios e balança de leve a cabeça.

– Posso ajudar de verdade. Diz alguma coisa para eu fazer – insiste.

– O que uma médica poderia fazer num bar? Não consigo imaginar nada estimulante.

– Qual é... – reclama.

– Você pode dar uma olhada nas mesas. Conferir se todas estão iguais. Devem estar limpas, com galheteiro, guardanapos e cardápio.

– Assepsia, instrumentos, gaze e manual de procedimentos. Deixa comigo – diz, pisca um dos olhos e faz um pequeno biquinho.

Alma é divertida. Não tenho dificuldades em imaginá-la em uma função tão séria, pois a Carol, melhor amiga de Elisa, que acabou se tornando minha amiga com o tempo, também é médica e sempre foi uma companhia agradável e muito engraçada.

Minha vizinha temporária liga o jukebox e, ao som de *Baby I Need Your Lovin'*, de Johnny Rivers, ela cantarola, dá passos dançantes em volta das mesas, passa o pano por cima delas, confere os itens e ajeita tudo com maestria. Enxugo os copos sorrindo e repetindo algumas frases da canção. Ela não me olha, parece concentrada na tarefa, na música e em algo que não consigo decifrar. Lembro-me do que ela me disse na última vez que nos encontramos. O que será que fez Alma vir para cá?

– Já volto, chefe – ela diz batendo a porta atrás de si, fazendo o sino soar alto.

Preciso trocar essa droga barulhenta, penso. Onde será que ela foi?

Trinta e cinco minutos depois, Alma volta com uma caixa de papelão enorme que a impede de abrir a porta. Eu estava no caixa quando a vi através do vidro, lutando para conseguir girar a maçaneta. Abro a porta e pego a caixa de seus braços.

– O que é tudo isso? – pergunto enquanto tento enxergar alguma coisa pela fresta aberta na caixa.

– Nada demais. Apoia aqui. – Ela junta duas cadeiras e eu descanso a caixa sobre elas.

– Eu queria que fossem naturais, mas desconfio que estaria lhe dando um trabalho extra, então trouxe artificiais mesmo. Mas até que são bonitas. Olha.

Alma retirou um pequeno vaso branco, simples, de ângulos retos com pequenas lavandas de tecido saindo de dentro deles. Ela apoia um deles entre o galheteiro e o porta-guardanapo e repete o processo em todas as mesas. Ficou bonito. Olho em volta e gosto do visual. As mesas são bem escuras, as janelas também. Só agora notei que faltava um pouco de cor.

– E aí, o que acha? Se não gostar, tiro tudo e levo de volta. Estavam no antiquário da Samanta. Demorei um pouco porque vi as flores em uma das gavetas e não me lembrava qual era, e os vasos estavam na prateleira lá de cima. Seja honesto. E aí?

– Ficou muito bom.

– Mesmo?

– Sim. De verdade.

– Que ótimo – diz satisfeita.

– Tem certeza de que vai deixar aqui essas coisas da Senhora Samanta?

– É um presente. Ela ficaria feliz. Vocês eram amigos, não eram?

– De certa forma.

– Aceite. Presente nosso.

O que eu poderia dizer? Alma deveria ser advogada e não médica. O poder de convencimento dela é assustador. Em pouco tempo, ela já me fez falar o que eu não tinha dito nem para a minha mãe, colocou arranjos no meu bar e me deu a difícil tarefa de dar um nome a ele. Tudo de maneira doce, serena e agradável. Mulher persuasiva dos infernos.

– Obrigado. – Não resisto e sorrio.

– Não por isso. Agora me arranje um avental, vou te ajudar a servir esta noite.

– Claro que não, Alma. De jeito nenhum. Você pode ficar aqui o quanto quiser, mas não precisa trabalhar. Sente-se e aproveite. Hoje tem música ao vivo.

– Que delícia. Mas quero ajudar. Sério. Não dormi essa noite, devo estar com energia acumulada. Deixa, deixa, deixa...

Respiro, inspiro, ensaio dizer alguma coisa, mas só sai um barulho ininteligível enquanto ela faz cara de coitada. Acabo cedendo.

– Está bem, vai. As garotas estão na cozinha. Vamos até lá para eu te apresentar.

Poucas horas depois, o bar já cheirava a *fast-food*, cerveja e estudantes. O balcão, as mesas, o bilhar, os dardos, tudo estava cheio de gente, risada, movimento e música. A disputa no fliperama quase consegue abafar o som da banda.

Toda quarta-feira é assim. Uma galera aparece para cantar os clássicos do rock nacional e eu testemunho gente dez, treze anos mais jovem cantando as mesmas frases que eu cantei na minha época de faculdade. Eles ainda gritam o refrão de *Geração Coca-Cola*, ainda querem correr na *Infinita Highway* e permanecem querendo *a sorte de um amor tranquilo,* assim como Cazuza.

Às vezes, penso que ter dezoito anos é entrar em um mundo paralelo obrigatório. Todo mundo tem que viver aquelas bandas, aquela história e ser parte de um coletivo que já dura décadas. Toda quarta-feira eu entro em um túnel do tempo revisado. As garotas são mais coloridas e todo mundo um pouco mais rabiscado, mas são os mesmos jovens aproveitando o hoje porque, de alguma maneira, sabem que o futuro é exigente, caótico e tirano.

Já é início de madrugada quando as coisas se acalmam e os grupos começam a recolher seus bêbados para ir embora. Alma se senta em um banco a minha frente e sorri. Ela tem as bochechas fogueadas, a pele levemente brilhante e os cabelos úmidos.

– Cansou? – pergunto.
– Foi divertido. Adorei a banda.
– São bons, né?
– Demais. Nossa, não escutava essas músicas há tempos. Me senti...
– Dez anos mais nova – completo.

– Exatamente. Cheguei à Universidade com dezoito, após um ano me matando no cursinho e uns cinco anos sem nenhum tipo de vida social. A medicina não permitia muitas festas, mas no final de cada período, eu me jogava.

– Letras é festa. Não estou dizendo que não seja um curso exigente, mas especular teorias literárias é uma viagem e não mata ninguém, caso façamos alguma besteira. Fora que as pessoas mais legais são da Letras: os hippies, os bichos-grilos, os militantes, os nerds, os apaixonados... Todos convivendo em paz.

– Você era de que turma, Cadu?

– Dos apaixonados. Literatura é minha vida.

– Quantos anos você tem mesmo?

– Trinta e um, quase trinta e dois.

– Sei que você caiu de paraquedas aqui, mas a sua vida é bem legal. Você tem um emprego em uma universidade incrível, tem um bar maneiríssimo e é um cara muito bacana. Muita gente amaria chegar aos trinta assim.

– E você, Alma. Já chegou aos trinta?

– Quase. Acabei de completar vinte e nove.

– Parece menos.

– Você também.

– Deve ser o rock das quartas-feiras. – E faço chifrinhos com os dedos.

– Certeza que é – diz sorrindo.

– Vamos embora?

– Podemos?

– Sim. Amanhã não leciono. Chego mais cedo e ajeito tudo.

– Então vamos.

Alma tira o avental, o coloca sobre o balcão, cruza o braço no meu e apoia a cabeça em meu ombro.

– Será que se eu vier aqui todas as quartas-feiras eu rejuvenesço, chefe?

– Você está bem assim.

Saímos encontrando a brisa fresca da rua. Caminhamos em silêncio até avistarmos as portas de nossas casas. A dela, azul anil. A minha, verde-bandeira. A rua colorida, histórica e provinciana dormia em silêncio e cansaço.

– Encontrou com o advogado? – pergunto enquanto damos os últimos passos.

– Sim. Ele disse que como meu pai desapareceu e não há registro de outros filhos nem outros parentes vivos, a herança é minha. Tem mais coisas além da casa. – Ela se desgruda de mim e me olha bem dentro dos olhos.

– Você está bem? – digo passando minha mão pelo seu braço.

– A Samanta te disse alguma coisa antes de morrer, Cadu?

– Disse que te traria de volta para lhe devolver tudo o que lhe tirou. Mas ela dizia muitas coisas que eu não entendia. Não estava em sua melhor forma perto do fim.

– Mas eu não quero o dinheiro dela.

– Eu sei, mas é seu mesmo assim.

Ela enfia os dedos no cabelo e esfrega o couro cabeludo.

– Estou com dó de vender a casa e o antiquário. O que eu faço? Pego tudo, jogo em uma caçamba e me livro de tudo o que era dela?

– Então não venda. Deixe como está.

– Por que eu me importo? Não faz sentido. Nem a conheci.

– Alma, pare de pensar tudo de uma vez, ok? E não imponha sentimentos ou indiferença. Administre o que sente, não o que acha que deveria sentir.

– Minha mãe e eu saímos praticamente escorraçadas desta cidade – diz magoada.

– Acho que estamos no mesmo momento da vida, Alma.

– Por quê?

– Hora de fazer as pazes, vizinha.

9
Sonhar é acordar-se para dentro.

Mário Quintana, in Caderno H.

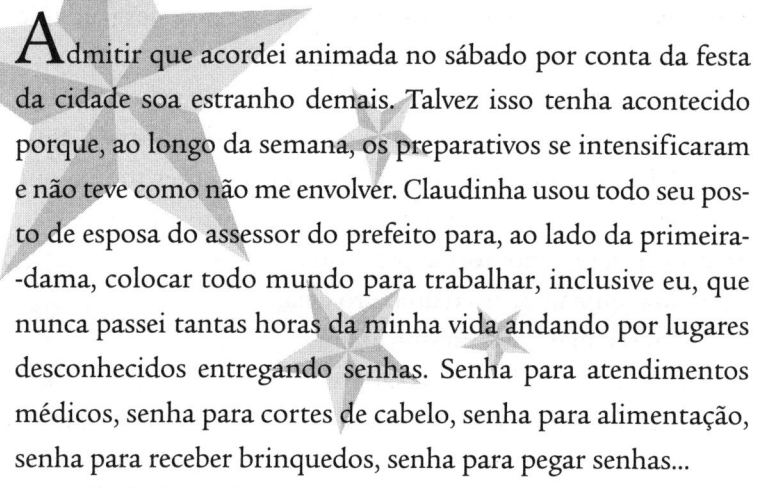

Admitir que acordei animada no sábado por conta da festa da cidade soa estranho demais. Talvez isso tenha acontecido porque, ao longo da semana, os preparativos se intensificaram e não teve como não me envolver. Claudinha usou todo seu posto de esposa do assessor do prefeito para, ao lado da primeira-dama, colocar todo mundo para trabalhar, inclusive eu, que nunca passei tantas horas da minha vida andando por lugares desconhecidos entregando senhas. Senha para atendimentos médicos, senha para cortes de cabelo, senha para alimentação, senha para receber brinquedos, senha para pegar senhas...

Claudinha explicava que se preparar é a garantia de o evento ser um sucesso, e saber o número de pessoas para cada atividade é imprescindível. Somente assim tudo aconteceria da melhor maneira possível.

Fui acompanhada nesta empreitada por Patrícia, a outra Abreu. Confesso que ela é meio louca, do tipo que arranca um galho fino de uma árvore para – aos berros – espantar cachorros nervosos. Louca do tipo que pula o muro de uma casa porque uma senhora disse que os filhos tinham saído deixando a casa trancada. Louca do bem, entende?

Eu me diverti muito com seu jeito despachado e como dirige com as janelas abertas, deixando o vento agitar seus cabelos altamente descoloridos. Ri horrores com a capacidade que ela tem de falar inúmeros palavrões e xingamentos ao se referir ao povo tradicional e hipócrita da cidade, principalmente àqueles que despacharam minha mãe e não fizeram o mesmo com ela porque ela não permitiu.

Patrícia é mãe solteira e não tem nenhum problema com isso. As pessoas, por sua vez, continuam gastando mais tempo analisando a vida alheia do que as fendas de seu próprio telhado. Acredite, eu sei que o mundo gira sem parar, mas tempo e evolução não são sinônimos.

– Mudei de cidade para me livrar um pouco dessa Serra maldita, mas juro que venho aqui só para aporrinhar. Juro! Quanto mais eles me olham torto, mais eu transito rindo alto por aqui. E se entortar o nariz, pergunto logo se o problema é comigo. Ninguém paga as minhas contas. Povinho de merda, isso sim!

Patrícia é muito diferente de Cláudia, que se empenha em parecer uma esposa dos anos cinquenta. Está sempre disposta a cumprir sua agenda repleta de afazeres domésticos e eventos beneficentes. Contudo, as duas são extremamente naturais, transparentes e me tratam como se me conhecessem desde que cheguei ao mundo. E dizer que eu sinto o mesmo em relação a elas soa igualmente surpreendente.

Não vejo Cadu desde aquela noite de quarta-feira no bar e o cara engrossa a lista de coisas que eu ando sentindo sem entender. Confesso que tive vontade de falar com ele ao longo dos dias que passaram, de contar como a Patrícia se refere a ele como uma adolescente empolgada, como todas as pessoas que conheci sorriem ao pronunciar seu nome e como a fama de bom professor dele é sólida. Tive vontade de ter o telefone dele para enviar uma mensagem, alguma foto ou coisa boba que enviamos para os amigos para lembrá-los de que eles fazem parte da nossa vida mesmo quando estamos ocupados demais para dar um abraço. Eu quis ir até a casa dele no fim do dia para comer alguma coisa em uma mesa arrumada. Cheguei a encarar a luz escapando de sua janela, imaginando o que ele estaria fazendo sozinho. Há quanto tempo Cadu não tem ninguém em seu sofá em uma noite de sexta-feira? Será que Elisa ainda é seu último pensamento antes de dormir?

Eu, por minha vez, tive como companhia a voz estridente de minha mãe ao saber que eu ficaria por mais dois dias aqui e que não tinha visitado uma imobiliária sequer para colocar a casa à venda.

Ela não entende e, sendo honesta, nem eu. Porém, aceitei o conselho de Cadu e parei de tentar compreender tudo de uma vez. Talvez eu precise de tempo para assimilar, ou quem sabe esteja acomodada com a minha fuga. Considerando que eu estaria em péssimos ares se estivesse em meu apartamento fingindo que estou de férias, Serra de Santa Cecília se mostra uma tábua de salvação terrivelmente atraente. Aqui é bem mais fácil fingir.

✵ ✵ ✵

Atravesso o campus da universidade repleta de expectativa. Sou recebida por Lúcia, que sorri ao me ver. Ela me entrega um jaleco com meu nome bordado e me leva até uma enorme tenda montada no campo de atletismo da universidade.

– Você pode supervisionar as triagens e fazer os encaminhamentos para os pacientes que apresentarem alterações. Tudo bem? – ela pergunta olhando uma prancheta.

– Há recursos para encaminhamento imediato, caso seja necessário?

– Sim. Temos ambulâncias. O pronto-socorro é aqui ao lado.

– Certo. Você também é médica? – pergunto ao ver um jaleco dobrado em seu braço com o seu primeiro nome aparecendo.

– Veterinária – ela diz esticando o restante do bordado. – Agora vou indo, qualquer coisa converse com a Sandra, ela é enfermeira e trabalha em todas as ações sociais e de saúde da cidade. Poderá te ajudar, está bem? A gente se encontra no leilão.

Ela beija minha bochecha e segue em direção oposta. Lúcia é bonita. Tem corpão, porte atlético, cabelos longos e sua pele tem cor de bronzeamento artificial. Está bem dentro dos padrões de beleza e acho que é a única pessoa que conheço que ficaria perfeita nos programas atuais de televisão. Ela também é simpática e tem aquele ar amistoso. Será que essa cidade é encantada e todo mundo aqui é feliz, sorridente e sincero?

✳ ✳ ✳

O dia passou entre triagens, encaminhamentos e pequenos atendimentos ambulatoriais. As horas caminharam com os balões coloridos carregados por crianças sorridentes. O sol forte intensificava o cansaço e o desfile de chapéus. Em um momento de calmaria, pude parar em frente à tenda e observar a atmosfera alegre, as vozes animadas e a generosidade que se estendia em cada atitude. Parece até uma miragem. Um sábado intensamente ensolarado e feliz. Tudo estava conforme o planejado e assim continuou até a luz do dia começar a mudar, o barulho serenar e todos começarem a se encaminhar para o aclamado leilão.

Estava pensando em como Serra de Santa Cecília era oposta ao meu mundo, como a vida aqui me parecia um feriado prolongado e como seria possível eu não estar entediada após tantos dias seguidos aqui. Eu ainda estava arrumando as últimas fichas, quando senti que alguém me observava.

Ergo o rosto e, ao me virar, encontro Cadu de braços cruzados encostado em uma das vigas que sustentam a tenda.

– Faz tempo que está aí? – pergunto, controlando o sorriso.

– Não quis atrapalhar, você estava tão compenetrada – Cadu diz baixinho. Ele e seus cachos em sua mais bela forma.

– Não é nada importante. Já estou terminando.

– Vai ao leilão?

– Tenho escolha? – digo com graça.

– Vim te resgatar – ele sussurra com uma das mãos sobre o rosto fingindo esconder aquilo de alguém.

Só posso aumentar o sorriso.

Ao sairmos da tenda, ouvimos um grito. Olhamos um para o outro para ter certeza de que ouvimos a mesma coisa. Mas não demora muito para o barulho voltar a nos atingir.

– Alguém me ajude!

Saímos correndo em direção ao som desesperado que não parava de pedir por socorro. Ao chegarmos, encontramos uma criança chorosa, caída no chão, e uma mulher gritando em cima dela. Aproximamo-nos e eu me abaixo tentando entender o que estava acontecendo.

– Como é seu nome? – perguntei com calma.

– Bernardo. Bernardo é o nome dele! – a mãe respondeu.

Olhei para Cadu e ele entendeu.

– Venha. Deixe-a ver o garoto. Ela é médica, pode ajudar – disse, tentando desvencilhá-la do menino.

– Você é mãe dele? – perguntei.

Ela diz que sim nervosamente.

– O que houve?

– Ele estava brincando no trepa-trepa e caiu. Eu disse para não ir tão alto. Caiu feio.

Viro na direção de Bernardo, que chora muito, e tento acalmá-lo.

– Oi, garotão. Meu nome é Alma, eu sei que é um péssimo nome e parece assustador porque lembra gente morta, mas mãe nem sempre sabe o que faz, não é mesmo?

Ele ri levemente.

– Parece estar doendo muito.

O garotinho aquiesceu entre lágrimas.

– Pode dizer onde dói? – digo com carinho.

Ele coloca a mão sobre o ombro. Ergo levemente a gola de sua blusa e constato o ombro deslocado.

– Cadu, ache uma ambulância. É mais seguro.

A mãe do garoto se desespera.

– Calma, provavelmente não é nada grave, mas é mais seguro removê-lo adequadamente. – Cadu se antecipa.

– Bernardo, eu posso ajudar, mas você vai ter que me deixar te examinar. Consegue?

– Sim.

– Ok, logo vi que você é um garoto corajoso.

Enquanto Cadu liga para alguém pedindo a ambulância, examino Bernardo. Era nítido que o ombro estava fora do lugar e isso devia ser o motivo maior de sua dor. Aparentemente, nada mais estava fraturado e eu podia – e devia – resolver aquilo com muita rapidez e facilidade. Contudo, assim que me posicionei para colocar o ombro do garoto no lugar, o ar começou a faltar. Fechei os olhos e tentei disfarçar. Sabia de onde vinha o pânico. Isso aconteceu algumas vezes após o fatídico dia. Respiro devagar e começo a repassar mentalmente aquele atendimento que virou minha vida do avesso. Volto a abrir os olhos e encaro o garoto sem cor de tanta dor. Preciso ajudá-lo.

– Ok, garoto corajoso, feche os olhos, respire fundo e conte até três. Prometo que, no três, sua dor estará bem menor. Combinado?

– Combinado.

– Então vamos lá. Um...

Ele fechou os olhinhos, gaguejou o número dois e, num movimento certeiro, diminuí a luxação. Bernardo gritou e eu o chamei.

– E agora, como está? Respire e se concentre no ombro. A dor diminuiu?

Entre lágrimas, ele afirmou e agradeceu.

– Não foi nada. Agora fique quietinho, está bem?

A ambulância chegou e eu expliquei o ocorrido ao paramédico.

– É preciso mesmo ir até o hospital? – a mãe pergunta, receosa.

– Sim. Ele vai precisar cuidar desse ombro, eu só diminuí o problema. Além disso, precisa confirmar se não houve nenhuma outra fratura. É o procedimento padrão, fique tranquila – digo ainda com dificuldade em respirar.

– Obrigada. De verdade. Eu me desesperei... – a mãe balbucia enquanto acompanha o filho na ambulância.

– Sem problemas – digo acenando.

Cadu e eu ficamos em silêncio enquanto as luzes da sirene se afastavam. Minha respiração voltava ao normal quando ele me perguntou se eu estava bem. Droga, ele percebeu meu nervosismo.

– Estou bem, sim. Lembrei de uma coisa bem na hora que não deveria – digo honestamente.

– Momento difícil? – ele pergunta com o cenho cerrado, parece preocupado.

– O pior deles – confesso.

– Sinto muito.

– Ok, passou.

Assim que demos os primeiros passos, Lúcia chamou nossos nomes.

– O que houve? Fiquei sabendo que precisaram de uma ambulância – indaga aflita.

– Nada grave. Um garoto caiu, fiz o primeiro socorro e encaminhei. Nada sério – respondo, segura.

– Ainda bem. O dia já está acabando e a chance de alguma coisa ruim acontecer na última hora para estragar tudo é grande.

Acabamos rindo com a expressão de alívio que se instalou em Lúcia.

– O dia acabou, encerrei os atendimentos. Foi ótimo, pode considerar um sucesso – digo.

– Estão indo para o leilão? – indaga, mudando de assunto bruscamente.

Eu e Cadu nos olhamos sem saber o que responder.

– Estávamos – ele diz.

– Não vão mais? Mas Alma acabou de dizer que encerrou os atendimentos.

– Por isso mesmo. A gente ia dar uma passadinha, mas eu não comi nada o dia todo, estou exausta, tenho que arrumar minhas malas, vou embora amanhã.

– Não vai se despedir?

– Claudinha disse que vai reunir todo mundo na casa dela para um café da manhã. Vou direto de lá.

– Certo, então nos vemos amanhã. – Ela me abraça.

– Vamos então, Cadu?

– Vou acompanhar Alma até em casa.

Ela levanta uma sobrancelha e nos olha daquele jeito que fazemos quando queremos deixar claro que notamos algo estranho no ar.

– Ok. Cláudia vai dar um chilique em não te ver, Alma, e Patrícia, outro, quando notar que você também não apareceu, Cadu. Mas tudo bem, eu lido com elas. Vão pela sombra, crianças. Até amanhã.

Ficamos em pé, parados por alguns instantes, parecendo esperar por mais algum imprevisto. Como tudo permaneceu em silêncio, voltamos a caminhar.

Segui até o carro, totalmente absorta em pensamentos densos, tristes e covardes.

– Está com fome mesmo? – Cadu me interrompe.

– Estou, sim.

– Quer ir até a cidade vizinha encontrar um restaurante decente pra jantar? – convida.

– Tenho que arrumar o antiquário, ele está de ponta-cabeça.

– Que pena.

– Quer me ajudar? Nossa, que droga de convite. Desculpe. – Começo a rir.

– A gente pega uma pizza no caminho? – sugere, aceitando.

– Perfeito. Não prefere um cachorro-quente? – brinco por saber que ele passou o dia fervendo salsichas.

– Nunca mais eu comerei um cachorro-quente. Juro.

Gargalho.

Cadu dirige tão devagar que pudemos ver o sol se esconder atrás das montanhas mais altas enquanto cruzamos a cidade. Aperto o botão ligando o rádio e alguém declara um convite ao amor, ao esquecimento e oferece um recomeço. Encosto minha cabeça e fecho os olhos.

O rosto de Fabiana aparece forte em minha mente. Dezessete anos, mas com aparência de criança. Seu porte franzino e a franja tocando os olhos certamente ajudavam a jovem a parecer ainda mais menina. A primeira e a única vez que a vi.

Meu coração acelera e um suspiro me escapa.

Nunca pensei em desistir de nada. Sempre arrumei um jeito de me reerguer. A vida não é fácil para ninguém, não seria diferente para mim. Acontece que, desta vez, o chacoalho que levei fez algo trincar. Eu venci muitas brigas, mas estou quase desistindo desta luta. Ter a vida da Fabiana em minhas mãos não foi difícil, carregar a morte dela é.

Demoramos mais do que eu esperava para chegar em casa. Viemos comendo pelo caminho. O cheiro da pizza invadindo nossas narinas atiçando nossos estômagos esfomeados foi uma provocação inaceitável. Acabamos utilizando os guardanapos e mastigando feito selvagens.

Cadu estacionou o carro e disse que logo me encontraria. Precisava tirar a roupa e a camada densa de cheiro de comida que ele sentia cobri-lo por inteiro. Exagero, óbvio. Coisa de quem passa o dia cozinhando.

Resolvo tomar um banho e colocar minha roupa que estava no varal. Look da noite: jeans e camisetinha sem passar. Nunca fui muito princesa, mas isso está um lixo até para o meu nível.

Eu já estava no antiquário arrumando as prateleiras da frente quando Cadu chegou e se juntou a mim.

– Passou um furacão pela Serra e eu não vi? – zomba.

– Eu estava entediada. – Dou de ombros.

– Você é bagunceira. – Ele ri.

– Curiosa, na verdade.

– O que estava procurando?

– Memórias – digo de um jeito sério demais. Ele acaba interrompendo o trabalho e me encarando.

– Eu não sei nada sobre minhas origens. Minha mãe age como se tivesse nascido crescida em São Paulo. Como se sua história também tivesse começado quando eu nasci – continuo.

– Parece ser bem importante pra você entender o que aconteceu antes.

– Não era. De verdade. Mas desde que eu cheguei aqui...

Cadu coloca a última caixa do balcão no topo da prateleira sem fazer o menor esforço. Depois se agacha, pega outra caixa e anda distraído, sorrindo de algum pensamento.

– O que foi? – indago.

– Minha cabeça não para de construir relações com a nossa vinda para essa cidade.

– Diz...

– Eu vim para cá tentando esquecer meu passado e você parece ter vindo para encontrar o seu.

– Eu não vim para isso. Vim para me esconder também, mas alguma coisa mudou nesta semana.

Ele dá alguns passos, apoia a caixa na mesa que está atrás de mim, me olha e dá um meio sorriso.

– Só faz uma semana? – pergunta com estranheza.

– É o que o calendário informa – respondo sentindo a boca seca.

Ele se afasta.

– Está se escondendo do quê, Alma? Ou de quem?

– Não estou pronta para falar sobre isso – sussurro e ele volta a se aproximar.

– Vi que você balbuciou sem parar enquanto atendia o garoto. Parecia repetir alguma coisa sem parar.

Espremo os lábios e ele passa a mão pelos meus cabelos. Foi como testemunhar os sinais vitais de alguém voltarem a funcionar. Meus sentidos voltaram à vida e meu coração acelerou.

Foi bom e perturbador. Exatamente igual ao que sinto quando um coração inesperadamente volta a bater depois de todos terem desistido dele.

– O que te aconteceu, hein? – Cadu parece fazer a pergunta mais para si mesmo do que para mim. Como se aquela indagação estivesse guardada há tempos dentro dele.

– Importa? – digo sem pensar.

– Importa. Estranho, né?

Fecho os olhos e sei que ele vai me beijar. Sinto o calor de seu rosto se aproximar e a textura de seus lábios cobrir os meus. Sinto suas mãos abandonarem meus cabelos, repousando em minha nuca e costas, pressionando meu corpo contra o dele. Sua língua me invade com a mesma gentileza que Cadu entrou na minha vida.

Não sei o que estamos fazendo. Talvez seja uma atitude desesperada e carente. Talvez a atração tenha tornado esse momento inevitável, mas parece mais. Muito mais do que simples inevitabilidade.

Quando o beijo virou uma infinidade de beijos e as mãos acabaram se cansando da mansidão, o calor nos invadiu e tudo começou a ficar turvo. Cadu me colocou sobre a mesa e já estava dobrando seu corpo sobre o meu quando forcei meus olhos a se abrirem. Segurei seus ombros o impedindo de se deitar sobre mim, e no mesmo instante me arrependi.

Ele parou, me encarou, e pudemos vislumbrar nossos rostos fogueados e contorcidos de desejo. Levou alguns minutos para ele conseguir se afastar e mais alguns outros para eu voltar a me sentar. Era como se eu tivesse tentando domar uma besta enfurecida presa dentro de mim. Acho que ele sentia algo muito semelhante a isso.

– Desculpe – ele diz sem me olhar.

Puxo-o de volta e o beijo. Serenamente desta vez, mas confesso que meu corpo já voltava a pulsar em um ritmo incessante.

– Está tudo bem – digo.

– É que você vai embora amanhã...

– Eu sei que parece que fizemos isso porque depois não vamos mais nos ver, mas...

– Não é nada disso. Eu não te beijei porque pensei: dane-se, ela vai sumir mesmo, pelo menos eu tirei uma casquinha.

– Não? – brinco, percebendo a bobagem que disse.

– Talvez você tenha pensado nisso. – Ele finge contrariedade fazendo cara de zangado.

– Você me pegou. – Faço um trejeito de rendição.

Rimos e ele volta a segurar minha cabeça e a me beijar.

– Eu estava pensando exatamente no oposto – ele diz entre mais beijos, mais calor, mais visão turva e batimentos acelerados. O que é isso? – Eu estava pensando que amanhã eu vou querer te beijar de novo e você não vai estar aqui.

Cadu se afasta e eu o vejo voltar ao trabalho. Ele está de costas, parece se esconder, e eu agradeço porque também não me sinto pronta para voltar a encará-lo. O que eu posso dizer? Eu não vou me mudar para o interior e abandonar minha vida por causa de um beijo bom – ou uma porção de beijos incrivelmente deliciosos e capazes de me tirar o ar.

Ainda bem que Carlos Eduardo, mais lúcido que eu, voltou à normalidade de colocar pendurilhos em seus lugares. Saí da inércia ao escutá-lo me chamar perguntando sobre o vestido de noiva jogado próximo ao armário.

– Acho que foi da Samanta e de mais algumas pessoas antes dela – digo sem ter escutado o que ele realmente disse.

– E onde iremos guardá-lo? – pergunta contendo o riso. Claro que ele notou meu embaraço. Deve estar vaidoso por me ver tão desconcertada.

– A caixa está por aqui. É uma grande... – Levanto da mesa e começo a procurar, tentando manter alguma dignidade na situação. Não posso ficar me comportando feito uma criança abobalhada. – Aqui. Achei!

Enfio o vestido dentro da caixa e tento colocá-lo de volta no armário. Mas a caixa parece não caber.

– Eu te ajudo. – Cadu pega a caixa e nota que algo está estranho. A porta não fecha. – Não está cabendo.

– Estava aí – decreto.

Cadu obriga a caixa a entrar até ouvirmos um barulho.

– Você quebrou o armário? – Acabo rindo enquanto ele faz cara de apavorado.

Utilizando uma cadeira, Cadu verifica que o fundo do armário tinha despregado.

– Quebrei, mas é fácil de arrumar.

– Que bom. Porque aqui tudo é tão perfeitinho... Basta eu ter tirado tudo do lugar. – Sim, eu tenho carinho pelas coisas de Samanta, não entendo, mas também não nego.

Puxamos o armário para que meu vizinho temporário pudesse colocar os preguinhos de volta em seus devidos lugares e, depois de tudo resolvido, voltamos a guardar as bugigangas de volta dentro dele. Inclusive a caixa do vestido de noiva, que coube magicamente bem desta vez. Faltava uma última caixa, a que ficava no piso do armário. Fui colocá-la em seu lugar e notei um pacote que não tinha visto antes. Cadu percebe meu olhar de estranhamento e pergunta:

– O que houve?

– Não me lembro deste pacote.

– Tinha tanta coisa espalhada, vai ver não notou. Viu, mas deixou pra lá.

— Se eu tivesse visto, com certeza não estaria embrulhado.

Ele ri da minha honestidade.

— Por que não abre, então? — sugere.

— Senti uma palpitação — confesso.

— Vai ver é por outra coisa. — Ele ri com um canto da boca e pisca para mim.

— Exibido.

Sento no chão e Cadu me acompanha.

— Devia estar preso entre a prateleira e o fundo do armário. Abre logo — ele me incentiva.

Sinto-me trêmula, mas minhas mãos estão firmes. Recordo da sensação de busca que me impulsionou a vasculhar cada centímetro do antiquário e meu coração acelera. Com rapidez, retiro o papel de embrulho e encontro várias cartas. Sim, cartas. Não são e-mails ou registros de bate-papo impressos. Cartas. Do tipo que tem envelope e selos.

Passo meus olhos por elas e vejo que são do meu pai, destinadas à minha avó. Carimbos de países diversos mostravam que, enquanto eu não sabia onde ele estava, ele estava em todos os lugares. Há também um recado de Samanta:

> *Querida Alma.*
>
> *Pensei em deixar estas cartas em cima da mesa esperando por você, mas não consegui. Escondi esse segredo durante a vida toda. Nem o seu avô sabia que eu e seu pai trocávamos mensagens. Achei que não seria respeitoso deixar tantas confidências à disposição de qualquer pessoa.*
>
> *Imaginei que, talvez, quando você estivesse pronta, elas arranjariam um jeito de ser encontradas por você. Se está me lendo agora, suspeito que elas te acharam, ou você as encontrou mesmo*

> *sem saber que as procurava. Não importa. São suas, como todo o resto.*
>
> *Receio que aqui não estejam as explicações nem as desculpas que você merece, mas cada uma destas linhas foi traçada pelo seu pai e é uma maneira inquestionável de conhecê-lo. Não sou eu lhe contando histórias de mãe. Não é a sua mãe lhe contando histórias de juventude. É seu pai. Sem floreios ou rancor. Somente ele.*
> *Com amor,*
> *Samanta.*

Junto todas as cartas voltando a formar uma pilha, coloco o bilhete da minha avó em cima e olho para Cadu. Estou emocionada. Sinto uma ligação inexplicável com a minha avó e com tudo o que me cerca aqui. Também estou espantada com o sentimento de urgência que me tomou dias atrás, me fazendo jogar tudo para fora dos armários, procurando o que eu nem sabia que precisava encontrar.

– Estou meio assustado agora – ele diz, cortando o silêncio.

– É. Acho que estou sendo assombrada pelo fantasma da Samanta. – Engraçado como mentalmente consigo dizer vovó, mas não consigo pronunciar.

Cadu franze a testa e eu gargalho.

– Estou brincando, seu bobo.

– Está mesmo? Não acha que ela pode estar te guiando nisso tudo?

– Sim, foi uma brincadeira. E, não, eu não acho que a Samanta está no além brincando de charada comigo.

Levanto, saio e subo as escadas. Pensar que ela planejou cada detalhe me faz sentir manipulada e joguete da situação. Acabo me irritando, ou irritação foi o nome que preferi usar para a angústia que eu estou sentindo. Coloco as mãos no balcão da cozinha e respiro fundo para não gritar. Na verdade, eu também estou assustada, eu também tenho medo daquilo que não conheço.

Sinto as mãos de Cadu na minha cintura e ele beija o topo da minha cabeça.

– Vou embora. Você tem muita coisa para pensar e ler.

– Não vou ler. – Viro-me para ele quase desesperada.

– Como assim não vai ler?

– Não agora, pelo menos.

– Por quê?

– Porque eu não vou estar aqui amanhã, Cadu.

O ponto de interrogação entre seus olhos se intensifica e eu cruzo meus braços atrás de seu pescoço. Beijo-o profundamente como se meu alívio dependesse daquilo. Depois, me afasto alguns centímetros, absorvendo a aura sensual e contraditoriamente amiga que nos cerca. Lentamente seu semblante se suaviza e ele sorri.

– Mas o amanhã ainda não chegou – conclui lindamente.

Afirmo e volto a beijá-lo, deixando a pilha de passado em cima do balcão, esperando eu me sentir preparada para me encontrar com cada uma daquelas linhas.

Quem sabe eu realmente tenha vindo inconscientemente buscando por respostas ou pedidos de desculpas. De repente Cadu está certo e algo maior do que minha covardia em enfrentar o Fernando e a mim mesma tenha me trazido até aqui. Não sei, me parece fantasioso, mas agora, enquanto tenho os dedos de Cadu agarrados à minha blusa como se segurassem de todas as formas a fina barreira que ainda nos separa, e seus lábios brincando com os meus de uma maneira lasciva demais para que eu chame apenas de brincadeira, fantasioso perde todo seu sentido original.

    O que é real quando tudo em que você se segurava desmorona? O que é real quando o que te mantém acesa são coisas que você não pode tocar? Eu não sei... Não sei mais.

10

Já nem penso mais em ti...
Mas será que nunca deixo
De lembrar que te esqueci?

Mário Quintana, Do Amoroso Esquecimento, in Espelho mágico.

Domingos são cansados por natureza. São dias de pensar no dia seguinte, gostando ou não do seu trabalho. Este exato domingo está ainda com mais preguiça de acontecer. Deve ser porque, em poucas horas, Alma estará voltando para a sua cidade, sua vida. Estranho imaginar que a casa dela não é o sobrado de portas e janelas azuis, com flores no parapeito e telhado com eira e beira. Estranho aceitar que a vida dela não é aqui.

Ontem, ao encontrá-la em seu jaleco e pensamentos, quase pude vê-la trabalhando no hospital local ou em uma clínica na cidade vizinha. Alma combina com essas ruas mais do que qualquer um daqui. Mais do que eu, certamente.

Tenho consciência de que querê-la aqui é querer mais daquela boca e das partes de seu corpo que não pude tocar. É querer alguém sentado na outra cadeira ao redor da minha mesa e mais conversas estranhas sobre nossas fraquezas. Admitir que acho cedo para ela partir é assumir que eu não paro de pensar no que eu ainda não conheço dela. E eu não estou falando de sexo. Embora pense nisso incansavelmente também. Muito. Mais do que meu juízo considera normal.

Enquanto me arrumo para buscá-la na casa de Cláudia, penso no último beijo que demos. Não no primeiro, que me mostrou o gosto que ela tem, ou no mais quente, que me fez ter vontade de trancar a porta e nunca mais abrir. O último, dado na escada, enquanto ela me empurrava para fora de sua casa, sorrindo feito uma menina. O último, dado por uma pequena fresta da porta que, logo em seguida, ficou entre nós. O último, aquele, que me pareceu prematuro em ser.

Combinei que a levaria até a rodoviária. Ela tentou me dispensar, admito, mas insisti e ela acabou aceitando. Alma me devolveu a cópia da chave de sua casa, aquela que entreguei ao advogado assim que a neta da Senhora Samanta apareceu por aqui. Tenho a chave da casa dela, mas não a tenho lá dentro. Lógica estranha a do destino.

Assim que dobro a rua em que a imponente casa de Cláudia fica, vejo Alma de mochila nas costas, sentada no meio-fio, mexendo no celular. Ela está a poucas quadras da casa de sua amiga.

– O que faz aí? – digo abrindo o vidro.

– Te esperando, ué. – Ela se levanta e entra no carro.

– Por que não esperou lá dentro? Está quente aqui – digo sem saber se devo beijá-la no rosto ou na boca. Acabamos não dando beijo nenhum e ela pôs o cinto.

– O clima está melhor aqui fora do que lá dentro.

– O que houve? – pergunto enquanto volto a dirigir.

– Não sei. Mas a Cláudia estava calada e parecia ter chorado. A Lúcia estava nervosíssima, mas também não quis dizer o que raios aconteceu. A Raquel com aquela cara de matrona dizendo que não pôde ir à festa ontem porque precisou organizar uma viagem às pressas para o marido, o que ficou claro que era uma desculpa esfarrapada. E a Patrícia, bem, a Patrícia foi embora quinze minutos depois de ter chegado. Ela xingou tudo o que podia, disse que a nossa amizade era uma fachada, que todo mundo era um bando de hipócrita e que ela tinha mais o que fazer.

– É. Parece com ela... – Acabo rindo.
– E ela tem razão. Não tem?
– Não faço ideia. – Não faço mesmo.
– Deixa pra lá... – Alma olha para fora e parece irritada.
– Preparada para passar algumas horas na estrada? – pergunto isso porque o clima já tinha sido usado como tópico para conversa.
– Pra ser honesta, não.

Ela deixa de encarar a janela e se vira para mim. Alma está de óculos escuros, mas tenho certeza de que seus olhos marejaram.

– Por que não fica?
– Não posso.
– Claro. Eu sei. Você tem sua vida lá. Bobagem sugerir isso...
– E sabe o que é pior? Essa droga de cidade fica a uns 430 quilômetros de distância da capital... Eu nem posso dizer que visitarei vocês. A minha rotina é uma tirana. O meu trabalho me consome e eu terei férias daqui a um ano. – Ela bufa e eu estaciono o carro.
– Chegamos – digo, como se tivesse dando pêsames.

Alma fica quieta por alguns instantes. Adoraria saber no que está pensando, mas não é difícil imaginar. Há algo lá que ela ainda não está pronta a enfrentar. Há algo aqui que a faz ter vontade de ficar.

– Deixei um papel com meus telefones e meu e-mail anotados. Caso você queira falar comigo – diz mais calma.
– É claro que eu vou querer falar com você – confesso.

– Que bom... – Ela estica um dos cantos da boca e eu sinto o peito fisgar.

Alma abre a porta e sai do carro deixando o rastro de seu perfume para trás. Isso está sendo mais difícil do que eu imaginei. Ela tem o dom de deixar todos os meus sentidos querendo mais. Mais de seus pensamentos, que chegam sempre pela metade, de suas intenções sempre tão misteriosas e dela em si, que me escapa mesmo quando tenta se aproximar.

– Bem... É este aqui – ela suspira, e para em frente ao ônibus estacionado em sua plataforma.

– Boa viagem, vizinha – digo meio sem jeito enquanto ela tira os óculos mostrando seus olhos brilhantes, quase um abismo.

– Vou ganhar um abraço? – Ela tira a mochila das costas, a apoia no chão e abre os braços.

– Quantos você quiser ou puder... – Ah... Que inferno isso.

Ela encosta a cabeça em mim e eu beijo seus cabelos. Depois, Alma me olha sem nada dizer. E ficamos assim, como quem deseja esticar os segundos para poder ter mais tempo, a fim de decorarmos cada detalhe de nossos rostos e daquele momento que talvez se perca nos afazeres, na rotina ou em outras faces.

Encostamos nossas testas e eu fecho os olhos.

– Sabe que se nos beijarmos aqui a cidade toda estará sabendo antes mesmo de você virar a primeira esquina – sussurra.

– Você quer me beijar, Alma? – digo desejoso.

– Quero – responde sensualmente.

– Então dane-se...

Foi um beijo calmo, mas capaz de desajustar alguma coisa em mim. O motorista entra no ônibus e dá partida, fazendo o motor roncar, nos tirando um do outro.

Alma pega a mochila, sorri e sobe o primeiro degrau.

– Se você me ligar e eu não atender é porque estou em atendimento – diz como quem dá instruções.

– Ok – respondo divertido.

– Você pode mandar mensagens de texto quando quiser, é sempre mais fácil dar uma olhadinha – continua forçando o tom trivial.

– Certo. Você não pode me ligar das 8h às 14h porque estou na universidade. – Resolvo embarcar naquela situação estranha.

– Menos às quintas – lembra.

– Sim, menos às quintas – confirmo.

– Certo... Então... É isso. – Ela sobe mais um degrau e eu não resisto. Subo na escada e volto a beijá-la.

– Ah! Eu vou sentir sua falta... A gente só começou isso aqui, droga! – digo quase enfurecido.

O motorista acelera levemente dando o recado e eu desço. Alma entra e a porta se fecha. Ela aparece em uma das janelas e fica de cabeça baixa por alguns instantes. Quando o ônibus se prepara para manobrar e deixar a rodoviária, Alma espalma no vidro e eu leio o recado escrito em sua mão:

"Não é um adeus."

– Ainda bem! – digo quase gritando.

Ela sorri e eu aceno.

O acontecimento mais estranho da minha vida e o mais bonito também. Pelo menos até agora.

✳ ✳ ✳

Alma tinha razão. Eu mal abri a porta do bar e as pessoas já estavam com aquele sorrisinho sem graça para o meu lado. Fingi que não percebi e tentei levar o dia sem tocar no assunto, mas é claro que Patrícia não deixaria a fofoca muda, calada, correndo pelos corredores em tom de segredo. Não. Ela entrou no bar utilizando todo o seu volume sempre fincado no máximo:

– Eu não acredito que você me traiu, Cadu. E com a minha prima? Estou desapontada.

– A gente não tem nada um com o outro, Pati – falo com simpatia porque eu sei que ela está querendo me perturbar. Seu lazer favorito.

– Porque você não quer, né? – ela diz e pega o cardápio. – Quando a dona do bazar veio me contar a cena de filme romântico que aconteceu na rodoviária, eu fiquei me perguntando o que a porcaria da Alma tem pra ter te fisgado em tão pouco tempo.

– Não vou ter essa conversa com você, Patrícia.

– Por que não? Você não tem amigos, Carlos Eduardo. Pelo menos não aqui, depois que a Samanta morreu.

– Eu não vou falar da Alma contigo – digo rindo. – Não vou mesmo.

– Ok, você feriu meu coração e agora me nega o posto de melhor amiga. É isso? Tudo bem. Eu tentei... – Ela se levanta e eu me arrependo.

– Desculpe. Você é uma das pessoas mais legais que já conheci, apesar de me irritar com essa sua satisfação em me ver sem jeito.

Ela franze o nariz, faz um biquinho e aperta os olhos. Acho que gostou do elogio e aceitou a crítica.

– É que não tem nada a dizer. A Alma é uma mulher incrível. A gente ficou bem próximo um do outro esses dias, acabamos nos beijando ontem e hoje de novo. Foi isso – digo firmemente, tentando acreditar que seria o suficiente para calá-la, mas claro que não foi.

– E continuaria beijando, se pudesse? – ela pergunta um pouco triste.

– Sim. Muitas vezes – admito honestamente.

– Maldita sortuda.

Rimos.

– E agora? – ela pergunta enquanto chama a garçonete.

Espero Patrícia fazer seu pedido tentando ganhar tempo para formular uma resposta. E agora?

– Então, o que vai fazer? – insiste.

– Nada. Eu não vou fazer nada, Patrícia.

– Covarde.

– Que isso? A gente ficou junto e ela foi embora. Pronto.

– Não acredito que vai deixar Alma escapar.

– Você é uma romântica. Quem diria? Acha que porque trocamos alguns beijos esses dias, eu tenho que ir atrás dela como se eu fosse um garotinho iludido?

– Eu não sou romântica. Só testemunho um bando de mulher legal e tão incrível quanto a Alma quase cair aos seus pés desde que chegou aqui, inclusive eu, e você nunca moveu um músculo em direção a ninguém. Cheguei a achar que o seu negócio era outro. Sério.

Esfrego as mãos no rosto, tentando controlar o desconforto. Patrícia é totalmente invasiva e nada discreta.

– Cadu, olha pra mim. – Obedeço. – Estou querendo dizer que as pessoas são comuns, repletas de qualidades e defeitos. Alma não tem nada demais e mesmo assim conseguiu ultrapassar esse muro alto que você construiu ao seu redor sei lá por quê. Talvez, pra você, no seu mundinho, ela tenha algo de especial.

– Ok, Patrícia. Você conseguiu dificultar ainda mais a minha vida. Obrigado.

– Ao seu dispor. – E me manda um beijinho. – Acho que vou levar meu pedido pra viagem. Ver você derretido pela minha prima está acabando comigo. Tchau, lindinho. Se desistir dela, me avise. Venho te consolar.

Patrícia sai me mandando beijinho e rebolando. Sei que ela usa esse humor para disfarçar suas tristezas. Dizem que ela gostava muito do pai de sua filha, que não quis nada com ela ou com a criança. Dizem também que ela agasalhou esperanças verdadeiras em relação a mim. Lamento tanto por uma coisa quanto pela outra. Ela é uma mulher bacana, merecia um cara legal, mas nunca senti uma faísca sequer, nem desejo ou afinidade. Como se explica isso? De onde vem esse tipo de preferência? Será possível que haja uma pessoa feita especialmente para o nosso eu particular, aquela que, de alguma maneira inexplicável, reconhecemos? Eu duvido. Ou duvidava... Sei lá...

✵ ✵ ✵

Eu já estava mexido com toda a minha curta história com Alma, e a conversa com a Patrícia piorou. Passei a tarde toda pensando que aquela garota de cabelos curtos, frases diretas, cheiro de maçã e gosto ardente poderia ser a tal da garota. Aquela... A especial.

Acabo não resistindo e enviando uma mensagem na noite do mesmo dia em que ela partiu. Digitei enquanto descia as escadas de sua casa e me lembrava do que tínhamos vivido bem aqui entre essas paredes:

"Serra de Santa Cecília era o meu calvário particular, mas pelo menos era livre de lembranças. Só para constar: você estragou tudo."

Ela respondeu horas depois:

"Vi agora, a internet do meu celular é uma droga. Desculpe ter tirado o seu sossego, mas você devia ter pensado nisso antes de pular em cima de mim. Acho que você não considerou o elemento surpresa: ser melhor do que imaginava."

"*Imaginávamos. Confesse.*"

"*Confesso.*"

Não consigo prosseguir porque no momento que eu estava me animando com o rumo da conversa, Elisa apareceu na minha TV. Linda, em trajes de gala ao lado do seu querido astro de cinema. A repórter empolgada diz o quanto Elisa está deslumbrante, ela agradece e sorri timidamente. A câmera muda o foco, colocando o *príncipe inglês* em primeiro plano, mas meus olhos continuam nela. Seus olhos verdes quase me ofuscam. Um misto de amor, tristeza e revolta me acerta em cheio. Faz menos de um ano no tempo real, algumas semanas na minha vida e anos-luz na dela.

Meu celular volta a vibrar e Elisa se despede acenando.

Infelizmente, não é Alma vindo me resgatar com sua conversa sedutoramente divertida, é minha mãe irritada porque eu nunca mais liguei. Converso com ela o suficiente para acalmá-la. Digo que tenho trabalhado demais e essas coisas que a gente diz quando percebe que o tempo passou muito mais rápido do que pudemos perceber. Ela se acalma e eu desligo.

Olho o vento empurrando a persiana e me lembro das noites quentes em que Elisa dormia com todas as janelas abertas. Lembro-me dos planos que fiz mentalmente enquanto a tinha em meus braços.

Terminar um relacionamento não é só deixar uma pessoa e sim aceitar que aquele almejado futuro não existirá mais. Talvez os dias sejam até melhores, mas não serão os mesmos que você imaginou. Nós não iremos ao festival de música de Cartagena, não pintaremos as paredes para o Natal e nem faremos um curso de culinária. Não terá feriado em Angra e nem shows em parques. Elisa arruinou tudo isso porque mesmo que eu vá à Colômbia, seu fantasma estará presente como uma companhia indesejada. Talvez eu vá a novos lugares, faça novas coisas para não me lembrar de tudo o que não aconteceu.

    Foi por isso que eu vim para cá, não foi? Então, por que eu ainda não me esqueci de tudo isso? O que falta para eu deixar Elisa partir de vez? Por que ela ainda está aqui?

11

*E tem também uma tristeza
toda sua, uma tristeza que não
está nos primitivos salgueiros.*

Mário Quintana, Parábola, in Poesia Completa.

Eu *estava de plantão há trinta e seis horas, estava no quarto de descanso há pouco menos de duas horas quando bateram.*

Meu coração acelera e eu me perco. Ando pelo quarto e paro em frente ao espelho. Respiro fundo e volto, mentalmente, a ensaiar o que diria quando alguém me perguntasse o que aconteceu:

Eu estava sozinha no pronto-socorro porque o meu professor precisou operar o garoto mais jovem. O cinto de segurança mal posicionado acabou causando uma pressão tão forte e abrupta no abdome da criança que gerou uma lesão e sangramento visceral...

O interfone toca e eu me sobressalto. Atendo. É minha mãe e o porteiro avisa que ela já está subindo.

Ela entra, me beija e parece satisfeita em me ver pronta para voltar ao trabalho.

– Resolvi aparecer antes que você atravesse aquelas portas e se perca no mundo paralelo das emergências – brinca.

– Tudo bem, mãe?

Não consegui contar a ela sobre as cartas que ando lendo do papai e, toda vez que ela me olha, sinto como se ela soubesse que ando escondendo alguma coisa.

– Nem acredito que você conseguiu ficar trinta dias de férias. Trinta dias! Pra piorar, alguns deles na Serra... Pensei que correria para um hospital e ficaria perambulando por lá. Juro – ela brinca.

– É. Nem eu – falo enquanto penso na Serra.

– Desde que voltou está assim meio aérea. Quer conversar? Essa é a última vez que pergunto. – Mamãe sempre segura meus ombros e me olha de baixo pra cima com aquele ar materno e autoritário quando faz ameaças.

– Não é nada disso. É reencontrar o Fernando que está me deixando aérea. Eu liguei, tentei falar com ele pra ver se a gente conseguia se resolver antes de eu voltar ao hospital, mas ele não me atende.

– Esquece o Fernando, filha. Ele não quer falar com você. Não quer te ouvir. Você já fez de tudo. Até plantão na frente da casa dele... Chega! A opção foi dele de não querer saber o que você tem a dizer sobre o assunto. Pronto. Acabou!

– Mãe, a gente ia casar! A gente praticamente já morava junto! – Me desespero.

– Eu sei. E é por isso que ele devia pelo menos te ouvir. Pelo menos tentar entender. Mas ele preferiu virar as costas, então aceite isso.

– AAARRGGHHH... Falar é fácil – esbravejo.

Minha mãe abaixa os ombros e suspira.

– Eu sei. Sei que não é fácil. Você é louca por aquele cara desde a primeira vez que o viu. Sempre endeusou o Fernando. Mas isso já faz tanto tempo, filha. Pense bem: o que te prende a ele é o amor ou a culpa? Porque se você me disser com firmeza que é o amor, eu te ajudo a falar com ele. Nem que eu prenda aquele mauricinho dentro de um quarto. Mas se for a culpa... – Ela para de falar e entorta a cabeça em um gesto tão familiar quanto o seu cheiro de água de rosas. Sinto lágrimas nos olhos. – Então é hora de seguir em frente longe dele – conclui.

– Eu sei, mas queria poder explicar – falo derrotada.

– Ele não quer suas explicações agora. Quem sabe depois – diz, conciliadora.

– A gente trabalha no mesmo lugar. Será que pode piorar? – tento rir.

– É. Acho que não – ela diz com tom doce e sinceridade amarga.

Ser realista. Ver as coisas como realmente são te faz ser durona sem ser insensível. Minha mãe é assim. Eu tento bravamente ser.

A variável complicadora é o fato de existirem coisas realmente difíceis e que machucam. Há, sim. Há problemas maiores do que nossa cabeça parece conseguir suportar. Eu sei porque tenho alguns deles. E, às vezes, você só pode aguentar firme, pois não há solução imediata. Não há como resolver. Eu terei que lidar diariamente com um ex-noivo enfurecido, dilacerado de tristeza e que me deseja morta, no mínimo. Terei.

Sei que sempre é possível enfrentar ou fugir e sei também que a segunda opção é tentadora, mas é inaceitável. Já adiei o problema como nunca tinha feito antes. Ninguém me ensinou a fugir. Minha mãe é do tipo que diz: é, vai ser uma droga, boa sorte. É assim que eu fui criada, é assim que eu aprendi a fazer o certo. Tenho que ser valente por ela, que nunca esmoreceu. Ela nunca hesitou, nunca abaixou a cabeça, nunca chorou por tempo demais. Por isso ela é capaz de sorrir ao constatar que eu vou ter um péssimo dia. Ela sorri e me abraça porque sabe que vai passar e, quando eu superar – que seja breve, por favor –, serei mais forte.

✽ ✽ ✽

Entro pelos fundos do hospital e vou direto ao departamento de Recursos Humanos. Continuo convicta na missão de esticar cada segundo, de demorar o máximo que puder para me apresentar de volta ao trabalho. É a primeira vez que a opinião dos outros me parece importante. Desconfio que seja porque a minha opinião sobre mim e todo o ocorrido não é das melhores.

Sou recebida como qualquer funcionário que retorna de seu período de férias. Não noto nenhuma conversa sussurrada ou expressões de pesar. Somos eu, meus colegas e professores. Foi assim até me colocarem para organizar fichas. Estava tudo normal até eu aceitar sem contestar a tarefa mais enfadonha e muito aquém da minha capacidade.

Três horas depois no trabalho burocrático, minha fachada durona já estava rastejando pelo chão procurando algum arquivo para se esconder. Um morto, de preferência, para ser enterrada de vez. Eu já estava com vontade de brigar ou chorar quando meu celular vibrou me mostrando que Cadu tinha me enviado um e-mail. Há dias não trocávamos nenhuma mensagem e eu não conseguia dormir sem vê-lo na plataforma da rodoviária com expressão saudosa.

Foi difícil não descer do ônibus aquele dia, não desistir da partida e renovar o abraço, os beijos e a esperança.

> *Caiu uma tempestade aqui na Serra. Fiquei sem energia e sem bateria. Como você está? Como está o primeiro dia de volta à sua vida de supermédica? Tenho certeza de que você está feliz dentro de seu jaleco – e linda também, eu já vi.*

> *A coisa anda agitada por aqui. Adivinhe? Sim, o casamento da Lúcia é só no final do mês, mas já é responsável por girar toda a economia da cidade. Para ajudar, ela arrematou o jantar romântico que cedi ao leilão da festa beneficente e está me perseguindo repleta de exigências. É época de provas também... Pilhas e pilhas para corrigir.*
>
> *Entre tudo isso há uma janela azul que nunca mais se abriu e isso não me parece certo. Todo dia encaro aquela veneziana e acho o dia um pouco mais triste.*
>
> *Até mais, distante vizinha.*

Impossível não sorrir com aquela mensagem. Impossível não sentir vontade de estar naquelas ensolaradas ruas de paralelepípedos e casas antigas. Como negar minha vontade de abrir a janela azul, me debruçar sobre ela e acenar para Cadu para o dia deixar de ser triste?

Toda aquela nostalgia e pensamentos bucólicos me fizeram temer responder o e-mail. Melhor um momento menos frágil para não correr o risco de escrever uma declaração, ou pior, um pedido de socorro.

Desde que fiquei com Cadu, guardo pensamentos sonhadores e sentimentos controversos dentro de mim. Ora penso que deveria esquecê-lo, ora me agarro à sua imagem como se seu semblante pedindo por mim fosse uma máscara de oxigênio.

Decido sair para comer alguma coisa na lanchonete, respirar um pouco fora daquele balcão.

Assim que entro no corredor de acesso às escadas, vejo Fernando vindo em minha direção. Ele desvia abrindo a porta de saída de emergência assim que me vê. Aperto o passo e o sigo. Vejo seu vulto subindo. Chamo, mas ele não para. Fernando apressa o passo e eu quase perco o fôlego tentando alcançá-lo. Subo incontáveis degraus, sinto como se eu estivesse em um labirinto, correndo para me salvar.

Para minha surpresa, acabamos na cobertura do hospital, no heliporto. Ele ereto, olhando para o céu com as duas mãos na cintura, e eu quase morrendo sem ar apoiada nos joelhos.

– Está esperando alguém? – digo ao vê-lo inerte encarando o céu.

– Claro que não. Estou pensando em como me livrar de você sem ser te jogando prédio abaixo.

Um gelo percorre minha coluna.

– Você precisa entender que não foi minha culpa – digo vacilante.

– Não foi? – Ele se vira e me encara. – Tem certeza?

A cena surge em minha mente me deixando ligeiramente tonta. Tento me manter firme.

– Todo mundo sabe que sou inocente, menos você, Fernando.

– Porque ninguém te conhece como eu. O que você faz no fim de cada plantão, Alma? Aliás, o que você faz entre um atendimento e outro? Ninguém sabe como são as suas horas de folga, apenas eu. E você, claro.

– Não acredito que está me dizendo isso. – Sinto lágrimas brotarem e minhas forças se esvaírem.

– Acredite. E vou dizer pra todo mundo se você não desaparecer daqui. Minha família tem me segurado para eu não arruinar a sua vida, mas juro que estou por um triz.

– Você precisa me ouvir: eu... eu.... acabei ficando sozinha no PS porque... é... porque... porque todos estavam ocupados com a família do acidente... Você sabe. O menino... o mais jovem... O menino precisou de cirurgia e...

– Cale a boca! Você mal consegue falar. Acho que nem se lembra do que aconteceu naquele dia.

Fernando passa por mim como um furacão fazendo nossos jalecos se tocarem e meu corpo balançar. Ele coloca a mão na maçaneta e para por um instante.

– O que aconteceu com tudo o que você sentia por mim, Nando? – digo quase chorosa.

– Você matou. – Ele gira a maçaneta e sai sem me olhar.

Minha vontade foi ir embora naquele exato momento, mas eu não fui. O problema é que eu continuei com as fichas, com as rondas, suturas e trabalhos menores. Os dias passavam e eu continuava nessa rotina morna. Assistia às cirurgias da galeria de observação e minha vida estava parada.

Essa geladeira em que tinham me enfiado era prova de que acreditavam na minha culpa mais do que eram capazes de pronunciar, ou pelo menos não queriam contrariar o chefe. Sim, pra piorar, Fernando é o médico responsável pelo pronto-socorro. Ninguém sabe do nosso relacionamento ou que estávamos noivos, não formalmente pelo menos. Ninguém sabe que ele conhece as minhas horas de folga ou as que eu costumava ter. O problema é o envolvimento pessoal dele naquela madrugada do inferno. E o meu também.

Tentei falar com Fernando mais uma porção de vezes e continuaria insistindo se ele não tivesse me ameaçado a entrar com um mandado de restrição. Precisei recuar. Era um labirinto eterno cuja saída eu não conseguia encontrar. Não havia salvação.

Decidi falar com o meu orientador, o médico responsável pela minha especialização, aquele que deveria estar comigo para não me deixar sozinha fazendo besteira:

– Acho que vou sair do programa – desabafo.

– Pensando em largar a cirurgia, por quê? Você tem talento.

– Mesmo? Porque estou esperando alguém me dar um espanador – reclamo.

Ele desvia os olhos da prancheta e me puxa para um lugar sem movimento.

– Alma, eu sei que as coisas estão difíceis, mas você precisa deixar o tempo passar. Estou tentando te camuflar até o Fernando te esquecer.

– Ele não vai esquecer e vai acabar me mandando embora.

– Sabe que ele não pode fazer isso.

– Ele já fez, doutor.

– Eu queria poder ajudar.

– Eu sei. Pode fazer uma carta de recomendação? Vou tentar me transferir. Além do mais eu já sou médica, posso trabalhar em outro hospital.

– E a especialização? – insiste.

– Não sei – respondo triste.

– Ok. Você vai operar comigo hoje. Vamos ver como se sai.

– Certeza? – Sinto a esperança me invadir.

– Claro. Confio em você.

Quase saio pulando de tanta alegria. Eu aguentaria tudo se pudesse voltar a fazer aquilo que acho que nasci pra fazer. Eu ajudaria alguém hoje, eu aliviaria a dor e garantiria uma chance à vida, tudo ficaria bem.

Agiria com técnica, destreza e conhecimento. Seria lindo. Seria *hardcore*, tudo voltaria ao seu lugar e eu exorcizaria meus fantasmas, provando que eu estou ótima. Tudo ficaria bem. Eu viveria escondida no centro cirúrgico e nunca mais veria o Fernando. Lá dentro, com o poder da lâmina na minha mão, eu aguentaria.

Tudo. Ficaria. Bem.

✳ ✳ ✳

Horas depois, fazendo a assepsia, observo a sala sendo preparada e imagino que seria frustrada longe dessas luzes. Se eu, por desventura, deixasse isso para trás, será que conseguiria ser completamente feliz? Às vezes, acho que todas as coisas de que abrimos mão acabam virando entulho dentro da gente. E é por isso que a vida fica tão pesada a cada ano.

Em pé, ao lado do meu professor, observo suas mãos e respondo às suas perguntas. Vejo o órgão danificado ser reparado. Cada passo do procedimento funciona como um mantra sendo repetido sem pausa e eu estou hipnotizada.

– Quer ajudar? – Júlio sussurra.

– Oi? – tento sair do transe.

– Vem. Pegue o bisturi. Você sabe o que tem que fazer.

Sim, eu sei. Eu já fiz isso antes. É fácil, simples e certeiro. Coisa de iniciante.

– Ok.

Pego o bisturi e, gentil e firmemente, sinto sua ponta atravessar o tecido. A sensação é boa. Continuo e tudo está saindo perfeitamente bem. Meu professor dá pequenas instruções e eu começo a me sentir confortável. De repente o oxímetro começa a apitar e o anestesista a dar informações sobre os sinais vitais. Sinto minha testa esquentar.

– Alma, está tudo bem. Você precisa acelerar para fecharmos rápido. Tudo bem?

Aquiesço com veemência e começo a acelerar. Tento controlar a respiração, mas um relógio marcando 3:12 atravessa meu pensamento. Novamente a cena perturbadora toma o lugar da minha realidade. Fecho os olhos e tento me recuperar, não há tempo, sinto retirarem o bisturi de minha mão inerte e alguém tomando o meu lugar.

Segundos depois, tudo volta a estar quieto na sala de cirurgia. Menos minha cabeça. Sentada próximo à saída, tento organizar meus pensamentos tão confusos.

Diversas fraturas pelo corpo, mas consciente. Pupilas simétricas. Sem hematomas periorbitais. Sem dor ao manipular o abdome.... – Respire, Alma. Respire. – Abdome flácido e indolor. Dor no peito. Falta de ar ao falar. Não asmática. – Minha memória vacila. – Ela respondeu que não era asmática? – Fecho os olhos e forço o ar a entrar pelos meus pulmões tentando me acalmar. – Sim, ela respondeu que não era asmática. Não asmática. Há uma lesão na costela. Examino. Encontro um murmúrio diminuído, quase inaudível do lado esquerdo. Solicito raios X do tórax com urgência... Laringoscópio e sonda orotraqueal número sete e meio. Pressão 10 por 8. Máscara de Venturi. Aumento da falta de ar... – E depois, e depois? Preciso me lembrar.

Alguém me pega pelos ombros e diz coisas que não posso ouvir. Sinto uma sacudida e tento me levantar, sem sucesso. Pisco algumas vezes tentando me controlar, mas meu cérebro se ocupa em completar aquela cena porque sabe que somente quando eu me lembrar de tudo vou conseguir me libertar.

Tarde demais, já não consigo completar o raciocínio, me perco dentro de minhas recordações doentes e esfumaçadas. Tento recomeçar, mas escuto meu nome ao longe. Vejo uma das enfermeiras agachada em minha frente me chamando sem parar.

– Estou bem. Desculpe... Estou bem – balbucio, trêmula.

– Tem certeza? – insiste.

Peço para me retirar. Saio sem sentir o chão sob meus pés. Vou direto ao departamento de Recursos Humanos. Lara me atende solícita. Ainda me lembro da última vez que me sentei nesta cadeira e volto a sentir falta de ar. Notando meu desconforto e meus trajes, ela me oferece água e espera silenciosamente.

– Acho que vou aceitar aquela oferta. Digo.

– Boa decisão – ela diz.

– É. Acho que preciso de uma licença, não estou pronta para voltar.

– Acho justo. É mais comum do que imagina, dra. Abreu.

– Sei... – esquivo-me.

– Vou indicar uma licença e um tratamento.

– Tratamento? – me sobressalto.

– Você precisa de ajuda.

– Se eu quisesse um tratamento, não precisaria me ausentar. Preciso de tempo para me acertar, talvez trabalhar em outro hospital, um diferente.

– Suas memórias e problemas não estão nessas paredes. Você sabe disso.

– Três meses, sem indicação de tratamento. Prometo que vou procurar ajuda, mas sem indicação formal. – Ela me olha seriamente e eu me sinto aflita.

– Três meses e você vai me entregar um relatório. – Faço expressão de piedade e ela continua: – Informalmente. Você me mostra e, se estiver ok, não registro. Mas você vai procurar ajuda.

– Obrigada.

– Só porque você é uma boa garota, Alma. Está um pouco perdida, mas vai ficar bem. E porque conheço sua mãe.

Minha mãe é enfermeira. A melhor. Lara trabalhou com ela em outro hospital.

– Muito obrigada – insisto.

Saio cambaleando, meio sem rumo, meio sem esperança. Talvez eu nunca mais consiga ser médica. Talvez eu não consiga superar dessa vez. Ninguém me ensinou a fugir, eu sei, mas há coisas que a própria vida resolve decidir e eu não posso enfrentar.

Não sem ajuda. Há algum tempo descobri alguns atalhos, mas eles não estão mais disponíveis. Não totalmente. E eu estou ainda mais desnorteada.

Quando nossas atitudes nos ferem, é suportável. Quando a gente faz besteira e sangra, tudo bem. É respirar fundo e esperar estancar. Contudo, quando o sofrimento está em outro, a dor vem com a culpa. E isso está me enlouquecendo. Ferir Fernando me faz ter medo de não curar mais ninguém. Nem a mim.

Chego em casa e me jogo na cama. Olho o celular e não há nada nele. Não respondi ao e-mail de Cadu e ele não enviou nenhum outro. Talvez tenha sido apenas um beijo, embora esse pensamento não tenha força em mim. Cadu continua sendo um momento que se destaca dos outros. Ele continua sendo algo puro no meio da minha bagunça, mesmo eu não entendendo muito bem o que isso signifique.

Olho meu apartamento quase sem mobília e me recordo da casa colorida e quente de Samanta. Levanto-me à procura da minha mala. Começo a jogar meu guarda-roupa dentro dela assim que a encontro. Sem pensar em mais nada além do bem--estar que me invade, decido ir ao encontro das amigas malucas, da cidade com jeito de férias e dele.

Pego o telefone e ligo pra minha mãe. Ela mal tem tempo de atender. Assim que ouço sua voz, despejo:

– Aconteceu de novo.

– Aconteceu o quê, filha?

– Eu pirei. No meio de uma cirurgia.

– Alma, querida... Sinto muito, filha.

– Me afastaram por três meses.

– Vai ser bom.

– É... Estou indo para a casa da Samanta.

– Como é? – diz em tom nervoso.

– Sei que não gosta de lá, mas o tempo passou, as coisas estão diferentes. Eu tenho uma casa, amigos e um casamento para ir. É como ir para o acampamento da igreja quando eu era criança, mãe.

Silêncio.

Ela está magoada, eu sei.

– Mãe? Eu estou por um fio. Se eu não fugir, vou arrebentar. Estou quase tendo uma recaída... – Comecei a respirar devagar, tentando me acalmar.

– Ei, ei... Acalme-se. Recaída do quê? Você sempre me disse que estava no controle da situação, que sabia o que estava fazendo e que eu não tinha com o que me preocupar.

– É. Talvez eu não soubesse tanto quanto afirmava.

– Você está começando a acreditar nas palavras do Fernando. Se isso acontecer, você vai se destruir.

– Eu sei. Eu sei.

– Quer ir para a Serra, vá. Se acha que vai te ajudar, vá. Você sabe que eu só quero que fique bem.

– Obrigada, mãe.

Desligo o telefone e me lembro da primeira carta que li daquela pilha:

> *"... quando você sente que vai sufocar e que não há meios de não se sentir oprimido em um lugar, você vai acabar transformando a vida de todos em um inferno. Você vai se ocupar em não deixar ninguém em paz para não se sentir sozinho no caos que se tornou. Foi por isso que eu parti, mãe. Entende?"*

Entendo, pai. Agora eu entendo.

12

*A saudade é o que faz as
Coisas pararem no Tempo.*

Mário Quintana, Preparativos de Viagem, in Poesia Completa.

Acordo com dores pelo corpo. Uma gripe, provas e a organização de um jantar para a princesa da Serra foram demais para mim. Mal consigo me movimentar, acho que estou febril ou com fome. Não tenho muita certeza.

Tomo um banho e corro para o bar. Depois de uma tarde dormindo, preciso correr para ver se tudo está caminhando bem para o jantar da Lúcia. O casamento dela é amanhã e ela resolveu fazer seu último jantar de namorados. Achei bonitinho, confesso.

Lúcia é uma garota que fica sempre na dela. É bacana, apesar de ser extremamente vaidosa e um pouco metida porque vai se casar com o campeão de todos os rodeios da redondeza. O cara é patrocinado por grandes marcas e até aparece em alguns comerciais na TV. Eu, na verdade, acho violenta demais essa coisa de rodeio, mas, por aqui, eu é que sou o estranho.

Ainda bem que agora já posso contar com funcionários fixos. Conseguimos formar um bom time para tocar o bar. Não sou experiente no assunto e sem funcionários competentes eu ia acabar falindo o bar sem nome. É. Eu ainda não arranjei um nome para o boteco. Fazer o quê? Nenhum me parece bom.

Assim que abro a porta, fico feliz. O bar está limpo, com velas espalhadas e o ar já tem cheiro de comida. Vejo os arranjos na mesa e a saudade que tenho sentido de Alma bate forte. Desde que a beijei, e depois beijei de novo e de novo, não consigo deixar de pensar nela. Ainda vejo sua mão me dizendo que não era um adeus. Será? Há tempos enviei um e-mail, ela não respondeu e nem me mandou nenhuma mensagem. Talvez ela esteja ocupada e mal tenha tempo de se lembrar de mim. Talvez eu não caiba na vida real de Alma.

Agilizo os últimos preparativos. Logo o casal chegaria e - com sorte - não se demoraria. Minha missão estaria completa e eu poderia curtir a minha gripe em casa e ainda teria uma desculpa para não aparecer ao casamento amanhã.

Lúcia chega primeiro. Está tão bonita que parece estar pronta para casar. Pergunto sobre seu noivo e ela diz que veio antes para se assegurar de que tudo estaria pronto, mas sinto que ela pensou nisso no último instante.

Uma hora se passou e nada do Campeão aparecer. Vejo Lúcia dar alguns telefonemas, mas ela não me diz nada.

Duas horas e ela continua sentada. Agora está olhando pela janela constatando a escuridão da noite que chegou deselegantemente anunciando o atraso de seu ainda namorado.

Duas horas e meia e eu me sento à mesa com ela.

– Parece que ele teve um problema. – Quebro o silêncio.

– É sim. Ele não poderá vir. Uma pena.

– Verdade. Você está tão bonita – digo com pena.

– Posso ficar mais meia hora por aqui? Não quero dar explicações ao chegar muito cedo em casa – ela pede, tentando disfarçar a tristeza.

– Fique o quanto quiser. Está com fome?

– Não. Obrigada. Pode embrulhar?

– Claro.

Quarenta minutos depois, Lúcia se levantou em toda sua beleza e saiu sem se despedir. Minha cabeça já estava rodando de tanto cansaço.

Sento em um banco do bar e tomo uma dose de conhaque, me lembrando da gemada que minha mãe fazia quando eu me resfriava e que, com um gole, já me sentia melhor. Ainda não me sinto bem. Deve ser porque está faltando o leite, o açúcar, a canela e a gema. Tomo outra dose, deve substituir os ingredientes que faltam.

Vanessa, a única que serviria esta noite, está tirando a mesa e eu começo a analisar quanto tempo levará para ela terminar todo o serviço. Quero ir embora, mas como cheguei tarde não me sinto bem em deixá-la sozinha. Os funcionários já tinham partido. Ela me pega a encarando e ri sem jeito. Devo ter a encarado por tempo demais enquanto pensava em vê-la longe dali bem depressa.

– Já estou terminando.

– Tudo bem. Só estou cansado – falo abaixando a cabeça.

Vanessa se aproxima e, pela primeira vez, noto que um olho dela é mais azul que o outro.

– Você não parece bem, Cadu.

– Só estou cansado – repito.

– Talvez eu possa te ajudar.

Antes mesmo de eu conseguir prever o que ela faria, Vanessa já está me beijando e, claro, eu também a beijo. Não vou mentir. Foi quase mecânico, automático, sem pensar ou sentir. Ela encostou o corpo no meu, começou a me beijar e eu a retribuir. Assim, do nada.

O bar está iluminado por velas e o ambiente romântico quase implora por um casal se beijando. O ambiente, a garota e a minha solidão parecem combinar perfeitamente neste pequeno instante. Sei que é uma ilusão, mas confesso que mesmo coisas infundadas ganham sentido quando a palavra solidão aparece na frase.

 Vanessa é uma garota bonita, jovem e beija de maneira sensual. Enquanto sinto sua língua se contorcendo com a minha, penso em sua boca molhada e que em um mundo adequado eu deveria ter recuado, pensando que isso não daria certo já que amanhã estaremos de volta ao bar para trabalharmos juntos. Em um mundo sem meus meses de carência e minha fraqueza masculina eu já estaria em casa tentando curar minha dor de cabeça de uma maneira que não fosse tateando o corpo de uma quase desconhecida. Mas eu não estou em um mundo ideal, nunca estive e, por isso, esse momento sentindo o calor dela se espalhando pelo meu corpo é renovador, excitante e eu me deixo levar por seus encantos e atrativos. Não é nada incrível, perturbador ou sentimental, mas fisicamente é bom, prazeroso e irrecusável.

 Estou certo de que eu teria ido até o fim se não tivéssemos sido interrompidos. O problema é que nós fomos e, admito, que meu cérebro levou alguns segundos para se desafogar do mar de desejo que me confundia.

 Ao ouvir o soar estridente do sino da porta, penso ser o marido de Lúcia chegando atrasado, mas, para a minha surpresa e choque, Alma está parada com a boca entreaberta de espanto.

 – Desculpe... Depois eu volto. Quer dizer... A gente conversa depois – Alma diz enquanto abre a porta novamente e sai sem olhar para trás.

 Vanessa limpa os lábios borrados de batom e eu me sinto enjoado. Passo um guardanapo desajeitado na boca e saio atrás de Alma. Ela ainda está na minha calçada quando a alcanço.

– Desculpe, eu nem sei como aquilo aconteceu. Sinto muito – digo sem jeito, meio desesperado.

– Que isso. Não precisa se explicar, Cadu – diz com aquele ar trivial que ela força quando não se sente à vontade.

– É sério, eu nunca toquei naquela garota antes disso. Mesmo. E foi um beijo sem graça, sem motivo.

– Tudo bem. Só passei pra dar um oi – Alma fala desviando o olhar.

– Certo... Eu... Ah! Droga... Eu não sabia que estava na cidade – digo.

– Acabei de chegar.

Não acredito! Ela acabou de chegar e veio direto me ver e me encontra aos beijos com uma garota.

– Que porcaria eu fiz – desabafo.

Ela gargalha, mas seus olhos marejam.

– Boa noite, Cadu.

– Não vai, não. Vamos conversar. – Quase imploro.

– Desculpe. É que sua boca está cheia de batom pink... – Ela aponta discretamente para mim.

Esfrego as costas das mãos na boca e me sinto envergonhado.

– Foi só um beijo, mais nada. É sério – digo.

– É... Vai ver foi só um beijo.

Alma atravessa a rua sem me deixar explicar que não era dos nossos beijos que eu estava falando. Talvez ela tenha entendido, mas escolheu acreditar que minhas atitudes impensadas colocam Vanessa e ela no mesmo lugar.

✶ ✶ ✶

Passei a noite tomando analgésico, chás, banhos e tentando me recuperar da situação vexatória em que eu mesmo me coloquei.

Fisicamente, se não fosse pelo fato de eu ter visto o sol nascer, diria que estou muito melhor, somente meu brio está ainda ligeiramente abalado.

Levanto a persiana e vejo a janela azul aberta. Quantas vezes desejei ver isso e agora a cena me serve de lembrete da vergonha que senti.

Sei que eu e Alma não temos um compromisso, mas me ver agarrado à outra não é uma memória que se quer dar para a garota de quem se está a fim. Vejo Cláudia tocar a campainha e Alma atender com a maldita calcinha e a regata. Ela deve fazer isso de propósito, não é possível. Cláudia, de bobes, lhe entrega um vestido e um pequeno buquê. Claro que ela seria uma das madrinhas... Será que Alma já sabia que viria e resolveu fazer uma surpresa? Ou será que veio de última hora e Claudinha, com ajuda de Raquel, fez seu trabalho de fada que sempre resolve tudo?

Tenho que ir ao casamento. Preciso vê-la de novo em um ambiente neutro e sem desconforto. Melhor do que bater na porta dela e pedir desculpas mais uma vez. Olho o relógio e vejo que falta uma hora para o casamento. Vou até o armário e procuro pelo meu terno. Aquele que uso em formaturas.

O casamento será na fazenda dos pais do noivo. Patrícia me disse que estruturas inteiras estavam sendo montadas para a construção de um ambiente para a cerimônia e outro para o almoço. Contrataram uma empresa de São Paulo e isso é o auge da riqueza aqui na Serra. Lembro-me de Lúcia abandonada no meu bar e fico imaginando em qual parte esse conto de fadas se quebrará.

Entro no carro e penso em Alma. Ela poderia estar comigo agora, eu poderia levá-la ao casamento e, depois, voltaríamos juntos e continuaríamos tudo de onde paramos, mas eu achei de ser descolado bem na hora em que ela resolveu finalmente aparecer. Destino metido a engraçadão o meu.

Enquanto dirijo, me questiono quanto tempo Alma ficará dessa vez. Talvez tenha vindo apenas para o casamento, o que seria uma lástima.

Estaciono e me sento na última fileira de cadeiras, no espaço que parece ser uma capela feita em metal pintado de branco, vidros e tecido transparente. Logo vejo vários vestidos iguais se movendo, entre eles o de Alma. Ela é a mais alta delas, mais branca e a única sem cabelos longos, arrumados em cachos. O vestido está mais curto nela do que nas demais e, talvez por isso, ela pareça mais jovial do que as outras dentro daquele monte de tecido rosa-claro.

Violinos trazem música ao ambiente e elas se enfileiram. Só tenho olhos para ela. Só vejo Alma e seus olhos luminosos. Suas feições comuns me acertam como se ela fosse uma divindade.

Patrícia está certa, há algo de especial em Alma, algo que a faz diferente das outras para mim. Vasculho seu rosto, seu corpo e seus gestos, procurando o que é que tanto me atrai. Quando vi Elisa pela primeira vez, logo soube o que me encantou, tinha duas jades no lugar dos olhos, cabelos sedosos, vastos e negros. O corpo de Elisa parecia ter sido esculpido, de tão perfeito. Seus lábios rosados e cheios eram de enlouquecer. Qualquer um se sentiria atraído por ela. Elisa é um poço de sensualidade.

Alma, por sua vez, eu olho e não sei dizer, mas sinto como se estivesse escutando um blues. Alma tem sensualidade de música, aquela que a gente não vê, mas sente. E como sente.

A cerimônia foi tradicional, sem muita emoção, mas com muitos sorrisos. O noivo apareceu, felizmente. Ou não... Vai saber.

Logo estávamos seguindo para o salão do almoço e eu apertei o passo ao ver Alma andando sozinha pela grama.

– Grama e sandálias não combinam – digo ao me aproximar.

– Não é mesmo? E nem precisa ser especialista em moda para saber. – Ela ri.

– Vem. Tem um caminho mais seguro por ali. – Estendo a mão e Alma a aceita.

Chegamos ao piso e ela tirou sua mão da minha para ajeitar a sandália. Não sei se foi para se desvencilhar de mim, sei que me sinto frustrado.

Alma me levou para a mesa das damas de honra, ou seja lá o motivo de elas estarem vestidas todas iguais. Patrícia estava com um amigo, padrinho de Luana, mas não há nenhum clima romântico entre eles. São puramente amigos. As outras estão com seus esperados pares e eu acabo ficando confortável sentado ao lado de Alma como se alguém tivesse decretado que eu era o seu par.

Almoçamos conversando trivialidades, ao som de músicas de consultório de dentista. As crianças estavam brincando sentadas na grama, menos Angélica, que permanecia no colo de Alma, insistindo em dividir seu almoço com a tia, que é a mais bonita vestida de princesa. Palavras da garotinha, mas eu concordo.

A banda convida para a pista de dança e músicas mais agitadas começaram a ser tocadas. Todos da nossa mesa se mantiveram em seus lugares conversando. Entre uma hora cansada e outra, uma música e outra, o baterista começa a repetir os mesmos acordes que logo recebem a companhia de uma expressiva guitarra e Alma, alerta na cadeira, diz:

– Ai, eu amo essa música.

Ela fecha os olhos e começa a balançar os ombros. Todos param de conversar e olham-na divertidos. Alma abre os olhos e começa a cantar as primeiras frases de *Vultures*, na versão de John Mayer, para a Angélica. Impossível não sorrir vendo a pequena tentando entender o que estava acontecendo.

– Ah... Você com certeza não é só um número, benzinho. – diz para a criança, fazendo menção à letra da música. – Vem, dança com a tia.

Ela se levanta sem nada dizer e carrega a pequena para a pista de dança praticamente abandonada. Alma pega as mãozinhas de Angélica e a rodopia, depois bate palmas, estalar os dedos, balança o corpo no ritmo e sorri. A cena é tão bonita que todos parecem embasbacados.

Patrícia não aguenta permanecer como espectadora, pega a filha e se junta a elas. Logo, o clã desta geração e as primeiras integrantes da próxima estão reunidas em círculo dançando, cantando e sendo felizes.

Acho que foi o momento mais bonito do casamento e o mais memorável também. Acredito que tenha sido o único que quebrou o decoro. Absolutamente inesperado e instintivo. Desconfio que a situação tocou a todos porque o envolvimento de amizade pode ser mais forte, íntegro e inabalável do que, muitas vezes, o próprio envolvimento matrimonial.

Em certo momento, Alma olha para mim da pista de dança e para de sorrir. Seus olhos ficam grudados nos meus até eu quase não suportar aquela distância. Ela me chama fazendo sinal com o dedo indicador e eu movo os lábios dizendo que não sei dançar. Ela junta as mãos fingindo implorar e eu cedo. Enquanto cruzo a pequena distância que nos separa, Alma tira suas sandálias e as joga para um canto.

– Eu não sei dançar – reafirmo colocando minhas mãos em sua cintura.

– Você não precisa dançar. Fica do jeito que está e deixa que eu me mexo. – Ela sorri divertida.

– Ah. Entendi. Quer que eu fique aqui parado fazendo cara de bobo enquanto você dança? – brinco.

– Você já estava com cara de bobo há um tempo – zomba com charme, me desconcertando todo.

Alma coloca as mãos em minha nuca e se move no ritmo da música. Encosto minha cabeça na dela e tento me mexer da maneira menos ridícula possível. Na verdade, a certa altura, eu parei de pensar se eu estava parecendo um boneco de Olinda no meio da pista de dança do casamento fino da Lúcia e do Campeão. Tendo Alma perto de mim, eu mal me dou conta do que há a minha volta. Seu cheiro, sua face rosada e o jeito que ela levanta os olhos até encontrar os meus tornam todo o resto irrelevante.

Permaneci quase parado, tentando não estragar a doce existência de Alma ao redor de mim. Foi hipnotizante, e continuou assim até o dia acabar.

Enquanto saíamos, lhe ofereci uma carona e ela aceitou. Despedimo-nos e seguimos em silêncio até estarmos no meio da estrada, testemunhando o sol avermelhado começar a se deitar.

– Acho que presenciei um momento quase encantado hoje. – digo maravilhado.

– Do que está falando?

– Você não tem ideia do fascínio que me provoca, não é?

Ela faz uma careta tímida.

– Apenas um professor de Literatura usaria a palavra fascínio – zomba.

Paro o carro no acostamento e a encaro sério.

– Certo, Alma. Como eu deveria começar essa conversa?

Ela parece confusa.

– Diz. Como você começaria um diálogo entre nós neste exato momento? – insisto.

– Você fica muito melhor sem batom cor-de-rosa-cafona e olha que eu não uso a palavra cafona desde o fim da Senhora do Destino – diz meio irônica, meio divertida.

Mordo os lábios segurando o sorriso.

– Essa foi boa, nem me lembrava mais dos memes da Nazaré. – Me rendo. – Olha... aquilo não significou nada, eu odeio cor-de-rosa-cafona. É sério. Consegue acreditar?

– Claro que não. É impossível esquecer da Nazaré Tedesco.

– Alma... – digo impaciente.

– Ok, Parei. Claro que acredito em você. Mas foi um balde de água fria. Entende? – Ela volta a ficar séria.

– Entendo e estou morto de vergonha.

– Não precisa se envergonhar, nós não trocávamos uma palavra sequer há algum tempo. Posso entender.

– Mas eu pensei em você todos os dias desde que saiu daqui. É quase injusto você chegar bem naquele momento surreal.

– Está aí uma coisa que a vida não se preocupa muito em ser: justa.

– Podemos deixar isso pra lá? Consegue esquecer aquela cena ridícula?

– Acho que sim, mas só se você prometer esquecer que eu inventei o termo cor-de-rosa-cafona inspirada pela vilã que me fez gravar os capítulos da novela para assistir nos dias de folga – Alma sorri e meu coração perde o compasso.

– Vai ser difícil ignorar essa grande revelação, mas vou me esforçar. Estamos bem, então?

– É, acho que sim – diz fazendo charminho.

– Então não fica me torturando, está bem?

— Eu não estou te torturando. Até dancei com você. Olha os meus pés! Você acabou com eles. Isso sim foi tortura. — Ela coloca os pés descalços no painel do carro e sei que vou me apaixonar por Alma no segundo seguinte.

Solto meu cinto de segurança, depois o dela, e me inclino em sua direção.

— Não me torturou me olhando daquele jeito enquanto atravessava a capela? Não me torturou quando soltou minha mão fingindo indiferença? Não quis me torturar nem um pouquinho quando ficou dançando me olhando daquele jeito ou depois passando horas grudada em mim, sem me dar a menor chance de te beijar?

Fico próximo a ela e sinto sua respiração ofegante.

— É. Pensando bem, acho que te torturei um pouquinho. Ai, esse meu ego feminino incontrolável — ela diz fingindo não se abalar.

— E isso acaba aqui ou ainda está programando outras penitências? — falo firmemente sem tirar meus olhos dos dela.

— Não sei bem... — provoca e eu a trago para junto de mim.

— Qual é o próximo castigo? Por mim, tudo bem.

— Acaba aqui — decreta.

— Ótimo.

O beijo que dou em Alma é algo que não se assemelha a nada do que já fiz na vida. Não sei se o frenesi que sinto foi provocado pela saudade, pelo medo de nunca mais sentir seus lábios nos meus ou pelas provocações que ela insiste em fazer. Sei que minha vontade é rasgar com os dentes aquele monte de tecido brilhante que a cobre e fazê-la minha de vez.

— Você está quente — ela diz nos pequenos segundos que lhe dou de folga.

– Não tenha dúvida... – digo num grunhido.

– Não é isso. Você parece que está com febre – ela insiste.

Alma força minha cabeça até me encostar de volta no banco e parece me examinar.

– Você sentiu alguma coisa diferente nesses últimos dias?

– Acho que estou gripado.

– Desde quando?

– Uns dois ou três dias.

– E a febre?

– Desde ontem, doutora.

Ela ri e eu também.

– Certo. Vamos pra minha casa, lá eu te examino melhor, lhe medico e, qualquer coisa, iremos ao hospital.

Voltamos para a estrada e Alma acaricia meus cabelos enquanto dirijo me sentindo um garoto ao lado de sua primeira namorada de vestido rodado.

– Quando você vai embora, Al? – pergunto temeroso.

Ela sorri mostrando todos os seus belos dentes.

– A mala é bem grande dessa vez – responde.

É. Prevejo uma temporada de janelas abertas. As azuis, com identidade, as que têm vida, as que são singelas, únicas e charmosas iguais a ela.

13

Mas tu apareceste com a tua
Boca fresca de madrugada,
Com o teu passo leve,
Com esses teus cabelos...

Mário Quintana, Canção do Amor Imprevisto, in Antologia Poética.

Olhando Cadu deitado em minha cama se recuperando do que parece ser um simples quadro viral, acho que o que mais gosto nele são os cabelos. Eles são cacheados, meio rebeldes. Não são compridos, mas também não são cortados rente à cabeça. Carlos Eduardo parece um anjo moreno. É bem mais jovem que o Fernando, bem mais bronzeado e com um vocabulário romântico indiscutivelmente mais rico. Fascínio é uma palavra e tanto. Acho que a mais bonita que já me disseram. O estranho é que fiquei assustada ao ouvi-la. Como pode uma palavra bonita causar quase o mesmo impacto de uma ruim? Foi um susto. Como se eu não estivesse preparada para recebê-la. Não soube como lidar com a possibilidade de ver Cadu me arrastando por lugares encantados, gentis e principescos. Ele estava de gravata e eu de vestido cor-de-rosa. Ele dirigia por uma estrada interiorana e eu tinha acabado de dançar abraçada com minhas amigas que deveriam ser de infância. Nós nos beijamos dentro do carro feito dois adolescentes. Meu corpo vibra ao me lembrar. Pensando bem, já devo estar em alguma realidade paralela e encantada.

Vergonhoso dizer que nunca vivi nada disso antes. Às vezes, me sinto como se tivesse nascido velha. Nunca me entreguei sem pensar, nunca me joguei em um beijo como se tivesse me atirando de um arranha-céu. Tive inúmeros casos esporádicos, tempestuosos e até um noivo. Mas nunca compartilhei um sentimento juvenil e nunca amanheci com um homem na minha cama sem ter transado com ele.

Cadu dorme profundamente com a ajuda dos analgésicos que ministrei. Resolvo tomar uma xícara de café, trocar de roupa e procurar algo para que ele possa comer.

Sentada na beirada da cama, abro a mala e pego uma troca de roupa limpa. Tiro minha regata e me preparo para vestir um sutiã. Inesperadamente, Cadu se mexe na cama me fazendo segurar a blusa sobre os seios. Olho para trás e o encontro me fitando.

– Você estava me espiando? – digo rindo.

– Não posso acreditar – balbucia se sentando na cama.

– No quê? O que foi? – falo ligeiramente constrangida.

– Não acredito que tem essa tatuagem.

– Por quê? O que tem de errado com ela?

Cadu se aproxima, se senta atrás de mim e desliza os dedos pelas minhas costas. Um arrepio começa na minha nuca percorrendo os meus braços. Ele segue o contorno de cada letra até chegar ao fim e eu repito a frase mentalmente:

"Eles passarão...

Eu passarinho."

Um trecho da poesia de Mário Quintana com um passarinho desenhado no lugar da palavra que o nomeia foi feito após o meu primeiro péssimo plantão que foi repleto de perdas e derrotas. É uma tatuagem simples, feita a um palmo da minha nuca. Não há nada para se espantar.

– Vai dizer que tem um erro ortográfico na minha tatuagem? – brinco, tentando aliviar a tensão.

Cadu, sem dizer nada, tira a camisa e meu coração acelera.

– O que está fazendo? – sussurro.

Ele estica o braço encostando sua pele na minha e eu vejo o motivo de seu espanto.

– Fiz antes de vir para cá, para a Serra de Santa Cecília. Logo após ter aceitado o emprego e colocado meu apartamento à venda. Bem no momento que eu deixei a minha vida para buscar uma vida nova.

Há um pássaro tatuado no bíceps de Cadu e, ao lado dele, a palavra *eu*, bem pequena, parece ter sido datilografada.

– Fiz por causa dessa mesma frase – ele diz passando os dedos mais uma vez pelas minhas costas. – Não sabia que gostava de poesia.

– Minha mãe. Ela é cheia de livros do Quintana. Tatuei porque era a primeira frase escrita no diário dela. Faz bastante tempo. – Mal consigo pronunciar essas palavras por conta da surpresa.

Minha respiração está entrecortada e meu coração acelerado. Do ponto de vista médico, devo ter adquirido o quadro viral do Cadu. Do emocional, é mais difícil explicar.

– Não acredito que temos a mesma tatuagem. – Ele beija meus ombros, minhas costas e minha nuca.

– Nem eu... – Fecho os olhos.

Cadu dobra os braços, espremendo seu pássaro contra mim, colocando suas mãos sobre as minhas e descansando sua cabeça em meus ombros. O silêncio que se instala neste abraço é algo maior do que o meu entendimento consegue processar. Neste pequeno instante em que escuto sua respiração e tenho seus lábios roçando em minha pele, tento me recordar de ter sentido tamanha paz. Não consigo. Não me lembro.

— Alma, você traz coisas estranhas para a minha vida — sussurra ao meu ouvido.

Não consigo dizer que me sinto abalada. Minha razão ditadora me manda dizer que essa é a coincidência mais inusitada que já vi. Contudo, usar essa palavra parece desmerecer o momento, desrespeitar a magia e diminuir o sentido. Seria coincidência mera e simples? Difícil concordar, mesmo parecendo ser a opção mais racional e aceitável.

— Você ainda tem febre. Preciso medicá-lo. — Mais uma vez empurro um momento para o futuro. Cadu me deixa nervosa, sensível ao extremo e, como eu sinto que estou perdendo o controle, recuo.

— Pode deixar de ser a médica por um tempinho? — propõe.

— Não — decreto sorrindo.

— Ahhh... Droga! Então tem que parar de desfilar com essa blusa, ou pior, sem ela e exibindo tatuagens significativas e tentadoras.

Ele se deita de bruços, enfia o rosto no travesseiro e uma das mãos embaixo dele. Tenho vontade de me deitar sobre ele e ficar quietinha ali, deixando acontecer o que tiver que ser, mas decido me vestir e lhe dar os remédios. Depois, levo algo pra ele comer e me deito ao seu lado. De olhos fechados, sinto o calor dele se alastrar pelos lençóis até a sua respiração pesar. Seus braços me cobrem e eu sinto todo o ar ficar diferente ao meu redor.

Abro os olhos, vejo os quadros coloridos de Samanta e me pergunto se ela imaginou que seu pedido seria tão bem atendido. Ela disse para ele cuidar da casa, me receber e garantir que eu me sentisse bem pelo tempo que estivesse por aqui.

Você não imaginou que ele se empenharia tanto, não é, vovó?, penso.

Passo a mão pelo seu rosto e sinto que sua temperatura normalizou. Volto a cerrar os olhos e um suspiro involuntário me escapa.

Acabamos adormecendo. Nós e os passarinhos.

Horas depois, desperto com a luz azulada do crepúsculo invadindo meu quarto. O outro lado da cama de Samanta está vazio. Levanto-me e procuro por Cadu. A casa está vazia. Penso em ligar, mas decido esperar, ele deve voltar logo. Arrumo a cama, tomo um banho e me deito no sofá. Lembro-me do braço desenhado de Cadu e algo desaba dentro de mim. O que significaria isso? Há um significado por trás disso? Meu cérebro acostumado a procurar embasamento científico para tudo se perde dentro da irracionalidade das emoções. Apenas sei que tudo de bom que Cadu desperta em mim se intensifica a cada minuto que divido com ele. Quase me esqueço das feridas ainda abertas, do rastro infeliz que deixei pelo caminho e da pessoa que nem está mais aqui para cobrar meu pedido de perdão.

Abro minha bolsa e puxo a carta de meu pai que comecei a ler no caminho. É o que tenho feito sempre que me sinto ansiosa e confusa.

> *"... a miséria é tão grande aqui que fico constrangido em comer mais do que um punhado de arroz. Acho que ninguém imagina do quão pouco se precisa para sobreviver. A questão é, mamãe, por que essas pessoas lutam tanto para sobreviver? Sinto náuseas em imaginar tanto sofrimento. Mas eles lutam, mãe. Eles se seguram a um fio de vida. E sorriem quando chegamos com um carregamento de remédios que não dará nem para um terço deles. Eles sorriem, mãe. E eu sinto vergonha de ser quem sou."*

Ouço o barulho da fechadura e devolvo a carta ao seu pacote. Cadu chega com inúmeras sacolas e parece muito melhor.

– Nossa, nem parece que estava tão mal há algumas horas.

– A minha médica é ótima. – Cadu pisca de um jeito extremamente charmoso. – Precisa fazer compras, os armários estão vazios. Não sabia que viria, se tivesse me dito, teria comprado alguma coisa.

– Eu não sabia que vinha.

– É mesmo? – Ele para de tirar a comida dos pacotes.

– É.

– Vai me contar o que houve?

– Voltei ao trabalho e percebi que ainda não estava pronta. Solicitei um afastamento e eles me deram três meses.

– E sua especialização?

– Já perdi o ano. – Abaixo os olhos mesmo sem querer.

– Foi sério, então. – Cadu volta a desempacotar as coisas tentando fingir normalidade.

Levanto-me, tiro o pacote de sua mão e me sento no banco ao seu lado.

– Eu passei por um momento difícil dentro daquele hospital e, para completar, meu noivo trabalha lá e me odeia.

Cadu faz cara de espanto e eu conserto a frase:

– Meu ex-noivo.

– Melhorou. – Ele ri com o canto dos lábios. – O que houve no hospital e por que ele te odeia?

– Eu não consigo falar ainda.

– Por que não? Pode confiar em mim, Alma. Eu te contei tudo sobre mim, até do que não me orgulho.

– Cadu, não compare o seu final triste com o meu. Você não tem ideia de como tudo acabou. Sua história com Elisa não é nada perto do jeito que eu e o Fernando terminamos. Sei que você não se orgulha da maneira que agiu, mas o Fernando tentou me estrangular quando me encontrou novamente no dia seguinte. E o pior, eu entendi. Eu não lutei. Então, não ache que pode imaginar o que houve. – Respiro fundo tentando conter a tonteira. – Isso é o máximo que eu consigo dizer, pois mencionar esse detalhe já me faz passar mal.

– Você pode me contar – diz carinhosamente.

– Eu sei, mas bloqueei aqueles momentos, eu lembro em partes e... Não consigo. Minha garganta fecha. Não consigo. Desculpe. Não consigo.

– Tudo bem. Tudo bem. – Cadu me abraça.

– Sabe a pior parte? Dizer todo dia pra mim mesma que eu não tive culpa, que foi um mal-entendido, mesmo sabendo que isso pode não ser verdade.

Carlos Eduardo beija minha testa, meus olhos lacrimejantes, minhas bochechas, meu queixo e minha boca.

– Vou cuidar de você, Alma. Vai ficar tudo bem.

Eu o beijo, o abraço e acredito em sua promessa. Não importa se teremos que lutar nossas batalhas individuais. Alguma coisa me diz que ele não vai fugir mesmo quando souber a história inteira. Algo insistente e inexplicável me dá a certeza de que não foi o acaso que nos trouxe até aqui. Ele me tira do banco e me carrega até o quarto. Cadu me joga na cama e se deita sobre mim. Alisa meus cabelos e me olha tentando decifrar o que não consegue ver. Depois, me beija sem tirar seus olhos de mim. Sinto como se ele pudesse ver todos os meus segredos, como se ele fosse capaz de enxergar tudo dentro de mim.

Ele tira a blusa e eu vejo mais uma vez sua tatuagem. Passo as mãos sobre ela e meu peito se aquece. O que está acontecendo comigo? Que onda avassaladora é essa que me atinge de repente?

– Acho que estou me apaixonando por você, Cadu – digo baixinho, movendo os lábios devagar, proferindo um segredo e sem ser capaz de olhar pra ele.

Sinto seus lábios tocarem a ponta de minha orelha.

– Acha?

– Talvez seja até mais... Não sei. É tudo tão diferente quando estou com você.

Ele sorri. Certamente ele entende que o meu não saber não é por duvidar e sim por não conseguir explicar um sentimento inédito. Que nome a gente dá para algo que nunca sentiu antes?

– O que dizem os livros sobre o amor, professor? – pergunto enquanto acaricio suas costas e beijo seu pescoço.

– Você não pode ter como base o amor dos livros, Alma. Me deixaria em desvantagem – brinca.

– Por quê? Conte para mim.

Ele me olha curioso.

– Porque nos livros é como se o amor fosse uma porção para dois. Só cabe neles, só funciona com eles, só alimenta a eles. Você sabe que não importa o que aconteça, eles vão se amar por todo o sempre simplesmente porque são metade um do outro e, uma vez inteiros, não se aceita outra condição. Eles vão perseguir um ao outro por toda a eternidade, se for preciso, até se reencontrarem e assim voltarem a ser completos. Porque amor de verdade, Alma, é plenitude.

Sinto um calor invadir meu peito e se irradiar por todo o meu corpo.

– É mais que paixão – digo com firmeza.

– É mesmo? – ele pergunta embevecido.

– Segundo os livros... Eu precisava de novas referências para poder entender.

Primeiro, uma ruga se faz entre os olhos castanhos de Cadu. Depois, ele me beija profundamente.

É mais. Sei que é – penso.

Ele tira minha blusa e beija delicadamente meu colo, até chegar entre meus seios. Contorço levemente o corpo e agarro seus cabelos.

– Está tudo bem? – ele diz me olhando com ternura.

– Acredita que estou nervosa? Estou trêmula. – Rio alto. – Até parece que sou uma jovenzinha inexperiente.

– Se quiser, paramos. Não precisa acontecer agora – diz acariciando meus cabelos.

– Não quero que paremos. Precisa acontecer agora, nesse momento tão... Tão inexplicável.

– Tem que ser no dia em que descobrimos que temos o mesmo desenho dolorido? – Sinto seu sussurro invadindo minha pele até penetrar nas minhas células.

– É. Eu quero viver isso de maneira inteira e quero agora, mesmo cheia de perguntas e certo medo.

– Medo, Alma? Não, não... Sem medos, sem dúvidas. Não agora.

– Você está fazendo uma bagunça em mim... – Fecho os olhos e sinto uma leve mordida em meu queixo.

– Você é linda, eu sou louco por você e não há lugar no mundo em que eu gostaria de estar que não seja nesta maldita Serra empoeirada. Entende isso?

Será possível que Cadu tenha notado que entre meus pensamentos açucarados a imagem de Elisa apareceu? Sua sombra de mulher perfeitamente bonita, bem-sucedida e sem ranhuras no juízo. Uma que possui alma de artista e certamente entende muito melhor dessas coisas profundas do que eu. A mulher que o fez perder o senso e largar tudo por não suportar ter o apartamento dela a dois andares do seu.

– Nenhum? Com ninguém? – insisto.

– Aqui. Com você.

E aconteceu. Depois de me permitir encaixotar os meus dilemas e dúvidas, entreguei ao Cadu mais do que o meu corpo. Entreguei meus sentidos. Todos os suspiros guardados, todos os arrepios da minha pele e tudo o que andava abarrotando meu peito. Eu lhe entreguei minhas esperanças, parte dos meus monstros e o meu recomeço.

Suas mãos percorreram meu corpo e sua boca vasculhou cada centímetro meu. Minha cabeça rodopiava enquanto minhas curvas descobriam suas formas. Havia muita pele, suor, gemidos e descontrole, mas tinha também um calor no meu peito, um tremor em minhas mãos e um nervosismo quase infantil.

Tive muitas primeiras vezes na minha vida amorosa. A primeira vez que olhei para um garoto e percebi que ele era diferente de todos os outros; a primeira vez que senti o calor de outros lábios tocando os meus; a primeira vez que me deitei por amor, por farra, por solidão, por raiva, para fazer as pazes... E mesmo com tantas estreias, não consigo classificar a minha primeira vez com o Cadu, mas é como um clarão. Um flash que te cega, te faz piscar várias vezes até você conseguir voltar a enxergar o mundo. Neste caso, até o mundo é diferente. Tudo é novo. Tudo é novidade...

Enquanto nossos corpos unidos pelo êxtase e inebriados de paixão buscavam o ponto alto do fim, abrimos os olhos fitando algo perdido dentro de nossas pupilas. Mais uma vez, ficamos grudados um ao outro de um jeito quase enfeitiçado na tentativa de decifrar o motivo de tanto encantamento, ou tormento. Um arroubo de sensações invade meu ser, quase não suporto tanto sentir, pulsar, contorcer, vibrar, enlouquecer e amar.

Totalmente desacostumada à intimidade da alma, volto a fechar os olhos e espremo os lábios tentando me conter. Antes de soltar meu último suspiro, Cadu passa a mão pelo meu rosto. Começa na boca, percorre por minha bochecha, desenha minha sobrancelha e se agarra ao meu cabelo. Mesmo sem vê-lo, sinto seu olhar sobre mim. Ele se aproxima até deixar seu nariz a poucos centímetros do meu e fala com doçura ardente:

– Abra os olhos, Alma. Não se esconda de mim.

Eu abri.

14

Jamais se saberá com que meticuloso cuidado
Veio o Todo e apagou o vestígio de Tudo.

Mário Quintana, Sempre, in Aprendiz de feiticeiro.

Sempre gostei de namorar, de ter alguém para ligar no final do dia, da companhia constante para sair e ter conversas intermináveis sobre um filme. É sempre melhor poder ler sentindo o aroma de uma mulher, ter as pernas dela sobre a gente ao assistir a TV e seu corpo enrolado no nosso durante a noite.

Sou um cara quieto, nunca gostei muito de agito e badalações. Meu estilo de vida e personalidade combinam com relacionamentos monogâmicos, calmos e estáveis.

Penso em tudo isso encarando a tatuagem de Alma, que dorme nua ao meu lado. Tento entender como viemos parar aqui e por que nunca antes me envolvi emocionalmente tão rápido com alguém. Penso porque ela me faz querer mais do que ligar no fim do dia e eu acho cedo para isso.

Alma me estimula de maneiras diferentes. Ela me instiga a vasculhar seus olhos, quase me obriga a tomar decisões, me cede gentilmente o controle da situação para se divertir, ela me faz pensar sobre questões maiores, muito além de assuntos rotineiros. Ela me faz refletir sobre mim, minha vida e escolhas. Faz tudo isso sem cobrar que eu faça. Apenas sua presença e postura já bastam para fomentar minhas ideias e isso é mais excitante do que qualquer joguete de sedução.

Ela se vira na cama e coloca metade de seu corpo sobre o meu. Está dormindo. Tem o semblante calmo e seu rosto ainda está rosado por conta de nossos repetidos e prazerosos esforços. Meu corpo reage à sua proximidade e às minhas lembranças. Porém, junto à reação física, me vem um aperto na garganta e um calor no peito. Sinto por Alma algo quase selvagem de tão cru, urgente e impensado. A cada passo dado em direção a ela, fico mais desejoso de seus segredos, de seu sorriso e de seu corpo. E a cada pedaço novo que conheço, mais a quero. E quanto mais a vejo tentando compreender o que sente por mim, mais cresce o que eu sinto por ela. É um ciclo delicioso, crescente e viciante.

Alma não esconde seu próprio envolvimento e confusões. Isso me enche de satisfação e um pouco de vaidade. Talvez por nunca ter recebido tanto em tão pouco tempo. Pensando bem, nunca ninguém me olhou daquele jeito. Admito que o que senti esta noite foi além do que meu cérebro carente foi capaz de imaginar. Considerando que eu tive tempo de desenhar diversos cenários para nós durante sua ausência, esta noite foi, de fato, espetacular.

No momento em que pedi para que ela abrisse os olhos, atingimos o êxtase juntos. Ter nossos olhares fixos um no outro naquele exato momento aumentou nossa conexão de um jeito assustador. Sim, admito que ter tantos sentimentos juntos e de uma vez me deu medo. Meu coração bateu tão dolorido, minha cabeça só faltou estalar e meus sentidos quase me sufocaram. Vê-la entregue daquela maneira foi um deslumbramento.

Como se vive sem isso depois de conhecer? Experimentar algo perfeito é ter certeza de não ser capaz de voltar ao trivial. Vai dizer que isso não aterroriza?

Alma se espreguiça e enterra o rosto em meu pescoço. Abraço-a e ela se aconchega um pouco mais.

– Bom dia – sussurra.

– Bom dia – respondo, afagando-lhe o cabelo.

– Acho que dormi mais do que nos últimos dez anos da minha vida – diz ainda sonolenta. Voz de sono... Sempre achei um delicado presente dado pela intimidade poder ouvir o tom alterado da voz do outro pela manhã.

Sorrio e permaneço em silêncio. Ainda estou inebriado, envolto em pensamentos e nela.

– O que há naquele lustre que mereça tanta observação? – ela diz tentando me tirar do transe.

– Nem reparei no lustre. Estava pensando... – respondo.

– Posso saber no que você estava pensando tão compenetrado? – Alma desliza as pernas sobre mim e descansa a cabeça em meu peito.

– Em como este quarto está exatamente igual a antes e, honestamente, se tudo o que me lembro realmente aconteceu, ele deveria estar destruído – digo em um gracejo.

Alma ergue a cabeça e se vira para mim. Estica o canto dos lábios e sorri de um jeito que nunca vi antes.

– Não é estranho como algo pode mudar profundamente dentro da gente sem o mundo se dar conta? Sempre achei estranha a capacidade das coisas se manterem iguais mesmo quando a gente não é mais – pensa alto.

– Tem razão. – É o que consigo dizer. Fiquei mudo tamanho encantamento.

Depois, ela se levanta e vai em direção ao banheiro. O quarto está claro, repleto de raios de sol que, insistentes, atravessam as cortinas iluminando cada curva de seu corpo despido. Enquanto caminha com calma, observo o jeito que seu pé descalço toca o chão, o jeito que os quadris balançam levemente e como parece flutuar até bater a porta atrás de si.

Alguns minutos depois, desencosta a porta e eu ouço o barulho do chuveiro. O relógio repreende meus pensamentos e eu tento me lembrar de que há uma vida real acontecendo fora dessas paredes.

– Alma, vou até a minha casa. Preciso correr para ver se consigo chegar para a segunda aula pelo menos – digo enquanto escapo de seus lençóis.

– Você não pode ser nem um pouco irresponsável, professor? Nem se for uma única vez?

– Isso é um convite? – digo, já aceso.

– Venha até aqui pra ver se a gente consegue destruir o banheiro dessa vez.

Esfrego as mãos nos cabelos e me lembro de que hoje é dia de entregar os resultados dos testes, fazer a revisão e tirar eventuais dúvidas. Lembro também de jamais ter faltado sequer um dia antes.

– E aí, você vem? – ela diz com a voz abafada pelo barulho da água.

Ah... Dane-se.

– Já estou indo!

✼ ✼ ✼

Algumas horas depois, fomos até a cozinha comer alguma coisa e, não vou negar, estou exausto. Feliz, renovado e com a autoestima nas alturas, mas exausto.

– Está tão quieto, Cadu.

– Estou sem forças. Você acabou comigo – brinco.

Ela ri.

– Sabe no que eu estava pensando? Você devia se mudar de vez pra cá. – Faço uma expressão divertida, mas a verdade é que falo sério.

– Não sei se conseguiria me mudar para uma cidade tão pequena... – ela diz meio sem jeito enquanto aceita o copo de suco que lhe ofereço.

– Estamos a quarenta e poucos quilômetros de uma cidade grande – explico.

– Não sei... É que é difícil me imaginar vivendo aqui. O que eu faria? Te ajudaria com o bar e cuidaria de um antiquário? Não é pra mim. Sei lá. Ainda não desisti da medicina.

– Eu entendo e jamais te pediria algo do tipo. Ninguém presta vestibular para medicina porque estava em dúvida sobre o que estudar. É claro que você não pode desistir da medicina. É sua vocação. Você pode fazer sua especialização aqui. Alma, você está em uma cidade universitária e há um grande hospital a menos de cinquenta quilômetros daqui. – Entrego um sanduíche de pão integral com queijo branco.

– É verdade – diz pensativa enquanto morde.

– E há um carro na minha garagem a sua disposição. – Coloco minha cadeira próxima à dela e apoio uma maçã ao lado de seu copo.

– Estou percebendo que você está me fazendo comer bem – ela diz, em tom de discórdia. – Está querendo me prender na sua doce teia protetora, Cadu? – graceja.

– Estou forçando a barra? É que eu não estou muito a fim de deixar você escapar. – Dou uma piscadinha.

– Por que não volta para São Paulo? – ela diz, cheia de dengo.

– É uma opção, mas gosto daqui. Estranho pronunciar isso em voz alta, mas a verdade é que eu gosto e acho que você gosta também.

– Gosto, sim, é verdade. Acho que gosto tanto que é por isso que não quero trazer meus problemas para cá.

– A gente resolve os problemas antes, então – sugiro.

– Tenho que me livrar dessa coisa que me descontrola quando estou numa emergência. Esse é o meu trabalho e eu era muito boa nele.

Eu a puxo da cadeira e a sento em meu colo.

– O que aconteceu pra te apavorar tanto? Foi o primeiro paciente que perdeu? – pergunto.

– Claro que não. Infelizmente eu já presenciei muitas mortes.

– O que essa teve de diferente?

– Talvez eu tenha feito alguma besteira.

– Você errou no atendimento?

– Não tenho certeza. Não me lembro direito... – Alma começa a tremer, eu a beijo e ela se acalma.

– Do que se lembra? – falo baixinho.

Ela se levanta recuando e eu temo ter ido longe demais. Talvez seja muito cedo para cobrar que ela se abra. Contudo, uma força me obriga a querer ajudá-la e eu não posso fazer nada se não souber o que está acontecendo.

Cedo ou tarde são termos que se perdem na prática da vida. Tantas vezes eu esperei pelo momento certo e ele nunca veio. Para algumas coisas, a medida do tempo é outra.

– Eu estava há trinta e seis horas de plantão, estava no quarto de descanso há menos de duas horas quando bateram na porta. – Ela volta a falar.

Alma está de costas para mim, parece não querer me olhar e está tensa demais. Tenho vontade de me levantar e abraçá-la, mas tenho medo de invadir ainda mais seu espaço.

– Uma família tinha batido o carro em outro veículo. Estavam no carro o pai, a mãe, uma garota e um menino. Examinei todos e encaminhei para a ortopedia, pois estavam com escoriações e pequenas fraturas, pareciam fora de risco. Somente o mais novo tinha um quadro complicado. A mãe colocou o cinto de segurança apenas em cima da barriga porque o menino reclamava sempre da outra parte incomodando seu peito. Isso fez o abdome receber todo o impacto da batida. Ao examinar, vi que ele precisaria de cirurgia.

Alma puxa o ar com muita dificuldade e eu não aguento me manter afastado. Levanto-me e me coloco atrás dela passando meus braços por sua cintura.

– Você foi operar o garoto mesmo estando tão cansada? – digo, tentando encurtar a sofrida narrativa.

– Não. Eu disse que não tinha condições de entrar em cirurgia naquele momento. Meu professor tinha acabado de terminar um procedimento longo e também estava exausto, mas me mandou descansar e voltou para o centro cirúrgico. O motorista do outro carro já estava na ortopedia também e eu voltei para o quarto de descanso como combinamos... Mal tinha me deitado quando voltaram a bater.

– Outra emergência? – digo.

– Eu estava tão cansada... Sem abrir, pedi um minuto e perguntei o que tinha acontecido. A enfermeira me disse que o outro veículo tinha uma passageira. Ela estava sem o cinto e atravessou o vidro. Quando o motorista acordou e perguntou por ela é que os paramédicos voltaram para procurá-la. Ela estava entre alguns arbustos e galhos logo depois do acostamento.

– Ai, meu Deus... Que coisa horrível – murmuro.

– Eu estava tão cansada... Não ia conseguir. Acabei fraquejando mais uma vez.

– Como assim? – digo confuso.

Alma se solta de mim, se senta no sofá e me olha derrotada. Ela morde o canto do dedinho e parece pensar em como continuar.

– Quando comecei a fazer os plantões eu era pura empolgação. Eu aprendia tudo, chegava ao PS antes de todos e, quando não estava atendendo, estava estudando. Mas com o tempo, o cansaço foi chegando. O trabalho aumentou, as responsabilidades, também. Certa vez, dormi tão profundamente que ninguém conseguiu me acordar. Cheguei a me questionar se eu realmente tinha nascido para ser médica como eu acreditava.

– Compreensível.

– Tinha um cara que era pura energia. Ele nunca estava cansado, aguentava os plantões como ninguém, parecia sempre disposto e quando estava no quarto de descanso, ouviam-se gemidos e não roncos. Ele era uma máquina. Eu queria ser uma máquina também e falei isso para ele um dia.

Não disse nada, não soube o que dizer.

– A primeira vez que tomei codeína e efedrina foi como receber um milagre. Toda a dor e o cansaço sumiram quase imediatamente. Eu tive fôlego para um plantão inteiro sem nem notar o passar das horas. Eu me enganava usando os inocentes termos *analgésico* e *estimulante*. Moralmente, eu me sentia tomando uma aspirina com energético. Quando me dei conta, eu tomava para trabalhar, para estudar, para me levantar no meu dia de folga e ir visitar a minha mãe, quando eu e o Fernando brigávamos...

Eu sabia que muitos médicos eram viciados em remédios, não imaginei que Alma pudesse ser um deles.

– Naquela madrugada, eu tomei uma dosagem grande dessas drogas antes de sair do quarto de descanso e ir atender a Fabiana. E é por isso que eu não me lembro direito do que aconteceu. Cada vez que tento repetir mentalmente tudo o que fiz do momento em que percebi a falta de ar da paciente até vê-la aberta e sem batimentos cardíacos no meio de um corredor do centro cirúrgico, me lembro de detalhes diferentes.

– E seu noivo sabia que você tomava essas coisas?

– Sabia. Ele não se importava com as minhas bebedeiras, ressacas e remédios. Não até aquele dia. Nunca dei vexame ou me perdi. Meu organismo é bem resistente. Tinha uma enxaqueca atrás da outra, mas tomava os remédios e ficava bem. Entrava em outro plantão, depois saía para relaxar, bebia, não dormia, tomava um banho, mais comprimidos e voltava ao plantão. Eu estava no controle. Eu achava que estava. Todos achavam. Como diz qualquer terapeuta de médicos: é mais comum do que se imagina.

– E eu te ofereci uma tequila... Desculpe.

– Calma, Cadu. Eu não sou alcoólatra, tinha uma vida bagunçada. Preferi deixar de lado ao menos esse mau costume. Não se preocupe, essa foi a parte fácil – diz, ligeiramente tensa.

– E o Fernando era parte dessa vida?

– Era – diz, voltando a ficar trêmula.

– E o que mudou? Por que ele passou a se incomodar com isso?

Alma começa a chorar novamente e eu a abraço. Beijo seus cabelos, a aperto e me arrependo de ter feito a pergunta. Aos soluços, ela diz coisas que não compreendo. Peço para que se acalme e repito incessantemente que ela ficaria bem.

– Era a irmã dele. Dezessete anos. Tinha acabado de passar na primeira fase do vestibular, medicina, claro... Ele tinha ido buscá-la no aeroporto para passar o final de semana com a gente. Eu não a conhecia pessoalmente, a família dele é de Brasília. Ele era o motorista do segundo carro, o paciente que já estava na ortopedia. Não me disseram ou não prestei atenção. Não sei.

Seus soluços aumentam e meu coração se parte.

– Eu estava sozinha, não tinha mais ninguém. Tentei salvá-la, até abri a garota... Eu abri a irmã dele no meio do caminho para o centro cirúrgico, Cadu. Eu segurei o coração dela e o apertei diversas vezes, massageando para não vê-lo parar de bater... Fiz até me obrigarem a sair de cima dela e deixá-la morrer. Hora do óbito: 3:12, duas horas e quarenta e oito minutos para acabar o meu plantão. – Alma chora compulsivamente.

Passo minhas mãos pelo seu rosto secando suas lágrimas. Ela parece envergonhada. Não preciso perguntar mais nada. Está óbvio que o noivo a culpou pela morte de sua irmã usando as fraquezas de Alma contra ela.

– Sinto muito – digo com verdadeiro pesar.

Sentir muito nem sempre ajuda. Queria poder fazer mais, queria ter alguma coisa para dizer que aliviasse todo aquele peso. Contudo, nada me surgiu. Eu quis dizer que ela não tinha culpa, que fez mais do que qualquer um faria, que precisava superar e esquecer, mas me pareceu um punhado de frases prontas, do tipo padrão e superficial. Preferi não dizer nada a correr o risco de dizer algo que a ferisse ainda mais.

Alma esfrega as próprias mãos pelo rosto, termina de secar suas últimas lágrimas, respira fundo e encontra sozinha o equilíbrio que eu não consegui lhe dar. Ela se levanta e anda pela sala até chegar à janela.

– Bem, agora você sabe o tamanho do problema – diz séria, quase fria, olhando para fora.

Caminho em sua direção e me aproximo. Fico a poucos centímetros dela, os pelos do meu braço se ouriçam e sinto meu coração transbordar.

– Não está achando que vou sair correndo, está, Al?

Alma me fita com olhos rasos d'água e eu a beijo com ternura.

– Nunca falei sobre aquela madrugada. Nem com a minha mãe – confessa.

– Eu também só falei contigo sobre o motivo de eu ter corrido pra cá.

– Desde que ficamos juntos pela primeira vez, não tomei mais nada. – Ela volta a sorrir. – Tive algumas crises nervosas, é verdade, mas não tomei nada.

Uma brisa atravessa a janela e nos alcança, talvez eu consiga fazer mais do que sentir muito, talvez o alívio que Alma me dá seja algo que eu também já faça por ela.

– Então já temos o tratamento, doutora – digo com carinho.

– Adorei a primeira sessão: fazer amor repetidamente, banhos demorados em boa companhia, alimentação saudável, conversa franca e...

– ... fazer amor repetidamente até dormir de cansaço – completo.

– De novo? – ela gargalha.

– E de novo. – Beijo seu sorriso.

É um bom plano. Uma boa terapia para corações partidos. Pode funcionar. Desejo – desesperadamente – que sim.

15

E vem uma vontade de rasgar velhas cartas,
Velhos poemas, velhas contas recebidas.
Vontade de mudar de camisa, por fora
e por dentro...

Mário Quintana, Viração, in Poesia Completa.

"*Não estou tão mudado assim como a senhora disse na última carta. Há algumas coisas que eu ainda gosto muito de fazer: fumar, jogar cartas e pensar nela. Eu ainda penso nela sempre que atravesso uma campina, sempre que tomo um banho de rio ou quando vejo flores brancas como as que tinham na frente da casa dela. Lembra?*

A verdade é que todas as decisões que tomei foram para fugir do que sentia e acabo jogado na lembrança dos olhos dela em todas as noites. Lembrar-me dela é como ter deixado de lado um antigo costume. Descobri que pensar substitui o vício. É, mamãe, eu continuo a gostar da companhia solitária da nicotina, do prazer das cartas e, como beijar minha garota já não é mais possível, penso nela. Meus três vícios. "*Engraçado ter mudado tanto quanto a senhora disse e ter mantido apenas os maus hábitos.*"

Como a gente chega a uma fase da vida sem se lembrar de como chegou? Olho e me vejo deitada na cama da Samanta, entre seus lençóis, sua colcha e as cartas de meu pai.

É a primeira vez que ele menciona minha mãe. Sei que ela é a garota de seus pensamentos, não preciso ler o nome dela para saber. Apenas sei e o fato de não ter seu nome grafado e grifado aumenta minha certeza. Não mencionamos nossos vícios, não falamos em voz alta, muito menos escrevemos sobre eles. Não os declaramos, pois preferimos a ilusão do silêncio. Se eu não falo, não existe. Se ninguém sabe, não é real. E assim a vida fica mais fácil, ou pelo menos parece.

Hoje está chovendo e eu decidi não sair de casa. A chuva refrescou o ar e deixou o dia com aquele cheiro de terra molhada que a maioria das pessoas gosta, mas eu detesto. Não que o cheiro seja ruim, mas ele me faz lembrar o tempo em que eu e minha mãe vivíamos em uma casa com quintal de terra. Foi uma época difícil, minha mãe trabalhava dia e noite para nos manter vivas e eu ficava na janela olhando as poças do quintal. A casa mal tinha ar porque nós vivíamos trancadas ali com medo de bandido, ratos e de sei lá mais o quê.

Engraçado como classificamos o medo. Coisas tão diferentes se misturam e acabam virando um terror único; e quanto mais medo se tem, mais tudo começa a te apavorar. Foi assim até eu crescer e começar a ajudar. Começamos a não ter mais medo de morrermos de fome, de sermos despejadas ou de não conseguirmos sobreviver. Minha mãe passou a trabalhar no hospital, conseguiu uma bolsa e começou a estudar enfermagem. Com o tempo, tudo foi melhorando. Comparado aos anos que foram engolidos pelo medo, fazer malabarismo com as horas e com o pouco dinheiro parecia fácil. Foi nessa época que eu aprendi que quanto menos medo a gente se permite ter, mais a barata, o rato ou a morte ficam ridículos.

É o tamanho da sua coragem que determina o tamanho das outras coisas e é por isso que a gente engrandece ou some em determinadas situações.

Eu me agigantei e desapareci tantas vezes e, em muitas delas, culpei meu pai. Fui valente para provar que não precisava dele e me acovardei para mostrar o quanto seu amor me fazia falta. Ele sempre foi o vilão, o diferente, o de fora... Aquela ausência doía feito ponto que infecciona. Por isso, por tudo o que construí dentro de mim sobre ele ao longo dos anos, é que estranho ler suas palavras e sentir como se algumas frases tivessem sido escritas por mim. Sinto minhas fraquezas nele, minhas tristezas e a fuga solitária disfarçada de escolha. Ele não é mais tão diferente assim, mesmo que continue sendo ausência.

Deitada entre papéis e tecidos que não me pertencem, mas são partes de mim, o conceito do sempre também se perde porque tudo o que planejei até aqui se esvaiu nos meses, na vida, nas minhas novas dores, nos meus novos amores e no inevitável que me espreita e está por vir. Ainda não sei o que fazer, mas sei que não será o que sempre quis. É uma nova fase, um novo caminho, uma estrada cujo fim desconheço. Talvez seja melhor, embora mais difícil.

Meu telefone toca e eu tenho preguiça de atender. Olho o visor e vejo o nome de Patrícia me chamando.

– Alô – digo me rendendo.

– Diz que eu interrompi você e o Cadu só para eu me sentir bem, diz.

– Não. Ele não está aqui. Sinto desapontá-la.

– Droga. – Patrícia gargalha.

– Se ele estivesse aqui, jamais pararia de fazer qualquer coisa para atender ao telefone. Desculpe... – provoco.

– Bandida! Também não precisa esfregar na minha cara, né? Sabe há quanto tempo eu não faço nada que não mereça ser interrompido?

Não consigo conter a gargalhada.

– Desculpe – digo entre risos.

– Eu não liguei para isso, não. É que, infelizmente, a visão de você se aproveitando do lindo do Cadu atravessou minhas ideias.

– Pervertida.

– Um pouco... Então, a Claudinha sumiu.

– Sumiu? Como assim?

– Ela te ligou depois do casamento da Lu?

– Não. – Confesso não ter notado que Claudinha não ligou, ou que mais de duas semanas se passaram desde aquele dia.

– Então ela sumiu. Para os padrões dela isso é sumir.

– Você ligou para ela?

– Eu, a Lu e até a tonta da Raquel. Ela não atende.

– Certo. Vou até a casa dela, então.

– Ela não está. A Luciana passou por lá e nada.

– Vai ver ela foi ao cabeleireiro – digo sem entender o motivo de tanto alarde.

– Ok, vou te dar um crédito porque você chegou há pouco tempo e tem transado demais, o que afeta o nosso juízo. A Claudinha sempre está com uma de nós. Se ela estivesse no cabeleireiro, estaria com uma de nós. Se ela estivesse na cidade vizinha fazendo compras, estaria com uma de nós. Se estivesse entediada, estaria fazendo uma de nós comer alguma coisa horrível que ela cozinhou. Entendeu agora?

– Entendi. Vou até o bar para ver se ela está lá – respondo sem saber o que eu poderia fazer de fato para ajudar.

– Ótimo. Eu tenho um monte de coisas pra fazer hoje. Além do trabalho, tenho que procurar uma fantasia para a Luana usar na festa de uma amiguinha.

– Tudo bem. Vou dar uma olhada por aqui. Te ligo mais tarde.

– Combinado. Beijo no Cadu.

– Claro, dou até dois. – Embarco na brincadeira.

– Cachorra!

Olho minha aparência desleixada somada à chuva e tenho preguiça de sair. Contudo, não posso deixar de atender a um pedido da Patrícia. Ela não me ligaria se pudesse encontrar a Cláudia, e eu entendi que talvez nossa amiguinha esteja com algum problema. Algo deve estar errado para ela ter abandonado seus hábitos sociais.

Enfio-me em um jeans, pego o guarda-chuva que sempre fica pendurado na lavanderia e saio em busca da minha querida tagarela. Caminho apressadamente até o bar do Cadu, mas sempre dando uma olhadinha dentro dos estabelecimentos para ver se vejo o cabelo levemente alaranjado da Claudinha. Nada. Ela não estava no mercado, na farmácia ou na floricultura.

Chego ao bar e, mesmo antes de entrar, vejo Cadu dando instruções para Vanessa. Meu estômago embrulha e eu tenho vontade de recuar. Não cogitei me sentir incomodada ao vê-la, nunca fui ciumenta. Meu raciocínio funciona assim: não há nada que prenda alguém a mim, se ele está comigo, é porque optou por isso e pronto. No entanto, meu raciocínio se perde ao me lembrar da fatídica cena dos dois se amassando naquele mesmo balcão.

Eu já estava me virando para ir embora quando escutei meu nome ser chamado. Cadu abre a porta e sorri em minha direção. Ele me parece mais bonito a cada dia.

– Oi, o que está fazendo parada aí debaixo dessa chuva?

– Você viu a Claudinha? – digo, com vontade de dar o maior beijo do mundo nele, mas me dou conta de que ainda não andamos de mãos dadas ou nos beijamos em público. Não sei o motivo disso, mas fora das paredes da casa da Samanta, nos mantemos como amigos.

– Não. Ela não passou por aqui. Agora que mencionou, faz tempo que não vejo a Claudinha. Estranho...

– É. – Olho a rua sem saber o que dizer.

– Não vai entrar?

Olho através dos vidros e vejo Vanessa servindo uma mesa. Um misto de desconforto e ciúme me invade.

– Acho que não. Vou ver se encontro nossa ruiva – digo voltando a encarar as gotas de chuva escorrendo entre os paralelepípedos.

Inesperadamente, Cadu se coloca sob meu guarda-chuva tão perto de mim que meu coração acelera.

– O que você tem? – ele diz me olhando com doçura.

– Não tenho nada. Vou procurar pela Cláudia. Patrícia acha que ela pode estar com algum problema porque faz tempo que ninguém a vê.

– Você volta mais tarde? – Sinto seus dedos tocarem de leve nos meus.

– Não sei. – Aperto os lábios ligeiramente constrangida.

– Você nunca mais veio aqui. Hoje é quarta-feira. – Seus dedos abandonam os meus e deslizam pelo meu braço. Suspiro resignada.

– Certo, mais tarde eu volto, então.

– Ótimo.

A gente se olha e noto que estou envolvida demais com ele. Cadu e eu temos terminado e começado todos os dias juntos. Nós entrelaçamos nossas rotinas, nossas conversas e corpos de uma maneira intensa, genuína e quase dependente desde o final de semana do casamento da Lu.

Permaneci os últimos dias enfurnada em seus livros de ficção, na casa colorida e interiorana de minha vó, nas memórias do meu pai, na alimentação saudável da rotina de Cadu e em uma preguiça que não me lembro de ter tido antes. *Eu* e *ele* até parece que somos *nós* desde sempre, e isso me faz refém destes últimos dias. Olhar para o Carlos Eduardo e me ver tão fragilizada e insegura é a primeira novidade ruim que sua presença me traz.

- Até mais tarde - sussurro.

Cadu parece vir me beijar, mas Vanessa abre a porta dizendo que um fornecedor está ao telefone querendo conversar com ele, quebrando o clima com a mesma delicadeza de uma escavadeira.

- Já estou indo - avisa. - Precisa do meu carro na sua busca pela Cláudia? - oferece enquanto Vanessa fecha a porta.

- Acho que não.

- Não há muito onde procurar por aqui.

A frase de Cadu funciona como uma rede elétrica correndo pelo fio até acender uma lâmpada.

- Tem razão. Acho que sei onde ela está. Já vou indo... - digo beijando seu rosto, me despedindo. Ele volta para o toldo que protege a entrada com expressão de dúvida.

- Vou te esperar, Al. Vê se não demora, está bem? - Cadu diz sorrindo, enquanto eu me afasto deixando muitas gotas entre nós. Droga... Estou louca por ele. Estou perdida.

* * *

Serra de Santa Cecília é uma cidade pequena. Não há muitos lugares para se esconder e isso foi a primeira coisa que aprendi assim que cheguei. Aqui as pessoas estão em casa, na rua, na universidade, no bar do Cadu ou...

- Sabia que ia te encontrar aqui - digo assim que encontro Cláudia debaixo de seu guarda-chuva e um semblante abatido.

– Sabia como?

– Sei lá... Sei que nesta cidade as pessoas escapam para cá ou para o bar.

– O que faz aqui, Alma?

– Eu que te pergunto. O que raios você resolveu fazer no lago debaixo de uma chuva dessas? Estou suja de lama até os joelhos – tento brincar.

– Resolvi dar uma volta.

– Por que não foi até a casa da Samanta? Eu passo a maior parte do tempo enfiada lá.

– Não sei. Deixei a Angélica na casa da minha mãe e resolvi vir até aqui andar um pouco.

– As meninas estão sentindo sua falta. A Patrícia disse que você não atende ao telefone.

Cláudia não diz nada e eu fico sem saber o que fazer. Meu guarda-chuva esbarra no dela e seus olhos alcançam os meus. Ela parece ter chorado, e seu silêncio é mais desconcertante do que seu costumeiro falatório.

– Por que está tão triste?

– Acho que meu casamento acabou.

Esperei que Cláudia me dissesse uma tragédia. Algo que envolvesse especificamente algum problema de saúde dela ou de alguém da família, que justificasse estarmos de frente para um lago barrento revirado pela chuva. Talvez minha cabeça de médica vincule más notícias a péssimos diagnósticos e, por isso, achei a notícia leve para um semblante tão carregado.

– Por que diz isso? – pondero.

– Meu casamento nunca foi um conto de fadas, sabe?

– Acho que nenhum é, Claudinha.

– Mas eu sempre acreditei que eu faria dar certo. Se eu servisse a mesa, ele se sentaria conosco para o jantar. Se eu mantivesse tudo em ordem, ele sentiria prazer de estar em casa. Se eu me mantivesse interessante, manteria também a chama acesa... – ela diz, ignorando meu comentário anterior.

– É um peso muito grande pensar assim.

– Eu sei. – Seus olhos transbordam e meu peito também.

– De repente é uma fase difícil. Vocês vão superar.

Cláudia me olha deixando claro que frases como essa são como perguntar se está tudo bem. A gente diz por hábito, ignorando o verdadeiro sentido e sem um pingo de interesse na resposta.

Sou uma péssima amiga apesar de ser confiável, adaptável e desinteressada. A questão é que eu não sou boa em dar conselhos amorosos e também não tenho muita prática em tricotar com o grupinho. Eu quase não tenho colegas e com as poucas que tenho, convivo dentro do hospital ou ao redor dele. Minha mãe é minha melhor amiga e como é, acima de tudo, minha mãe, a relação fica meio unilateral. Ela me aconselha e se esforça em ter paciência, apesar de sacudir as pernas e bufar com frequência quando estico um drama além do necessário.

Apesar desta constatação, olho Claudinha e me lembro da primeira vez que a vi. Penso em seus olhos acesos e em sua alegria infantil ao me entregar o pacote com o bolo ruim me dando as boas-vindas. Ela é uma boa amiga, talvez essa seja a sua maior habilidade. Cláudia merece meus melhores esforços.

– Por que você não fica em casa esta noite? A gente vai para lá, toma café, conversa e, mais tarde, vamos até o bar escutar música ao vivo e testemunhar aquele bando de estudante se embebedando e acreditando que um show de rock é libertador.

– Não posso. Preciso buscar a Angélica.

– Deixe-a com a sua mãe. Sei que seu marido está em Brasília com o prefeito.

– É. Está.

– Então. Vamos?

– Certo. Mas preciso de roupas.

– Se você não fosse tão pequena, eu lhe emprestaria uma roupa minha. – Ela mostra a língua e eu sorrio de leve. – Podemos passar na sua casa antes – sugiro.

Cláudia sacode a cabeça devagar e sorri como uma criança fazendo arte.

– Tive uma ideia. Vem comigo, Alma.

✵ ✵ ✵

Ao me ver com creme nos cabelos, separadores nos dedos dos pés para não borrar o esmalte das unhas, com máscara hidratante no rosto e com uma manicure em cada mão com lixas em punho, quase me arrependo de ter ido atrás dela. Cláudia já tinha me feito comprar três sacolas de roupas, dois sapatos, um estojo de maquiagem e agora sorria por baixo de uma camada espessa de esfoliante. Não que eu não goste desse mimo todo, e principalmente do resultado desses rituais de beleza. A questão é que eu preferia estar em casa ouvindo a chuva batendo no telhado, tomando chá de gengibre e entregando lenços para a minha amiga chorosa. Na minha concepção, meu cenário combina mais com tragédias matrimoniais do que essa tarde cheia de risadas altas de salão.

– Você ficou tão linda dentro daquela roupa e daquele sapato, Alminha.

– Jamais te perdoarei por estar me obrigando a esse dia da noiva. Principalmente porque nem casar eu vou – debocho.

– Não por enquanto, né? – Ela ri com malícia.

– Nem começa – reclamo.

– Alminha, me distraia contando uma história de amor novo, vai. O meu anda tão enferrujado. Preciso saber o que você anda vivendo com o forasteiro.

– Forasteiro? Por favor... – Rio alto.

– Conta, conta, conta! – ela insiste.

– Ah... A gente tem ficado junto todos os dias desde que voltei.

– Todos os dias?

– É. Ser uma desocupada facilita poder investir minhas horas em luxúria.

Ela ri e eu fico contente em vê-la sem aquele olhar apagado de horas antes.

– A gente tem a mesma tatuagem – digo me aproximando e em tom de segredo.

– Mesma tatuagem? Como assim?

– Não são idênticas, mas as duas têm um passarinho e possuem a mesma inspiração, o mesmo sentido, o mesmo espírito de superação, sabe?

– Nossa! Arrepiei toda.

– Imagine quando a gente descobriu – digo sentindo o rosto esquentar. De repente fiquei com vergonha por falar disso.

– Deve ter sido incrível. – Cláudia me oferece seu melhor e maior sorriso. Acabo me sentindo confortável novamente.

– Foi, e isso me assusta um pouco – confesso.

– Eu entendo.

– Mesmo?

– Claro. A gente quer tanto algo fora do comum, mas não temos a real noção do que seria ter algo tão grandioso em nossas vidas.

– Exatamente.

– Quando eu conheci o Márcio parecia que eu era uma plebeia sendo oferecida ao príncipe. Minha mãe estava tão empolgada com aquele encontro que eu resolvi odiá-lo antes mesmo de conhecê-lo. Mas quando nós ficamos sozinhos em um canto da sala enquanto todos conversavam assuntos desinteressantes, ele me olhou de um jeito cativante e me fez rir a noite toda. Passei o dia seguinte inteiro pensando nele.

– Então foi incrível também.

– Na hora pareceu. A gente se aproximou, eu passei a me encantar com sua personalidade envolvente, sua inteligência, com sua habilidade de ser o centro das atenções e como ele era o queridinho das rodas sociais. Eu me sentia orgulhosa por ser o alvo de suas investidas. Um monte de garotas demonstrava claramente que estavam interessadas nele, mas ele dizia: eu vou me envolver se for pra valer, à toa, não. Cansei de pular de galho em galho. Dessa vez, só se for sério e eu sentir que é a garota certa.

– Uau! Que decidido.

– Pois é. Nós não éramos adolescentes mais. Ele é alguns anos mais velho do que eu. Parecíamos saber exatamente o que queríamos. Parecia que sabíamos que éramos o par perfeito.

– O que mudou? – digo curiosa.

Cláudia espera as atendentes se afastarem e diz, pensativa:

– Acho que eu me cansei de dar desculpas por ele. Eu sempre me dizia que ele é ocupado demais, que o tipo de romantismo dele é diferente, que todos os casamentos são difíceis. Essas coisas... Mas não é verdade. Há gente que sabe cuidar do relacionamento. Não é perfeito, mas funciona. O meu é o caos.

– Por que não diz isso a ele?

– Acha que já não disse? Nós tivemos a fase de conquista na qual eu tentava fazer por ele tudo o que eu gostaria que ele notasse que é importante pra mim. Não resolveu. Tivemos a fase das brigas diárias. Não resolveu. Depois, teve a fase do desprezo, tentei ignorá-lo e ele passou a cobrar que eu voltasse para a fase um. Também não resolveu.

– E agora? Em que fase estão?

– Cansaço.

– Sinto muito. Você me parecia feliz, estável e com uma vida tranquila.

– É o que todo mundo acha e a culpa é minha. Eu me esforço para que todos pensem exatamente isso. E é assim que eu quero manter, por isso sofro. Não estou conseguindo mais manter as aparências.

Aquela declaração calou fundo em mim. Soou inaceitável uma pessoa se preocupar em ver ruir as aparências mesmo depois de todo o seu castelo já ter sido destruído. Cláudia já não estava feliz há tempos, mas ainda estava engajada em manter tudo dentro do padrão que criou. Qual é a necessidade de parecer pleno quando não se é mais ou nunca se foi?

– Não diz isso. Ninguém tem nada a ver com a sua vida – desabafo.

– Eu sei. Mas eu gosto de ser casada. Gosto de palestrar nos encontros de casais da igreja. Adoro o clube das casadas e ser um exemplo para elas. Você não entende, mas a minha rotina toda é cercada pelo estilo de vida que escolhi.

– Dane-se tudo isso! Pro inferno o clube das casadas. Já pensou que seu exemplo pode ajudar a manter um monte de pessoas infelizes porque acham que esse padrão de felicidade é o único ou o melhor?

– Por que está falando assim comigo?

– Porque é ridículo. Se você fosse verdadeiramente feliz, ainda seria aceitável, juro que eu faria um esforço para entender essa necessidade de inspirar outras pessoas. Mas manter uma ilusão como verdade e ainda vendê-la? Pra quê? Pra você e mais um monte de mulheres perseguirem esse falso paraíso?

— Você está sendo rude. — Cláudia diz com lágrimas nos olhos.

— Desculpe. Não sou muito boa nesse tipo de conversa. É que essa atitude é um fardo que você não tem que carregar. Você não precisa de uma aliança, nem de um estado civil. Nada disso te define. Isso não diz nada sobre você, entende?

Minha amiga sorri entre lágrimas e eu a abraço colocando seu rosto melecado de creme no meu colo.

— Você é uma pessoa bacana, engraçada, amiga, prestativa e péssima cozinheira, independentemente da droga do clube das casadas. — Cláudia gargalha. — É sério que isso existe? — brinco.

— Sim, existe — ela responde enxugando as lágrimas.

— Nada contra o clube, mas, honestamente, a gente não precisa se dividir por estado civil. Se você quer lutar pelo seu casamento, lute. Se quiser desistir, desista. É a sua vida. Só sua, Claudinha. Ninguém pode te dizer o que é certo, nem eu.

— Obrigada.

Saímos do salão carregando nossas compras, os pesares e os pensamentos repletos de dúvidas. Por fora, Cláudia está renovada, parece uma boneca de tão bonita, por dentro, algo tinha trincado. Posso notar a diferença mesmo quando ela se esforça em mostrar que está bem. Noto porque sei que existe uma mudança irremediável que nos assola, talvez a única: a perda da esperança. Você supera tristezas, resolve problemas, deixa de gostar de um doce, depois volta a se surpreender com o velho conhecido e delicioso sabor. A gente muda algumas coisas, mantém velhos hábitos, troca os móveis e guarda cartões de natal. Parece que precisamos arejar as gavetas, desde que possamos manter algumas antiguidades dentro delas. Esse é o reflexo de todos nós: uma parte quer o novo, mas a outra não abandona o velho. O grande dilema de nossas vidas.

Contudo, entre toda a nossa capacidade de armazenar e renovar, há a falta da esperança, e não há nada mais transformador do que isso. Viver sem fé acaba com um pedaço importante nosso, aquele que cuida do brilho do olhar, do sorriso solto e da inocência.

Talvez as aparências sejam o último fio, a derradeira chance de não se perder de vez. Assim como o cigarro, pensar em uma garota ou o alívio de um comprimido. Eu entendo a Cláudia, entendo meu pai e quase entendo a mim. Buscar o equilíbrio entre o que se é, o que gostaria de ser e o que imaginava que seria não é uma tarefa fácil. Talvez seja uma busca vã, uma meta impossível. Não sei. Tomara que não.

16

Nas tantas buscas, em que me perdi,
Vejo que cada amor tinha um pouco de ti...

Mário Quintana, A morte que está morta, in Poesia Completa.

Já passava das nove da noite quando Alma e Cláudia atravessaram a pequena multidão que lotava o bar. Cheguei a pensar que Alma não viria. Tenho notado sua relutância em vir até o bar e eu sei o motivo, só não sei muito bem como lidar com isso. Não posso demitir a Vanessa agora, ela é ótima funcionária e eu acabei de fechar um bom grupo para trabalhar aqui. Nós conversamos, eu disse que nada aconteceria entre nós, que foi um deslize. Ela parece que entendeu. Nunca mais tocou no assunto ou se insinuou. Bola para frente. Agora falta mostrar para a Alma que ela não precisa se incomodar com a presença de Vanessa, mas como?

Tento me aproximar de Alma, mas cada passo é uma luta. Acho que hoje é o dia com recorde de público. Nunca vi o bar tão cheio e agitado. A cada metro que venço e diminuo a distância, percebo quão bonita Alma está. Nunca a vi tão arrumada. Seus cabelos estão diferentes, seus olhos envoltos por maquiagem e os lábios pintados de vermelho. Sua calça preta é justa e o decote nas costas da camiseta branca deixa sua tatuagem à mostra. O cabelo curto mostrando sua nuca e parte de suas costas me deixa maluco em segundos. É quase nudez para os meus sentidos.

Assim que a alcanço, coloco minha mão em suas costas desnudas e, tentando vencer o barulho, digo ao seu ouvido.

– Está querendo me fazer fechar o bar mais cedo?

Ela se vira levemente sobressaltada e sorri satisfeita.

– Claudinha me levou pra fazer compras e para um salão de beleza. Que tal? – ela quase grita e ensaia dar uma voltinha.

– Estou impressionado.

Ela para de costas, aproxima o queixo do ombro e me olha de soslaio.

– Isso é maldade – digo tentando não babar.

Cláudia acena do balcão mostrando que conseguiu lugares. Ela também está arrumada e parece bem para quem estava desaparecida.

– Oi, Cadu. Viu como Alma está linda? Não que ela já não fosse. Alma tem beleza clássica, mas ela arrumada desse jeito está coisa de cinema, fala a verdade.

Só consigo sorrir.

– Vou pedir alguma coisa para vocês beberem. O negócio está complicado por aqui.

– Tudo bem, sem pressa – Cláudia diz despreocupada. É a primeira vez que a vejo aqui em uma quarta-feira. Ela está descontraída como nunca. Parece que o jeito despojado de Alma atingiu o espírito polido de nossa quase primeira-dama.

Sigo até a cozinha e tento conter o caos, ajudar a organizar os pedidos. Verifico o caixa e ajudo um pouco em cada canto. Tento dar uma olhada em Alma, mas não consigo. Elas saíram do balcão, devem estar mais próximas da banda em uma pequena pista que improvisamos deixando o local sem mesas. Atendo algumas pessoas, entrego cervejas e cubro uma pausa do funcionário que está no caixa. Saio de lá e vou direto em busca da garota que tem o dom de dominar toda a minha memória.

Vejo Alma de olhos fechados, cantando. A música, a luz e as paredes parecem que estão ali por ela. Um cara se aproxima mais do que eu gostaria. Ela não percebe e continua a repetir os versos da Legião Urbana que são entoados como preces juvenis. Todos nós, ainda hoje, tentamos cuidar do tempo que temos quando nos damos conta de todo o tempo perdido.

Vou em sua direção e sinto que todos os olhares estão voltados para ela. Forço minha passagem entre os grupos que dançam e cantam como se suas vidas dependessem daquilo, até que finalmente alcanço seu punho. Alma abre os olhos e não para de cantar. O verso ganha uma nova definição, a frase que conta sobre a tempestade que tem a cor de seus olhos castanhos sempre falará dela daqui para frente. Talvez por isso eu tenha a abraçado forte e cantado em seu ouvido a minha súplica para que fugíssemos para um lugar distante dentro de nosso próprio tempo. Naquele instante, eu a queria dentro de um mundo meu, um lugar sem relógios, sem problemas e passado.

– Você está tão bonita que está começando a dar trabalho – digo em seu ouvido.

– Trabalho? – Ela ri sem entender.

– Tem um bando de garotos te olhando.

– Sério? Não notei – ela responde honestamente.

– Senti saudades. Você poderia vir mais vezes aqui.

– Ando com ciúmes.

– Não. Por favor, não tenha. Não há motivos.

– Eu sei que não devo ter, mas continuo tendo. Não sei o que fazer para desligar meu ciúme. – Seu rosto fica levemente rosado e eu percebo que ela está um pouco envergonhada.

– Talvez eu saiba – digo colocando minhas mãos em sua cintura.

– Ah... Que bom. E o que é? – ela diz sorrindo.

Aproximo meu rosto do dela, coloco uma de minhas mãos em sua nuca e testemunho seu rosto mudar de expressão. Seus traços antes distendidos em alegria dão lugar para olhos semicerrados e lábios entreabertos de desejo.

Beijo Alma como se fôssemos mais um casal de estudantes. Não me importo se sou professor deles ou o dono do bar. Não dou a mínima para o que vão pensar ou dizer. Aquela é a minha garota e eu quero que todos saibam disso. Eu sou o felizardo que pode deslizar as mãos por aquelas costas perfeitas e desenhadas. Sou eu que posso beijar aqueles lábios sinceros, diretos e gostosos.

– Cadu, não me dê nada que você ache que não possa me dar sempre, tudo bem?

– O que está querendo dizer?

– Exatamente o que eu disse. Não precisa me oferecer nada para me acalmar ou para me conquistar. Eu não quero nenhum esforço.

– Está de brincadeira, não é?

Ela fica séria e cruza os braços pelos meus ombros.

– Eu não entendo o que acontece nessa sua cabeça, mas eu não vejo esforço nenhum em te agarrar e me exibir pra galera – amenizo.

Alma me beija novamente e tudo parece tão simples para mim. Contudo, seu olhar questionador me mostra que tudo é complicado para ela.

– O que você tanto pensa, tanto analisa, mulher?

– Estou ferrada, Cadu. Sei que estou. – Ela sorri e eu faço cara de dúvida. – Você não percebe? – ela insiste.

– O quê, Alma? Diz logo porque eu não vou adivinhar, não vou mesmo. Sou péssimo em indiretas.

Ela sorri e balança a cabeça. Seguro seu queixo e a faço olhar pra mim.

– Estou louca por você, professor. Desesperadamente. Tanto que nem sei como lidar. Tanto que comprei pão integral hoje.

Era para eu comemorar cada declaração dela. Cada vez que Alma diz que está apaixonada, louca por mim e que o que sente é tão novo nela que mal consegue nomear. Porém, cada vez que ouço algo bonito, sempre vem em tom de medo. Parece que ela se sente em risco por estar envolvida tão fortemente. Não consigo comemorar, não ainda.

– Vem cá.

Seguro sua mão, aviso Cláudia, que está a alguns passos de nós, que voltaremos logo, e arrasto Alma pela multidão. Atravesso a cozinha até chegarmos ao pequeno escritório dos fundos.

– O que estamos fazendo aqui? – ela diz desconcertada.

– Preciso te mostrar uma coisa. Era para ser surpresa, queria que você visse instalada, mas acho que agora é um bom momento.

Arranco o plástico que cobre a placa que encomendei e mostro o nome que escolhi para o bar.

– "Quintana." Gostei. – Ela sorri mesmo antes de terminar de ler.

– Não é nada demais colocar esse nome. Eu poderia ter colocado o seu nome se fosse para te impressionar. Mas essa faísca que tem entre a gente, esse sentimento todo, essa coisa desenfreada... Isso sim é muito, e algo que nenhuma outra porta pode ter. É importante porque é uma coisa nossa. Por isso quis colocar esse nome, porque essa ligação apenas nós sabemos o que é. Só eu e você entenderemos o que significa o nome dessa placa.

– Ando sentindo tantas coisas novas. Às vezes, parece que vou me afogar.

– Mas não vai, Alma. Não tente antecipar as coisas, tentar prever para se preparar. Não vai dar certo. Eu sei, pois fiz isso a vida toda.

– E por que não está fazendo agora?

– Porque eu não vou estragar tudo dessa vez. Eu vou viver cada gota disso. Vou te beijar sem reservas e vou botar um nome no meu bar em homenagem ao que eu sinto por você, sem medo de te assustar.

– Ah... Cadu... – Alma suspira.

– Vou te pedir para se mudar para cá e te forçar a falar coisas desagradáveis sobre si porque não quero que se esconda. Quero que confie em mim, quero ser seu amigo e também te quero na minha cama todas as noites. Quero conhecer sua mãe, ser amigo das suas amigas e poder te contar a parte ruim do meu dia. Eu quero te levar ao Rio de Janeiro, te mostrar aos meus pais e te levar aos meus lugares preferidos. Quero tudo, Alma. Eu não vou viver nada pela metade porque pode acabar.

– E se acabar?

– Não vou pensar nisso. Você não deveria pensar. Eu estou aqui. Você está aqui. Acabou de começar.

Aproximo meu corpo de Alma e passo meus dedos em seu cabelo. Deslizo minhas mãos pelo seu rosto e ela fecha os olhos. Suas pálpebras pintadas, seu cheiro quente e sua pele fina cabem perfeitamente bem sob a ponta dos meus dedos e dos meus desejos.

– Pare de pensar tanto. Só sinta, Alma.

Desço minhas mãos para o seu pescoço, massageio seus ombros e beijo sua boca.

– Sinta – repito.

Acaricio seus seios, seu abdome e seus quadris. Ela abre os olhos e se mantém séria.

- Você é avassalador, professor.
- "Avassalador"? É uma boa palavra, doutora.
- Malditos livros de literatura. Está vendo o que está fazendo comigo? - graceja.
- E comigo? Você percebe o que está fazendo?
Ela me beija e se afasta. Tenho certeza que não.
- Preciso voltar. Convidei a Cláudia para dormir lá em casa.
- Hoje? - digo desesperado.
- É. Hoje.
- Não. Hoje não - praticamente uma súplica.
- Sim. Ela não está bem. Estou tentando ser uma boa amiga.
- E eu?
- Você dorme na sua casa. - Ela ri, maliciosa.
- Não. Eu não durmo na minha cama há semanas. Não vou conseguir.
- O que são alguns dias perto da quantidade de noites em que você já dormiu lá sozinho?
- Não sei. Não lembro. Esqueci totalmente.
Alma me abraça e sua cabeça encaixa perfeitamente em meu pescoço.
- Larga de ser manhoso. É só por hoje.
- Mas bem hoje? Hoje você está tão deliciosa.
- Estou tão diferente assim?
- Claro que não. Eu diria isso mesmo se você tivesse de pijama de inverno.
- Pensei em uma palavra agora, mas ela é bem menos fina do que a última que usei para te definir. Não quero baixar o nível, então vou ficar quieta.
- Eu não sou assim. Sempre fui tranquilo. Meus últimos relacionamentos podem ser classificados como razoáveis, inclusive sexualmente. Então, a culpa é sua.

– Minha? – Ela gargalha.
– Sim, Al. Sua e de mais ninguém.
– Ok, aceito essa culpa. Aceito feliz. Mas hoje você dorme na sua casa.
– Droga.

✳ ✳ ✳

Acompanho Alma e Cláudia até a calçada. Beijo mais uma vez minha médica favorita e, depois, a vejo caminhar até se perder de minha vista. Eu entendo suas dúvidas, seus medos e mal-entendidos. Aceito seu ciúme inofensivo, sua insegurança e até o que eu ainda não conheço. A única coisa que eu não permitirei é o não se entregar, não viver, não experimentar. A minha vida não pode ser um eterno repeteco. Aturo o fato de que cometeremos erros, mas não os mesmos. Não quero um relacionamento no qual eu viva pisando em ovos e aceitando migalhas. Falei sério quando disse que quero tudo. Não importa se em um mês ou em dez anos. Eu quero tudo dela.

Com Elisa, eu sempre ficava esperando o sinal verde para avançar. Era ridículo, quase patético. E é isto o que eu mais gosto em Alma: ela me aceita. Sempre. Não me recusa e mesmo com medo não foge. Ela não abaixa os olhos quando eu os procuro, não se encurva quando a toco e não guarda sentimentos, palavras e sua vulnerabilidade.

Ela é o que eu sempre quis. Não como um modelo individual, porque eu deixei de ter um há algum tempo, mas é algo dentro da dinâmica da convivência. Ela tem o que sempre busquei em uma mulher e tentava usar a imaginação para enxertar nas outras. Alma me olha com admiração, é carinhosa, amiga e quente. Gosto tanto dela. Tanto que vendi certo anel hoje. O último resquício de Elisa. Acabou. Fim. E Alma nem se dá conta de tudo o que já fez por mim.

17

E sem nenhuma lembrança
Das outras vezes perdidas,
Atiro a rosa do sonho
Nas tuas mãos distraídas...

Mário Quintana, Canção do dia de Sempre, in Canções.

Cláudia ainda está dormindo e eu tenho medo de que ela esteja em coma pós-farra. Estou exagerando, claro. Mas ela está desacordada há doze horas, eu já verifiquei seus batimentos cardíacos três vezes, Cadu já me ligou duas vezes e eu tomei quatro xícaras de café enquanto relia as primeiras cartas do meu pai.

Comprei um caderno e comecei a fazer algumas anotações. Percebi que as cartas estavam fora da ordem cronológica. Meu pai foi voluntário em ações de paz promovidas por ONGs, por isso viajava muito. Depois, foi parte da Legião Estrangeira, o que me faz achar que papai é uma mistura de cara legal com mercenário. Ainda não tenho certeza sobre qual é o seu lado predominante. De repente ele foi um mercenário gente boa. Sei lá.

Algumas cartas eram despachadas, mas percorriam um caminho tão longo que demoravam a chegar. Dependendo da localização, uma carta escrita posteriormente acabava chegando antes. Uma bagunça. Por isso, o humor dele parecia tão discrepante de uma carta para outra. Depois de ter organizado, a leitura fluiu melhor. Observei as datas das cartas e o jeito dos envelopes, assim, encontrei alguma lógica.

Este exercício me fez perceber algumas coisas, que anotei:

1. A princípio, meu pai não menciona ninguém a não ser a própria mãe. Ele age nas cartas como se estivesse sentado em uma cadeira no meio do nada refletindo sobre suas escolhas, principalmente sobre ter partido. Ele parece atormentado pela ideia de que não havia outra opção, que a vida seria terrível se ele tivesse ficado, principalmente porque sua amargura era tanta que envenenaria qualquer um que se aproximasse. Queria entender melhor. Tenho inúmeras teorias, nenhuma que me convença totalmente.

2. Conhecer o sofrimento alheio o transformou. Seus textos passaram a ficar reflexivos e tristes. Parece que ele se deu conta de que sempre fora um garoto mimado, crente de que o mundo era do tamanho da Serra e que o dilema mundial se assemelhava aos comitês de discussão sobre os próximos eventos da cidade.

3. Quando ele entrou para a Legião Estrangeira foi também quando passou a mencionar o pai dele e minha mãe. Suas cartas ficaram mais sentimentais. Ele passou a se expor de maneira genuína. São as cartas de que mais gosto. Ele chama seu pai de *meu velho* e minha mãe de *minha garota*. Acho bonito. Parece que, de alguma maneira, ele assume que não conseguiu deixar nada para trás. As pessoas, assim como as memórias, pertenciam a ele ainda.

4. Eu sou terrivelmente parecida com ele.

Melancolicamente parecida com ele.

Ranzinzamente parecida com ele.

Sofridamente parecida com ele.

Inexplicavelmente...

A campainha toca sem que eu consiga terminar a frase. Enfio as cartas e o caderno na gaveta da estante. Desço as escadas, abro uma fresta e encontro Cadu. Meu Cadu.

– Olá. – Abro a porta e dou passagem para ele.

– Tem que parar de andar em frente à janela e atender a porta desse jeito. – Ele me olha e eu me dou conta de que estou de blusa de alça e calcinha.

– É só um par de pernas – digo abraçando-o.

– Não. São *suas* pernas. – Ele me beija.

– Meus seios são pequenos – brinco.

– São *seus* seios – ele me beija. De novo.

– Nem tenho barriga de tanquinho. – Levanto a blusa, fazendo graça.

– É a *sua* barriga – ele insiste.

– Quer dizer que você fica me espiando?

– Claro que fico.

– Pensei que você tivesse mais o que fazer, Cadu.

– Ninguém tem mais o que fazer quando a vizinha fica desfilando de calcinha.

– Não sei se acho fofo ou imbecil... – Tento parecer brava.

– Pode me achar um imbecil fofo. – Ele pisca e eu derreto. – A Cláudia ainda está dormindo? – muda de assunto.

– Está.

– Eu queria sair com você hoje. Aproveitar meu dia de folga na universidade e o bom tempo. Parou de chover.

– Não quero acordá-la. Ela está triste e confusa. Além disso, tem uma criança pequena. Dormir não deve ser o forte da vida dela.

– Eu sei... Bem, eu vou passar no bar e depois volto aqui, então.

– Está bem.

– Vá botar uma calça ou feche a janela. Ouvi dizer que meu vizinho largou o emprego e não sai do sofá por nada no mundo desde que você se mudou.

Rio alto.

– Você está com ciúmes, Carlos Eduardo?

– Claro que não. Estou com dó do coitado que só pode olhar. – Ele me beija de novo e de novo... Mais uma vez... Começo de namoro é tão bom.

– Avise ao vizinho que eu não me mudei. – Cadu me olha tentando decifrar se estou brincando ou dando um aviso que não é para o vizinho. – Não ainda, pelo menos. Então é bom ele ir arrumando outra distração – completo.

– Tchau, Al. Até mais tarde. – Parece contrariado.

– Tchau, gatinho.

Resolvo mexer nas coisas da cozinha. Fazer um suco, preparar um lanche, cortar algumas frutas para Cláudia comer. Quem sabe o barulho a acorde. Arrumo a mesa, ajeito a sala e acabo puxando a porcaria da cortina ao passar em frente à janela. Será que Cadu tem mesmo um vizinho? Dou uma olhadinha pelo canto do olho e não vejo ninguém. Acabo rindo. Logicamente Cadu fez uma brincadeira, um disfarce para o seu pequeno ciúme. Imagino que ele pudesse ter me pegado passeando uma ou duas vezes pela janela vestida em meus trajes pequenos e não gostaria que outro experimentasse essa imagem.

Fantasio sobre quando notou minha existência e quando percebeu que eu faria parte da sua. Talvez tudo tenha acontecido para nos trazer a este exato momento. É uma visão romântica, eu sei. Mas que mal há em supor um pouco de feitiço e brincadeira feitos pelo Universo para nos colocar na mesma rua, em calçadas opostas, com janelas venezianas coloridas e tanta história entre elas?

Pensar em Cadu é sorrir inevitavelmente, é ficar criando teorias felizes e conspiratórias. É pensar em beijos e sentir minha nuca esquentar. Não sei para onde estamos indo, mas sei que tenho vontade de ficar.

Enquanto tento encontrar meus neurônios esparramados em alguma espreguiçadeira na praia do meu cérebro, Cláudia aparece descabelada, com o rosto amassado e com vinte e cinco por cento da sua costumeira beleza.

– Tudo bem? – digo.

– Estou com dor de cabeça, enjoada e... não sei mais o quê...

– Você bebeu um bocado ontem.

– É, eu sei. Mais do que já bebi na vida toda. Acho que essa é a minha primeira ressaca – responde parecendo estar toda dolorida.

Aperto os lábios pra segurar o riso. Cláudia é tão pura que chega a parecer uma criança.

– Fica tranquila, você está com a mestra das ressacas, vou cuidar de você. Logo, logo vai estar pronta pra próxima.

– Duvido... – ela tenta dizer enquanto o vômito número um acontece.

Depois de aumentar consideravelmente a contagem iniciada, tomar alguns banhos, aspirinas e de se hidratar, Cláudia começou a se sentir melhor e conseguiu comer.

– Preciso ir buscar a Angélica. – Ela se levanta bruscamente do sofá.

– Está bem para isso?

– De zero a dez, quanto está minha cara de ressaca?

– Seis.

– É... Vai ter que servir.

– Quer que eu pegue o carro do Cadu e te leve? – ofereço. Um seis ainda me parece muito para ela.

— Não. Vou ficar bem. Vou pegar um táxi no final da rua. Depois meu pai nos leva pra casa.

— Tudo bem, então, mas não some, ok?

— Obrigada. Adorei passar esse tempo com você. Principalmente ver você e Cadu tão bem juntos. Ele é um cara legal.

— É sim – falo meio abobalhada.

— Você gosta dele pra valer, né?

Aquiesço.

— Que bom. Isso significa que você vai ficar por aqui?

— Não sei... Provavelmente. Talvez por uns tempos.

— Fico feliz.

— Isso faz daqui o seu refúgio oficial, está certo? Nada de ficar vagando por aí. Combinado?

— Combinado. Agora preciso mesmo ir. – Ela se apressa.

— Está certo. Também vou encontrar o Cadu no bar, ele disse que queria dar uma volta. Vou pegar a bolsa.

— Então vamos.

Assim que abro a porta para sairmos, um homem de terno nos aborda procurando por Samanta.

— Ela faleceu – informo com um pesar maior do que eu imaginava.

— Mesmo? Sinto muito. Você quem é?

— Sou neta dela, Alma. Prazer.

— Eu costumava negociar peças com a sua avó. Trazia algumas, levava outras. Ela comprou esse relógio em um leilão e eu vim entregá-lo. Deve ter alguma caixa por aí com o nome de Dirceu gravado. Ela deixava peças separadas para eu avaliar.

— Desculpe, mas eu não estou cuidando de nada disso – digo sem jeito.

O senhor abre a caixa e Cláudia arregala o olho.

— Nossa, que coisa linda! Final do século XVIII ou já é do início do XIX?

– Início do XIX.

– Belíssimo. Ótima aquisição. Conheço alguns colecionadores que pagariam bem por ele.

Vejo os dois conversando sobre coisas que não entendo e a ideia perfeita surge. Por que não pensei nisso antes?

– O senhor pode nos dar licença um minuto – digo puxando Cláudia para dentro.

– Que isso, Alma? Vai deixar o homem com aquele relógio caro plantado no meio da calçada? – Cláudia protesta.

– Por que não cuida do antiquário? – sugiro sem rodeios.

– Como é?

– Por que não negocia esse monte de coisas que tem aí? Está claro que você entende de antiguidades. Eu sempre penso no que fazer com tudo isso e nunca chego a nenhuma conclusão. Não gostaria de me desfazer, mas não sei administrar isso. Nem quero... Você poderia cuidar de tudo.

– Está me oferecendo um trabalho? – diz com estranheza.

– Não. Estou lhe oferecendo uma distração. Algo para pensar enquanto decide o que fazer com o seu casamento.

– Mas e a Angélica?

– Você não precisa abrir a loja todos os dias. Pode organizar sua rotina para vir algumas tardes na semana. Além disso, pode trazer a pequena ou deixá-la com sua mãe. O que me diz?

– Acho que... Bem... Talvez eu consiga.

– Claro que consegue.

Abro a porta antes de Cláudia pensar melhor. O senhor faz cara de mau humor.

– Desculpe. Essa aqui é a Cláudia Muriel. Ela é responsável pelo antiquário agora. Pode tratar tudo com ela. Está bem?

– Muito prazer, senhora. – Ele a cumprimenta.

– Preciso ir. Batam a porta quando terminarem.

Saio praticamente correndo. Sei que Cláudia poderia se sentir insegura e acabar jogando a bola pra mim. Sozinha, não há o que fazer. Ela terá que se virar.

Alguns passos depois, quase esbarro em Cadu. Ele sorri ao me ver praticamente correndo pela calçada.

– O que está fazendo?

– Fugindo da Cláudia.

– Posso saber o motivo?

– A coloquei pra negociar as peças do antiquário.

– Ótima ideia.

– E fugi pra ela não desistir.

Ele ri.

Cadu e eu andamos até chegar ao lago. Não era essa a ideia inicial, mas não queríamos voltar e correr o risco de encontrar Claudinha. Ela precisava daquilo. Não sei o motivo, mas algo me diz que essa minúscula temporada comigo faria bem para os conceitos rígidos dela. Quem sabe também para o seu tão (super)estimado casamento.

O lago está brilhante como um espelho. Por ser um dia útil, não há mais ninguém por aqui. O céu está claro e o cheiro de terra molhada ainda é forte. Tudo está meio úmido, por isso, acabamos andando pela margem em silêncio. Não dá pra se sentar ou encostar em lugar nenhum sem correr o risco de se molhar ou se sujar.

A certa altura, Cadu entrelaça seus dedos aos meus. Não diz nada, mas sua pele tocando a minha é quase como chegar bem perto de uma xícara fumegante de café. Você se aproxima e antes mesmo de tocar os lábios é possível sentir o calor, o cheiro e deduzir o gosto. Sabe quando o vapor invade suas narinas levando o aroma saboroso de algo para dentro de você até sua boca se encher d'água de tanto desejo de provar? Talvez seja a descrição mais perfeita do que eu sinto quando Cadu me toca. É tão enlouquecedor que começa na pele e termina nas batidas descompensadas do meu coração. Um suspiro me escapa na tentativa desesperada de esvaziar um pouco meu corpo de tantas sensações.

– Está cansada? – ele pergunta.

– Não. Sei que sou sedentária, mas até que a Serra está me forçando a ser mais saudável. A Serra e um certo rapaz comedor de granola. – Pisco, mas sei que meu gesto não é nem metade natural ou charmoso quanto o dele.

– Como a Claudinha acordou?

– De ressaca.

– Sorte ter você por perto para cuidar disso.

– É... Eu tenho meus truques. Sobretudo para curar ressacas. Me senti de volta ao tempo de universidade. Claudinha é tão menina, apesar de já ser mãe. – Sorrio ao me lembrar dela.

– Tem razão. – Cadu silencia por alguns segundos e depois volta a falar. – E você? Está bem?

– Sim, estou bem. Estou ótima, pra dizer a verdade – respondo convicta.

– Fico feliz – ele responde, parecendo meio distante.

Paro de andar sem soltar sua mão. Ele me olha como quem espera por alguma coisa, um motivo para minha pausa ou uma palavra que não sei qual é. Acabo fazendo o que sei fazer quando estou com ele: desligo o botão do raciocínio e beijo-o. Contudo, dessa vez nossos lábios se tocam lenta e demoradamente. Um espanto me acerta em cheio quando noto meus olhos cheios d'água, quase transbordantes. Meu peito fisga e... Aaahh... Não sei explicar.

– Ando bem feliz – sussurro com o rosto a centímetros do dele.

No segundo seguinte, sinto os dedos de Cadu fincarem em minha cintura como se quisessem arrancar um pedaço meu para si. Seu beijo me invade como uma ventania que empurra venezianas, bagunça as cortinas e espalha papéis pelo ar. Sinto um arrepio tão grande que me toma o corpo inteiro e me joga em uma espiral alucinante, entorpecente e enlouquecedora. Estamos de volta à nossa zona de desespero. Uma que só passa quando nos grudamos até virarmos um, que só acalma quando ele está dentro de mim.

Cadu se afasta abruptamente me deixando ofegante e com os braços no ar. Ainda tonta, demoro a organizar as palavras e o pensamento. Ele se afasta alguns passos de mim e, sem me olhar, quebra o silêncio.

– Preciso parar de fazer isso – diz mais pra si do que pra mim.

– Não precisa, não. Que isso? Volte aqui. – Ele não se move e eu vou até ele. – Parar por quê?

– Porque te confunde.

– Agora estou confusa, antes, não. Antes, estava tudo bem, tudo muito claro – reclamo.

– Alma... – Cadu pronuncia meu nome com impaciência.

– Explica, porque eu estou no escuro. Sério – exijo.

– Acho que minha atitude não tem ajudado. Isso que existe entre a gente é... Talvez você sinta por mim... – Ele não termina a frase e eu não consigo acompanhar.

– "Minha atitude", "isso", "sinta por mim"... Eu não entendi nada. Seja claro, fale de uma vez – digo com calma, com certa doçura até.

– Talvez o que você sinta seja uma atração física desenfreada.

– Acha que o que eu sinto não passa de um tesão louco? É isso? – falo quase ofendida.

– Sua boca tem o dom de tornar as coisas piores – ele diz quase rindo.

– Grosseiras, você quis dizer.

– Não. Diretas demais, talvez.

Respiro fundo tentando ser menos grossa ou direta. Que seja... Acho que preciso de algum floreio neste momento. Acho que preciso me desarmar.

– Por que acha que pode ser só físico, Cadu?

– Porque é uma possibilidade. Uma forte.

– É o que sente?

– Claro que não.

– Então, por que acha que pode ser o que *eu* sinto?

– Ah... Alma. Você sabe que está sempre dividida. Sempre em dúvida. Vive falando que está encrencada, que não sabe se vai ficar ou o que quer. Diz que está louca por mim, e ao mesmo tempo, diz que está ferrada. Na mesma hora. Como se o que sente fosse algo ruim, preocupante. Eu não sei o que pensar.

– Você interpretou errado o meu discurso, professor.

Volto a me aproximar e ele cruza os braços atrás de si. Parece empenhado na promessa de não voltar a me atacar.

– Não é só físico, apesar de essa parte ser a melhor de todos os tempos – declaro olhando de mansinho pra ele.

– Como tem certeza?

– Que é a melhor de todos os tempos? Uau! Bem... Como digo isso sem ser vulgar? – tento gracejar.

– Alma... – Ele sorri e balança a cabeça.

Sou incorrigível, eu sei, penso.

– Porque eu durmo bem quando estou com você, durmo como nunca fui capaz antes. E eu adoro te ver lendo ou cozinhando. Sou louca pelo seu silêncio, suas poucas e certeiras palavras e como tudo na sua boca fica mais bonito. – Seus olhos brilham e um sorriso brota no canto de seus lábios. Isso já vale meu empenho em arrancar de mim uma lógica para o que sinto. – E tem mais.

– Tem? – Cadu descruza os braços e eu encaro suas mãos grandes, bonitas e fortes.

– Sim. Tenho lido as cartas do meu pai.

– O que isso tem a ver comigo? – estranha.

– Nada. Não diretamente.

– Então não entendo. A gente precisa melhorar nossa comunicação urgentemente.

– Você é o especialista. Dê um jeito. Eu corto e costuro pessoas desacordadas, então... – Dou de ombros.

Ele gargalha e meu corpo inteiro esquenta de prazer.

– Posso concluir? – Ele acena que sim e silencia. – Sabe que não conheci meu pai. Eu não sei o tom da voz dele, seus trejeitos e suas maneiras. Enfim... Essas coisas que fazem a gente conhecer o outro.

– Sei...

– Mas agora, lendo aquelas cartas, sei que ele teve uma vida solitária. Sei que ele amargou a solidão. Além disso, ele parece sentir uma saudade bem específica. Por exemplo: ele não escreve "não tenho uma garota", ele usa sempre "não tenho a minha garota".

Cadu abaixa os olhos e quando volta o seu olhar para mim, percebe a minha emoção. Suspeito que ele também esteja um pouco mexido.

– Acho que ele fala da minha mãe, mas talvez nem seja uma mulher em especial, mas é uma figura, um ideal, uma companhia... Não sei.

- A garota certa? - sugere encarando meus olhos.

- Não sei se existe isso, mas todas as vezes que termino de ler uma frase em que ele lamenta a vida sem a sua garota, o mesmo pensamento me vem. - Respiro fundo tentando acalmar meus ânimos e continuar. Pareço um gato engasgado com uma bola de pelo. Ele espera pacientemente, esperançosamente, talvez. - Sem planejar, sem conseguir me censurar, as palavras chegam e é esse pensamento que me assusta. Principalmente porque não há um resquício de dúvida nele e sim uma certeza assustadora. Eu estou realmente ferrada se, por um acaso...

Fico quieta encarando Cadu enfiar as mãos nos bolsos. Seus cabelos balançando com o vento, seus olhos profundos, seu semblante compenetrado iluminam minha alma e eu amoleço. Não meus joelhos, como naqueles romances que tenho lido. Eu amoleço inteira. Meu espírito se adoça vertiginosamente.

- Vou poder saber que pensamento é esse? - ele diz com suavidade.

- Estou tentando, está bem? É que... Minha boca, embora "direta demais", às vezes, cisma em ser sensata. E você dificulta ficando aí parado nesta pose, com esse cabelo, esse jeans escuro com essa camiseta branca... Enfim, eu não me preparei para uma discussão da relação em paisagem bucólica.

Cadu sorri, vem em minha direção e me abraça fraternalmente.

- Esqueça isso. Eu também não planejei uma discussão, aliás, meus planos para hoje eram muito diferentes disto. Desculpe se lhe pressionei, não era minha intenção.

- Cale a boca - desabafo e ele franze o cenho. - Já que comecei, vou terminar. Eu preciso terminar. Não quero que você fique à deriva imaginando coisas. Mesmo que signifique me expor.

Ele se afasta, mas seu calor permanece em mim.

– Eu me reconheço nas cartas do meu pai. Sou terrivelmente parecida com ele. Sou capaz de me enxergar na melancolia, nas contradições, na fraqueza disfarçada de coragem. Ele foi covarde em algum momento e sabe disso. Ele fugiu e se esforça pra explicar essa atitude. Eu o entendo... De verdade.

– Eu sei. Shhhh... Não precisa...

Coloco meu dedo em riste e ele me deixa continuar.

– A única parte em que não me sinto próxima daquelas linhas é na solidão. E isso é novidade. Todas as vezes que meu pai lamenta não poder beijar sua garota, eu penso num beijo seu. Todas as vezes que ele mostra sua solidão, eu me pego agradecendo por ter você. Você é o meu garoto. Não, não... Não pegou bem, parece que sou sua mãe. Espera. Vou começar de novo. – Arranho a garganta enquanto vejo Cadu sorrindo tentadoramente emocionado. – Você é o meu cara. Meu Cadu.

Imaginei diversas reações. Carlos Eduardo poderia ter sido bem óbvio e me agarrado, me beijado com força e me apalpado como se estivesse moldando bonecos de massinha; ele poderia ter me abraçado e me beijado docemente como no cinema, de repente até voltaria a chover para deixar a cena bem hollywoodiana; ou poderia ter chorado deixando tudo constrangedor. Porém, ele não fez nada disso. Ele ficou parado olhando para mim sem dizer nada até me deixar ansiosa e angustiada.

– Não vai dizer nada nem fazer nada? Vai ficar inerte assim? – digo impaciente.

– Estou pensando.

– No quê? – Impaciência nível máximo neste instante. Nível má-xi-mo.

– O que eu digo? Se eu abrir a boca, vou te assustar. Não posso dizer o que eu estou pensando.

Cadu levanta o braço para passar as mãos pela cabeça e eu vejo sua tatuagem. Eu diria que o amo, se também não soubesse que é muito cedo para isso ou se ele não tivesse voltado a falar.

— Estou aqui tentando controlar o turbilhão que você provoca.

— Acha que eu não sei o que é isso?

— Se eu tocar em você agora é capaz de eu te quebrar de tão louco o que estou sentindo. Por que tudo em você é tão esquisitamente perfeito? Você mexe comigo de um jeito estranho. Você mexe comigo. Até o que dá errado funciona. Até você dizer frases pela metade ou frases bizarras dá certo.

— Você usou "louco", "esquisitamente", "estranho" e "bizarras" na mesma fala. Acho que você me ama — caçoo.

— Também acho.

— Nossa comunicação está começando a melhorar, vizinho-barra-professor.

Quando se sente algo que não se pode explicar ou, ainda pior, não se consegue entender, restam poucas opções. Pode-se tentar ignorar, fugir ou aceitar.

Ignorar é bem complicado porque aquilo fica latejando no peito, seu cérebro te boicota, colocando a pessoa em seus pensamentos o tempo inteiro e toda porcaria de música parece falar sobre vocês.

A sequência, fugir, também não impede que as coisas aconteçam. É só um muro que você ergue para não enxergar o que você já sabe que existe do outro lado. Esse quesito é minha especialidade. Eu construí alguns muros ao longo da vida e meus monstros continuam lá, emitindo sons e me chamando pelo nome.

Aceitar... Bem, aceitar não é menos difícil. Aceitar é abrir as portas, as janelas, colocar a mesa e vestir sua roupa mais bonita esperando o outro chegar. É sentar e torcer para que a espera acabe. Se preparar e convidar o outro a ser parte dos seus dias, da sua vida e de você. É tão assustador que fugir começa a se tornar interessante. Contudo, quando ele me olha e finalmente anda em minha direção, anunciando que aceita o convite, tudo em mim se alegra e eu me esqueço de que há outras coisas acontecendo enquanto meu coração bate por ele. Sim, ignoro tudo o que sei sobre o funcionamento do corpo humano. Tudo muda em mim quando ele se aproxima e isso não constava em nenhum dos meus livros.

Aceitar é abrir os braços e permitir que coisas inexplicáveis existam e aconteçam porque não estão no nosso controle. Não há controle, a vida é imprevisto, improviso e um bocado de esperança.

Cadu me enlaça e pousa seus olhos ardentes sobre mim. Voltamos para a fase óbvia – e arrebatadora – dos bonecos de massinha de modelar, sem medo de quebrar nossos corpos ou nossos corações. Sem medo. Pelo menos por enquanto.

18

Sabe amar
Sabe de mim e de si
Sabe de nós
Sabe ser um!

Mário Quintana, in Quem sabe um dia.

Lecionar está diferente. Desde que Alma apareceu na minha vida, passei a fazer algumas tolas analogias. Depois da nossa conversa no lago, a coisa piorou. No último mês, todas as mulheres que inspiraram poemas passaram a ter o rosto de Alma. Neruda, Vinicius de Moraes e até mesmo Camões agora falam de uma moça alta, de quadris largos e cabelos curtos. Todos eles passaram a ter o mesmo referencial. É assim que leio, que vejo e sinto. Uma bobagem atrás da outra e eu nem me importo.

Confiro minha agenda e vejo que logo visitaremos meus pais. Isso me anima. Da última vez que Alma precisou ir até São Paulo visitar sua mãe eu a acompanhei. Foi um almoço comum, menos constrangedor do que eu imaginava. Elas parecem mais uma dupla de amigas do que mãe e filha. Foi um encontro rotineiro, sem formalidades ou apresentações. Durou pouco, sua mãe estava de plantão. Depois, ficamos no apartamento de Alma e confesso que estranhei a falta de móveis, de cor e objetos pessoais.

– É novo? – perguntei, pensando que tinha se mudado há pouco tempo.

– Não. Moro aqui há uns seis anos.

– Meio vazio.

– E branco demais, eu sei. Sempre prometia reformar durante as férias, mas adivinhe: nunca tive férias e quando tive fui pra Serra.

– Você combina mais com a casa da Samanta.

– Já disse que vou me mudar. Não precisa usar indiretas.

– Não é uma indireta. Eu realmente acho que se parece mais com você aquela casa colorida, cheia de móveis, abarrotada de enfeites e com aquela cama bem feminina.

– Não sou muito feminina.

– Na cama é.

Ela me abraçou de um jeito tão carinhoso que, se eu tivesse talento, viraria poesia.

– Você vê um pedaço meu. O melhor que eu tenho – diz satisfeita.

– Deve ser porque eu estou completamente apaixonado por você.

Ela me pediu para repetir e fechou os olhos quando eu o fiz. Seu sorriso de olhos fechados me acertou feito adaga afiada. Só quem já foi acolhido pelo amor de alguém sabe a grandiosidade da reciprocidade. Amar sozinho é tão difícil, tão frustrante e cansativo. Por isso, quando ela se preparou para dizer que também estava apaixonada, coloquei meu indicador sobre seus lábios e a beijei.

– Eu sei. – Foi o que eu disse entre um beijo e outro.

Essa é a maior verdade que descobri até este ponto da minha vida. A gente sabe o que o outro sente, mesmo quando queremos nos enganar, mesmo quando pintamos de colorido uma velha paisagem em preto e branco. A gente sabe quando está sozinho dentro de um sentimento sufocante, assim como nosso coração reconhece o calor da companhia. Eu sabia que apenas eu estava envolvido no relacionamento que tinha com Elisa e sei que Alma é par, apesar de ser única.

Ela sorriu com minha declaração e garantiu muitas amostras de feminilidade para a minha satisfação e felicidade. Foi um final de semana incrível, espero que se repita no Rio de Janeiro.

Agora, enquanto penso nela, apago o quadro, recolho minhas coisas e desligo as luzes. Alma se tornou uma companhia constante. Ela está comigo em pessoa ou em pensamento. Sempre. Queira eu ou não.

Fecho a porta, deixo a sala e dou alguns passos no corredor. Quase penso estar tendo uma alucinação. Alma está a alguns metros de mim, encostada na parede como se fosse uma de nossas alunas. Seu jeans rasgado na perna e seu cabelo pendendo sobre os olhos a deixam ainda mais menina. Não apresso o passo, prefiro apreciar. Há um raio de sol que conseguiu ultrapassar as nuvens, as copas das árvores e os vidros, somente para alcançar seus olhos de caramelo. Tudo está tão bonito que não parece o lugar onde passo tanto tempo da minha vida. Eu passaria horas espiando Alma existir. Uma pena ela me ver chegando, uma pena ela estar com os olhos tão aflitos.

– O que aconteceu? – pergunto tentando não fazer alarde, apesar da preocupação.

– Desculpe invadir seu ambiente de trabalho – diz com nervoso contido.

– Para com isso. O que houve?

– Você sai daqui a uma hora, não é? Posso esperar.

– Vem comigo.

Agarro-a pela mão e sinto seus dedos frios e ligeiramente trêmulos. Meu peito aperta inquieto e aflito. Imaginar que algo a está fazendo sofrer me faz perder a razão. Abro a porta da minha sala, ignorando a Assistente do Departamento de Pesquisa Literária da universidade. Antes de eu fechar a porta, ela estica a cabeça e pergunta:

– Vai atender algum orientando hoje, professor?

– Não, Sophia. Não tenho nenhum marcado para hoje. Se alguém aparecer, marque para a semana que vem, por favor.

Bato a porta e olho ansioso para Alma.

– O que aconteceu? Você está parecendo um papel de tão branca.

– Estava lendo as cartas do meu pai e descobri que ele não sabia da minha existência – despeja.

Meu raciocínio demora a se completar como se houvesse um abismo entre as ligações nervosas da minha cabeça.

– Como não sabia? Sua mãe contou que estava grávida. Todo mundo sabia.

– Esse é o maior problema. Acho melhor você ler porque eu... Ah... Eu nem sei... – Alma bufa.

Ela enfia a mão na bolsa, retira uma folha amarelada e entrega para mim. Desdobro o papel com cuidado, observando Alma sentada enquanto eu mal consigo me mover. Ela parece indefesa pela primeira vez. Nunca a vi assim, nem quando me contou seus problemas com remédios e o fatídico plantão.

Forço meus olhos a desgrudarem dela para encarar a letra bem-desenhada do homem que eu poderia chamar de sogro.

> *Mamãe,*
> *Hoje é um dia difícil. Não queria escrever, mas parece que este se tornou um dos meus inúmeros vícios. A senhora sabe que*

> *esta data sempre será marcada pelas lágrimas daqueles olhos e pelo meu silêncio. Sempre me pergunto o motivo de eu não ter chorado na frente dela, não ter gritado ou... Sabe lá. Na verdade, precisei de horas de angústia andando de um lado para o outro até entender o que eu estava sentindo e enfim conseguir derramar algumas lágrimas.*
>
> *Confesso que isso mudou terrivelmente. Sinto meus olhos molhados a qualquer tempo e por diversos motivos. Mas, mesmo com tantas razões para me sentir triste neste lugar, ela... Ela sempre será o assunto que me desconcerta. Mesmo não sendo mais a minha garota, ela ainda é o centro das minhas emoções.*
>
> *Não lembro por que começamos a brigar. A falta dessa memória é um tormento que carrego. Só me lembro de que ela gritava e chorava ao mesmo tempo e que eu fumava sem parar. A única cena daquele dia que me lembro com clareza foi a resposta que ela me deu quando avisei que aquele nervosismo todo faria mal ao bebê. "Não há bebê!", ela disse. "Não há mais um bebê, não se preocupe. Foi isso que vim fazer aqui: dizer que perdi." Não me preocupar? O que estava passando pela cabeça dela?*
>
> *Desculpe. Você conhece a história, não preciso recontá-la. O problema é que a voz atormentada dela ecoa até hoje em meus ouvidos. A voz, os olhos, tantas lágrimas e eu só consegui abrir a porta e partir.*
>
> *Isso aconteceu há dez anos e eu ainda sinto o nó na garganta.*
>
> *Não era pra ter escrito hoje.*
>
> *Hoje não.*

Há tanta emoção e dor nas linhas do pai de Alma que foi impossível eu não sentir um pouco daquele nó. O que eu digo? Não consigo encontrar um jeito de iniciar essa conversa.

Acabo dizendo a primeira coisa que me surge.

– Falou com sua mãe?

– Claro que não. Vou ligar e dizer: olha só, descobri que você mentiu e parece que a Samanta concordou com tudo isso, mas ela está morta então vou ter que encrencar com você mesmo.

Coço minha barba por fazer e me sinto perdido.

– É difícil imaginar minha mãe mentindo. Ela é o meu exemplo, meu ídolo... Claro que ela deve ter feito isso em um momento de desespero. Sei lá... Mas nunca ter mencionado nada, manter segredo assim. – Alma suspira e sua voz falha. – Acho que não é muito justo. Com ninguém.

Alma morde o canto do dedinho e eu reconheço seu tique nervoso. Seus olhos brilham, lutando para não se derramarem. Agacho em frente a ela e seguro seu queixo.

– Você precisa conversar com a sua mãe. Ela é a única que conhece a história. Eu posso ficar aqui te consolando e inventando mil teorias para tentar aliviar o que você está sentindo. Posso também ler o resto daquele pacote gigantesco de cartas do seu pai, mas não posso garantir que tenha algo que responda suas dúvidas. Faço o que você quiser, o que me pedir. Mas acho que nada vai resolver.

– Eu quero saber a verdade. Quero entender.

– Fale exatamente isso. Ela vai te contar.

– Ela sofre. Sofre tanto quanto ele. É por isso que nunca disse nada. Sempre desconfiei, mas parece que eles saíram bem machucados dessa. O que eles fizeram um com o outro?

– Quer ir pra casa ler as outras cartas? – Noto que Alma não se sente pronta para ter uma conversa tão emotiva com sua mãe.

– Quero ir pra casa e mais nada. – E, pelo visto, nem com seu pai.

– Então vamos.

O caminho foi feito todo em silêncio. Alma não ligou o rádio como sempre faz. Achei melhor deixar assim, pois, às vezes, há tanto barulho em nossa cabeça que qualquer som torna as coisas ainda piores.

Chegamos e Alma foi direto para o quarto. Jogo as chaves sobre o balcão e olho a geladeira para ver se há algo que posso preparar.

– Está com vontade de comer o quê, Al? Posso fazer alguma coisa ou ir buscar.

Espero por sua resposta, mas não ouço nada. Chego ao quarto e a vejo vasculhando uma bolsa. Parece abatida e tensa.

– O que está procurando?

– Um comprimido. Não estou achando – ela responde sem me olhar.

– Posso ir comprar se tiver acabado. O que está sentindo?

– Dor de cabeça. – Suas mãos parecem trêmulas.

Vou até o banheiro, ligo as torneiras da banheira, abro o armário e jogo um pouco de cada uma daquelas coisas coloridas que as mulheres usam para preparar o banho. Volto ao quarto, tiro a bolsa de seu colo e passo minha mão pelo seu rosto.

– Você não precisa disso. Precisa de um banho quente, de uma massagem, de algo pra comer e de carinho. De repente precisa chorar, xingar alguém, essas coisas. Mas não precisa disso. – Sei que Alma não estava atrás de uma aspirina perdida na bolsa.

Tiro minha camiseta e começo a tirar seus tênis.

– Não estou no clima.

– Nós vamos tomar banho. Um banho, certo?

– Não quero – diz quase chorosa.

Arranco suas meias, sua blusa e a levanto. Ela se rende e tira o jeans. Parece zangada. Ela segue para o banheiro sem me olhar e resolvo dar alguns minutos para ela. O som das torneiras cessa e eu vou ao seu encontro. Alma já está deitada sob a espuma, tem a cabeça apoiada na beirada da banheira. Seu rosto está molhado, mas não sei dizer se é de lágrimas.

– Quer ficar sozinha?

Ela me olha longamente. Sua expressão é dura, mas seus olhos, doces.

– Não faz isso – sussurra.

– Estou tentando te dar um espaço, caso seja isso que você queira.

– Não me dê espaço. Não ache nunca que a solução seja se afastar. Não vá embora mesmo que eu te mande ir.

Gotas grossas caem pelo seu rosto impassível e eu tenho vontade de poder arrancar aquela tristeza com minhas próprias mãos. Termino de me despir e entro na água com ela. Fico sentado atrás de Alma e ela encosta sua cabeça em meu peito. Ficamos em silêncio por incontáveis minutos. Massageio seu pescoço, suas costas, seus braços. Beijo seus cabelos e faço tudo o que posso para fazê-la se sentir melhor. Deixá-la bem é quase uma missão neste momento, como se a minha função na vida fosse esta. Nunca senti uma necessidade tão urgente, tão simplista e direta.

Doeu tanto vê-la perdida entre seus sentimentos e dúvidas. Doeu vê-la se esforçando em sair do silêncio e, de certa maneira, abafar sua angústia para lutar por nós. Cada vez que você se expõe e diz ao outro que precisa dele, você está lutando para manter firme o elo que os une. Sempre que optamos por mostrar nossas fraquezas e imperfeições, estamos lutando para que todas as nossas mazelas não acabem com a parte ideal. Porque esconder é o mesmo que fingir e ninguém é capaz de encenar o tempo todo. Oferecer sua íntima verdade e conhecer a totalidade do outro é o que diferencia relacionamentos comuns dos mágicos.

A luz da tarde começa a mudar e a certa altura, noto que Alma acabou adormecendo. Como a água começava a esfriar, pego-a no colo, puxo uma toalha e a levo pra cama. Lembro-me dela usando sua capacidade de dormir como argumento de comprovação de seus sentimentos. Vejo sua bolsa entreaberta e me sinto feliz por ela não ter precisado de nenhum daqueles comprimidos. Tento secá-la sem fazer movimentos bruscos, mas ela acorda mesmo assim.

– Desculpe, não queria acordá-la, mas a água estava esfriando.

– Eu dormi na banheira?

Aquiesço.

Sua boca se estende em um meio sorriso.

– Dorme comigo?

– Claro.

Alma se desenrola da toalha, retira a colcha e se deita ainda nua. Olho para mim e tenho vontade de vestir alguma coisa que me ajude na empreitada de me deitar com ela e não pensar em nada além de dormir, mas ela estica uma das mãos sem me olhar e eu a aceito. Ela se deita em mim e estica um lençol sobre nós. Sua mão está sobre meu peito e parece que meu coração sabe disso. Cada batida vibra em sua palma estendida como se ele pulsasse nela e não em mim.

Lembro-me de minha mãe dizendo que eu só saberia o que é amor de verdade no dia em que eu dividisse a cama com uma mulher sem ter feito sexo com ela. A respiração de Alma muda e seu corpo pesa sobre o meu de uma maneira diferente. Seu semblante calmo, suas leves olheiras e seus olhos secos são quase prazer pra mim. Não trocaria esse momento por nenhum outro. Continuo querendo tudo. O calor e a calma.

Se eu puder, evitarei qualquer infortúnio, mas se eu não conseguir, quero a dor também. Quero tudo dela.

Minha mãe tinha razão. Ela sempre tem.

✳ ✳ ✳

Quando Alma voltou a abrir os olhos, o dia já estava amanhecendo. Eu já tinha acordado, levantado, andado pela casa, escovado os dentes, olhado meus e-mails e voltado para a cama. Seus olhos piscam tentando se adaptar à luz e eu a descubro encantadora na confusão da manhã.

– Bom dia – digo meio rouco.

– Dormi pacas. Você é o melhor calmante que existe. Pena eu não poder receitá-lo. Seria uma revolução. Erradicaria a depressão e problemas de insônia. Será que consigo extrair alguma coisa de você e fazer uma vacina?

– Vejo que está com seu humor habitual.

Ela se levanta, vai ao banheiro e volta vestida em seu roupão sem nada dizer. Senta na ponta da cama e me olha feliz.

– Sabe de uma coisa? Eu quero entender o que aconteceu. Preciso saber. De repente, até encontrar meu pai. Vai saber.

– Ninguém sabe dele, talvez ele nem esteja... Você sabe.

– Sei. Provavelmente ele não esteja vivo, por isso recebi a herança. Talvez eu não consiga falar com ele, mas falarei com a minha mãe. Enfim... Isso é mais uma das pontas soltas da minha vida. Uma hora vou ter que unir todas elas nem que seja pra fazer um nó único ignorando a lógica. Fico triste ao pensar no tamanho da mágoa que eles carregaram durante todo esse tempo, tudo o que deixaram de viver. Essa tristeza é um pouco minha, sim, mas também há outras coisas acontecendo. Coisas boas. – Ela sorri.

– O que foi? – digo curioso.

– Ontem eu acordei cedo, arrumei a casa, almocei com as meninas, comemoramos o sucesso da Claudinha nas últimas negociações do antiquário e fui com a Patrícia até Santa Helena.

– Gostou da cidade? Ela te mostrou a loja dela?

– Maior do que eu imaginava. Ela tentou, mas vi de fora porque eu tinha uma reunião e não podia me atrasar.

– Reunião? – digo um pouco confuso.

– É. Uma entrevista, na verdade.

Entendo o que Alma está querendo dizer e não controlo o sorriso.

– E como foi?

– Bem. Acho que arrumei um emprego. – As bochechas de Alma ganham cor.

– E a especialização?

– Uma coisa de cada vez, ok? Sou clínica geral e isso me garantiu um emprego. Falta pouco para ser cirurgiã, mas ainda não estou pronta. Eu enrolei o cara. Disse que me mudei às pressas e que vou continuar minha especialização no próximo ano. Tudo bem?

– "Tudo bem?", tudo ótimo! – digo animado.

Ela se aproxima, se senta bem perto de mim e passa a mão pelo meu peito.

– Obrigada por ontem.

– Não agradeça.

– Você é especial. Espero que, se um dia precisar, eu seja tão boa quanto você.

– Você já foi. Eu já precisei.

Alma fecha o cenho sem entender e eu a puxo para mim.

– Você não tem ideia do quanto eu estava derrotado quando te conheci. – Ela passa uma das pernas sobre mim e segura meus cabelos entre seus dedos. Fecho os olhos e aspiro o cheiro de sais que sua pele ainda tem. – Você me resgatou.

– A gente tem tanta coisa pra conversar. – Sinto Alma roçar em mim de um jeito nada inocente.

– Eu adoraria conversar, ou seja lá o que for que você realmente queira fazer, mas eu tenho que trabalhar. Aliás, tenho que estar na universidade em vinte minutos e ainda preciso passar em casa pra pegar uma roupa limpa.

– Porcaria.

Ela se senta na cama e eu me levanto com rapidez. Começo a me vestir e a encaro. Parece pensativa.

– O que está pensando?

– Você tem dois empregos, logo eu terei um que vale por dois. Como a gente vai fazer pra não virar um casal comum desses que nem sabem mais o motivo de estar junto?

Pego minha blusa do chão, me debruço sobre Alma e a beijo.

– Daremos um jeito.

– Como pode ter certeza?

– Não posso, mas tenho fé na gente.

– Sabia que a Raquel faz uma viagem estranha três vezes ao ano?

– Você precisa ter em mente que eu não estou dentro da sua cabeça. Você muda de assunto bruscamente e me deixa perdido.

Alma gargalha.

– Eu sei. Desculpe. Minha cabeça é mais rápida que minha boca, mas na verdade o assunto é o mesmo. As meninas desconfiam que ela tenha um amante.

– A Raquel? Estranho.

– Por quê? Você já viu a Raquel mostrar afeto por alguém? Já viu alguém ter um momento de carinho com ela? Talvez ela seja solitária e carente – Alma diz indignada.

– Queria muito ficar. Juro. Mas eu tenho que aplicar provas e não posso chegar com a mesma blusa que eu estava ontem. Estou ficando pior que meus alunos.

Estalo um beijo nela e saio dizendo:

– Ah... E não se preocupe, Alma. Você não terá tempo nem espaço para ter ou querer um amante. Não somos comuns. Somos mágicos!

– Não é nada disso... Seu maluco! – Alma aparece na ponta da escada e eu a observo com carinho. – Mágicos? Sério? Seu vocabulário é mais rico que isso.

– Até mais tarde, meu bem.

– Até... – acho que li nos lábios dela um "meu amor", mas não estou certo.

Abro a porta e, antes de fechá-la, Alma me alcança e me beija. Leio seus olhos e, dessa vez, não há sombra de dúvidas.

Corro em direção a minha rotina, consciente de que não importa o quanto as coisas fiquem de cabeça para baixo, basta uma certeza para te fazer seguir em frente. E eu tenho uma das grandes: nós.

19

*Por trás dos muros do tempo,
As pessoas que eu amava
Amaram-se entre si.*

Mário Quintana, *Canção Do Fundo Do Tempo*, in Poesia Completa.

> *Sonhei que tinha voltado. Nada havia mudado. Eu andava pelas velhas ruas de paralelepípedos como se nunca tivesse tirado meus pés delas. Reconheci as janelas, as portas, as paredes, as lojas e o céu. A única coisa diferente é que não havia mais ninguém na velha Serra de Santa Cecília. Nenhum som além da minha própria respiração. Só o meu coração sacudindo no peito. O que será que significa isso? Se é que os sonhos significam alguma coisa... Talvez seja apenas o jeito que eu gostaria que tivesse acontecido. Gostamos de acreditar que as coisas desaparecem com a gente, que tudo o que amamos não é capaz de sobreviver à nossa ausência. Adoraria que a Serra tivesse parado no tempo e se colocado à minha espera.*
>
> *Agora, vamos à verdade: quanto a cidade mudou? Quanto cresceu? Não adianta me enganar falando sobre saudade, mamãe. Diga de uma vez: quanto a Serra já me esqueceu?*

Durante os meses que passaram, li mais umas quinze cartas do meu pai. Não falei com a minha mãe sobre nenhuma delas, muito menos sobre aquela que quase me derrubou. Não tive coragem. Passei a me perguntar o que realmente importava em tanto passado acumulado. Para que saber o que houve se nada pode ser mudado? Para que remexer naquele sofrimento contido que ela faz questão de carregar sozinha? Eu não posso ajudar, não de fato, e curiosidade não me parece uma boa razão, soa como algo extremamente egoísta. Minha mãe viveu para mim, nunca sequer tentou restabelecer sua vida amorosa, nunca se colocou em primeiro plano, sempre se sacrificando para me dar uma vida digna. Como eu agora poderia meramente acusá-la de algo ou cobrar alguma coisa?

Um dia nos sentaremos à mesa e ela falará sem que eu cobre, sem que eu faça uma cena. Amar, às vezes, é esperar o tempo do outro e eu amo demais a minha mãe. Quando ela estiver pronta, o assunto virá, mesmo que o fato de eu ter me mudado pra cá tenha afastado minha mãe pela primeira vez.

Continuo ligando todos os dias, mas ela não me liga mais. Atende, conversa amigavelmente, mas nunca me pergunta como vão as coisas ou se estou bem no emprego novo. Minha mãe sequer me questionou sobre voltar para a especialização. Ela me trata como se eu realmente estivesse no acampamento da igreja e sei que é porque sente minha falta, talvez se sinta magoada, traída... Não tenho muita certeza, já que ela não fala.

Por causa do emprego novo, não pude acompanhar Cadu em sua viagem ao Rio de Janeiro. Ele acabou encurtando sua temporada por lá e voltou no meio do feriado prolongado, me surpreendendo no meio do plantão. Não vou negar que gostei do seu retorno antecipado, apesar de ter dito que ele deveria ter curtido um pouco mais seus pais e sua cidade.

Alguém bate na porta do quarto de descanso e eu guardo a carta do meu pai no bolso do jaleco. Mais uma consulta no meio da madrugada. Não é um hospital referência em emergências, então os casos se limitam a acidentes caseiros, viroses, muito estudante de cara cheia e alguns casos mais sérios que são triados e encaminhados. Não vejo sangue há muito tempo, e admito que sinto falta. Sinto demais! Tenho certeza de que minha vida profissional é um beco sem saída: não consigo ser cirurgiã, não consigo ser feliz sem ser.

Fabiana, meu horror particular, continua a me assombrar de vez em quando, mas a imagem de Fernando me odiando dói menos, o que faz com que eu me sinta uma pessoa má, já que nem falta dele eu sinto. A culpa... Bem, a culpa continua aqui, e é por isso que aceito viver nesta sala com mesa e computador, pois acho que não mereço o bisturi.

Recorri às minhas balinhas coloridas por duas vezes, mas não contei ao Cadu. Não contei porque tive vergonha, ele ficaria tremendamente frustrado. Todo o seu empenho para suprir as minhas lacunas teria caído por terra e eu não suportaria vê-lo desapontado. Os dois plantões que me fizeram ceder foram tão longos que, ao chegar em casa, o efeito dos remédios já tinha passado. Ele estava trabalhando e me encontrou dormindo. Deu tudo certo, ou bem errado. Depende do ponto de vista.

Nosso romance continua sendo a coisa mais bonita de tudo o que eu já tive notícias de que há no mundo. Não estou dizendo que o nosso amor seja o maior do Universo, seria pretensão. Digo que nos amamos pra valer e temos cuidado bem do que sentimos. Na verdade, Cadu é muito bom nessa coisa de cuidar. Eu sou boa em dizer quando algo está indo por um caminho perigoso. Sou boa em antecipar tragédias e isso tem dado certo.

Quando fecho meus olhos e durmo sobre seu braço lindamente tatuado, peço para que tudo continue nos eixos. Tudo é tão melhor agora com ele por perto. Mesmo sem nada resolvido, me sinto mais resolvida. Loucura, eu sei. Mas uma coisa que nunca tentei foi dizer que sou normal.

Atendo mais um paciente com sinais de problema respiratório: bronquiolite, bronquite, talvez uma pneumonia. Os raios X dirão. Inalação com corticoide, reavaliação e receita. É assim a minha vida agora e essa parte é tão entediante que sinto inveja da Claudinha que anda até viajando para participar de feiras e leilões por conta do antiquário.

Não raramente me pego pensando sobre as meninas e o jeito misterioso com que as pessoas trilham os caminhos. Claudinha anda se dedicando ao antiquário como se seu novo negócio fosse aquela porta que salvou a Rose do Titanic. Ela está agarrada àquilo como se sua vida toda dependesse das horas que não passa pensando em outras coisas. Lúcia anda triste e nervosa. Faz comentários desgostosos quando o assunto é relacionamento. Parece amarga, mas desfila sorridente nos rodeios ao lado do Campeão, como Cadu gosta de ironizar. A Raquel não fala, julga. Ela é insuportável. Não sei como a aturamos. Raquel não deve abaixar aquele nariz nem para amarrar os cadarços, se ela usasse sapatos de cadarços, óbvio. A Patrícia é a assumidamente ferrada. Ela vive correndo pra lá e pra cá por conta da loja e da Luana. Ela dá nó em pingo d'água, xinga, esbraveja, mas abraça a gente com força. Adoro seus telefonemas, suas mensagens e palavrões. Amo Claudinha, mas sinto uma enorme afinidade com a outra Abreu e sua solidão disfarçada. Ela é quase tão problemática quanto eu, só que não matou ninguém.

Meu plantão finalmente acaba e eu entro no ônibus que me leva de volta ao lugar que agora é minha casa. Cadu me empresta o carro sempre, mas quando sei que ficarei muitas horas no hospital, prefiro não ter que dirigir. Voltar de ônibus não é muito confortável e ainda é bem mais demorado, mas é melhor do que mais recaídas. Certamente teriam sido mais de duas se eu precisasse dirigir após incontáveis horas sem dormir.

Viro a chave da porta que agora parece mais minha do que da Samanta, embora continue exatamente a mesma, exibindo todo o seu lustroso azul. Subo as escadas tirando a roupa, desejando meu chuveiro e, para minha surpresa, encontro Cadu na cozinha.

– Eu imaginei muitas formas de te receber, mas em nenhuma delas você estava tão pronta – brinca por eu aparecer sem blusa.

– O que está fazendo aqui? Pensei que estaria no bar. Hoje é quarta. Aquilo lota.

– Faz duas noites que não te vejo – ele diz me abraçando, beijando meus ombros e passando a mão por minhas costas.

– Adoro ser recebida assim, mas já fiz plantões mais longos. A novata sempre fica com os piores. Além das substituições.

– Exatamente por isso. A gente tem ficado pouco tempo junto. Ando cheio de saudade.

Cruzo minhas mãos em seus ombros e agarro seus cabelos.

– Eu te amo tanto – digo em tom exausto, mas carinhoso.

– Pensei várias vezes em como e quando eu te diria isso e você puramente me olha e diz. Você é mesmo surpreendente.

– Ou sem graça. – Acabo rindo.

– Você não é sem graça, você é... – Cadu segura minha cabeça com suas mãos quentes e grandes, acaricia minha bochecha com o polegar e seus olhos se iluminam como um farol. – Você é você – ele completa.

– Ótima definição. – Beijo-o e me afasto devagar. – Preciso de um banho. Estou cheirando a hospital.

Enquanto dou os primeiros passos em direção ao quarto, penso no que acabei de dizer. Eu amo o Cadu já há algum tempo, não é novidade. Sendo honesta, não tinha notado que não havia verbalizado ou que ele ainda não tinha feito o mesmo.

Resolvo voltar, eu definitivamente sou péssima no quesito romantismo. Encontro Cadu encostado no balcão da cozinha olhando para o celular. Ele é bonito de tantas formas, tão calmo e me aceita com tanta generosidade. Não me lembro de um relacionamento em que não tenha me sentido repreendida ou mal interpretada em algum momento. Com ele, não, ele enxerga meu lado mais bonito, vê minha natureza e entende minhas limitações. Se isso não é amor, eu não imagino o que mais possa ser.

Aproximo-me até meu braço tocar o dele. Cadu me olha confuso.

– Não ia tomar banho?

– Eu estraguei nosso primeiro "eu te amo"? – digo baixinho.

Ele ri alto.

– De onde tirou isso?

– Você disse que estava planejando e tal...

– Estava, mas isso é uma bobagem.

– Não é não. Eu entendo. Você queria que fosse algo memorável. Algo que os casais gostam de lembrar. De repente, um momento intenso para combinar. Não sei... – Ele ri com o canto da boca e eu me sinto a mulher mais sortuda do planeta. – É que toda hora que eu te olho, constato que te amo. Não notei que nunca tinha dito – declaro.

– Não consigo imaginar nada mais memorável que isso. Eu também...

Coloco meu indicador sobre seus lábios e não o deixo completar.

– Guarde o seu. Eu espero. O principal eu já sei e já tenho.

Cadu beija a ponta do meu dedo e o meu cansaço se espreme dando espaço para o desejo.

— Ainda preciso de um banho. E você? — convido.

Não consigo me lembrar de um fim de plantão melhor do que esse.

✳ ✳ ✳

Dias depois, sentada no balcão do bar de Cadu, enquanto lia mais uma das cartas do meu pai, vi a última cena que poderia imaginar: minha mãe girando a maçaneta, empurrando a porta, fazendo o pequeno sino balançar e pisando firme dentro do *Quintana*. Permaneci parada por alguns segundos. Minha mãe de volta à Serra? Inacreditável!

— Não vai me dar um abraço, filha desnaturada? — Seu sorriso é tão grande que meu coração se derrama.

Salto do balcão e corro em sua direção. Sinto seu abraço e seu colo de mãe que sempre têm o tamanho exato para meu corpo, minhas dores e dúvidas.

— Não acredito que está aqui — sussurro.

— Nem eu. — Ela ri.

— Obrigada, mãe. — Agradeço porque sei que ela enfrentou um bilhão de neuras para estar ali. — Nem sei o que dizer.

— Eu precisava vir te ver. Quero saber como está por aqui. Eu iria para qualquer lugar para me certificar de que está realmente bem. Nem que fosse para este lugar maldito.

— Desculpe, sinto-me péssima por ter resolvido ser feliz bem no lugar que serviu de cenário para sua tristeza.

— A vida é o que é. Isso vale pra mim, pra você e pra qualquer um. Pensei que teria que ir até o hospital te encontrar.

— Tenho folgas, mãe. Poucas, mas tenho.

— E agora você as aproveita?

Rimos juntas. Sim, agora, em meus dias de folga, fico sentada em um balcão de bar ou lendo romances com minha cabeça sobre o colo de Cadu. Em muitas delas, ficamos na cama vendo a luz do sol andar pelo quarto enquanto gastamos as horas com conversa, preguiça e muito amor. Amor físico, astral e também amigo.

Mamãe olha pra minha mão e me dou conta de que ainda tenho uma das cartas na mão. Um arrepio me visita e o sorriso pausa.

– O que é isso? – ela pergunta parecendo ansiosa. Será que reconheceu a letra?

– Uma carta dele – respondo quase sem jeito.

– Pra você? – O nervosismo dela é tão grande que a cor foge de seu rosto.

– Não. Ele trocou cartas com a Samanta por alguns anos. Muitas. O pacote é imenso.

Ela afirma com um sinal de cabeça e seus olhos lacrimejam.

– Não sabia disso – diz com voz entrecortada.

– Nem eu. – O que mais posso dizer?

– Você achou no meio das coisas dela?

– Sim e não. Ela deixou para mim, mas demorei a encontrar. – Ela respira fundo e olha para a porta. Tenho certeza de que está arrependida de ter vindo.

– Você nunca mencionou essas cartas em nossas conversas.

– Mãe, a gente tem muito o que conversar, mas não dava pra ser por telefone. Eu tentei falar com a senhora nas vezes em que te visitei, mas nunca deu. Estava sempre ocupada ou de plantão... Ou sem vontade – Ela me desfere um olhar repreendedor, mas logo desiste dele.

– Vamos conversar, então – diz calmamente.

– Quer ir até a casa da Samanta?

– Não podemos conversar aqui?

Olho em volta e não sei bem o que dizer. É óbvio que um bar não é o lugar ideal para se ter uma conversa emotiva e particular como aquela. Mesmo que o bar esteja em seu horário de menor movimento e pertença ao meu namorado.

– Vamos até os fundos, então. Cadu tem um escritório – sugiro.

– Filha, eu vou conversar com você sobre tudo o que quiser, mas eu não quero lágrimas, abraços prolongados, pena ou qualquer coisa do tipo. Prefiro sentar naquela última mesa, pedir alguma coisa pra beber e falarmos. Como amigas, pode ser?

A revanche da vida. Minha vez de lidar com alguém direto, tão direto que chega a parecer insensível.

– Tudo bem. – É o que me resta.

Sentamo-nos à mesa, escolhemos a mais escondida possível, já que uma mesa na lua estava um pouco fora de alcance. No entanto, a gravidade já estava comprometida a esta altura. Nunca me senti tão desconfortável na vida, muito menos com a minha mãe.

– Por onde começamos? – ela diz.

– Eu tenho lido muitas cartas dele, muitas mesmo. A maioria fala de coisas genéricas, como os lugares em que ele estava, sobre solidão, os colegas, escolhas... Enfim, pensamentos soltos. Mas tem uma que eu não consigo esquecer. – Decido ir direto ao ponto.

– Ele falou de mim? – Será que esse tremor nos lábios dela ainda é sinal de amor? Deus... Tantos anos depois e a primeira coisa que ela quer saber é se ele ainda falava dela.

– Ele fala da senhora em várias cartas, mãe. – Ela morde os lábios e pega o cardápio. – Mas nesta ele fala sobre a briga que tiveram na última vez em que se viram.

Mamãe ergue o dedo e chama a garçonete. Pede vodca e eu me espanto. Ela não é de beber. Acrescento algo pra comer e ela entende que prevejo vômitos e dores de cabeça.

— O que ele disse?

— Nada muito claro. Só muita tristeza e... — Minha garganta emperra.

— E?

— Que você tinha perdido o bebê.

A garçonete chega e mal tem tempo de encostar o copo na mesa. Minha mãe o pega, toma um gole grande e pigarreia. Vejo Cadu aparecer no balcão e nos lançar um olhar preocupado.

— Eu estava tão louca de raiva. Muito amor causa isso na gente. Qualquer coisa que nos faça supor que o outro não esteja tão alucinado quanto nós turva nossa razão – admite.

— Olha, mãe. Deu pra notar que vocês não superaram nada disso. Tanto você quanto ele demonstram claramente que não conseguiram deixar tudo isso para trás. Mas ele nem está mais aqui. Sei que é uma pena e eu lamento por ver tanta mágoa, mas é um problema sem solução. Então, a gente não precisa ficar cutucando a ferida, fazendo sangrar à toa. Posso viver sem essa conversa, mãe.

Mais um gole grande. Acho que ela está engolindo mais do que vodca. Acho que eram suas próprias lágrimas. Acho que há assuntos que desmontam até os mais bravos.

— Não quero que tudo o que você souber tenha sido descoberto através dele ou pela metade.

— Não importa, não faz diferença. Já superei outras coisas.

— Não, minha filha, não superou. Você acumula coisas, sabe que é assim.

Bufo, pego o copo dela e viro o restante que tinha no fundo.

— Eu estou bem, mãe.

— Estou vendo que está e fico muito feliz, mas não quero que acabe como nós: repleta de histórias sem fim, cheia de suposições e uma eternidade de "se".

— Então fala de uma vez.

— Ele não queria mais fugir comigo. Tentava me convencer de que eu precisaria da minha mãe e que ele arranjaria um jeito de cuidar da gente. Eu sabia que ele queria aceitar a oferta da mãe dele: enviá-lo para fora do país para estudar e em troca não deixar que faltasse nada para você.

— Ai, meu Deus... — Meu coração ficou do tamanho de um caroço de azeitona. Ignorei o acordo da falta de emoção e segurei sua mão que estava sobre a mesa.

— Eu revisitei aquele dia um milhão de vezes e, hoje, vejo o quão imaturos fomos. Ele estava com medo de não dar conta. Apavorado com a ideia de nos ver sem casa, sem família, sem emprego e com um bebê. Absolutamente normal. Mas eu enxergava que estavam querendo pagar pra se verem livres de mim e de você. Acho que sempre me senti inferior e agi impulsivamente.

— Acho que faltou um adulto com bom senso para orientar tudo isso — penso alto.

— Bom senso não existiu mesmo. De nenhum lado. Minha mãe me colocou pra fora de casa. A mãe dele queria poder colocar tudo aquilo debaixo de algum tapete persa.

— E você tirou a obrigação dele.

— É. Eu falei que tinha perdido e fui embora. Deixei um bilhete com a Samanta para ele. Avisei que eu pegaria o ônibus das 18h00. Na época, a rodoviária não estava pronta, nós esperávamos na estrada. Eu não conseguia partir, fui embora no ônibus das 5h00 do outro dia.

Lágrimas brotam em meus olhos e eu não as contenho. É tudo tão triste, tão dolorido... Dois jovens ensandecidos de amor tomando um monte de decisões erradas e o pior, com a vovó da casa colorida de testemunha.

— Samanta, filha de uma...

– Filha! – censura.

– Óbvio que ela não entregou o bilhete. E a senhora é inocente demais pra colocar toda a culpa nele.

– Claro que não deixei por conta dela. Eu era inocente, mas nunca fui burra. Eu ia deixar o bilhete em um lugar escondido que costumávamos usar, mas ela me pegou no jardim da casa deles e eu tive que deixar com ela. Avisei as garotas o que tinha acontecido e elas ficaram de avisá-lo.

– E avisaram?

– Claro! Elas disseram que avisariam.

– Mas como pode ter certeza? Não tinha nem celular pra poder mandar uma mensagem.

– Elas avisaram. Sei que quer imaginar um mal-entendido, mas eu estava na casa da Sônia, ela me disse que a Carmem tinha conseguido falar com ele.

– É. Assim fica complicado defender o cara.

Minha mãe ri. Fico feliz em ver que tudo continua igual. Sempre tivemos a capacidade de rir, mesmo que fosse em um péssimo momento.

– Agora me dei conta de que suas amigas nunca vieram conversar comigo. Nem no casamento da Lúcia. Elas acenam de longe. Nunca fiz questão porque ter amigas já é uma novidade, ter contato com as mães delas já está além até da minha imaginação.

– Amigas, um namorado... – ela diz olhando Cadu que entra e sai da cozinha o tempo todo tentando disfarçar que está aflito.

– É – digo meio tímida.

– Ele é bem diferente do Fernando.

– Rá... Não tenha dúvidas – debocho.

– Mas você também foi louca por ele.

– Eu sei, mas agora eu vejo como aquela relação era estranha. Acho que eu tinha um amor platônico por ele e tudo o que ele representava para a jovem estudante de cirurgia. Talvez tenha me apaixonado pelo jaleco dele, pela autoridade e pelo poder que tinha sobre mim, em vários aspectos.

– E o Fernando se apaixonou pelo que em você? Vocês iam se casar. Não pode ter sido uma confusão de sentimentos.

– Aí complica, né, mãe? Como vou saber o que ele sentia? Só sei que ele nunca me olhou como Cadu me olha.

– E o que o Carlos Eduardo ama em você? – insiste.

– Isso está pior que o vestibular. Eu sei lá. Como a gente responde isso? Teria que perguntar pra ele. Como se sentiria se eu perguntasse o que o papai amava na senhora?

– Você o chama de papai agora?

– Desculpe, mas antes ele era uma assombração do mal e agora é como se fosse um fantasminha camarada. Não sei explicar. – Entorto a cabeça como quem pede compreensão.

– Você é tão ele.

Eu sei, penso.

– O que a senhora amava nele?

– Tudo. Até o desenho dos nós dos dedos dele. O timbre da voz, o cheiro horrível de cigarro e o cabelo meio Elvis. O jeito que ele dizia "Você é minha. Minha garota."

– Sabia que ele falava assim de você.

– O quê? Como assim "sabia"?

Levanto-me e busco minha bolsa atrás do balcão. Vasculho o fundo dela e acho o envelope que fica ali desde que li aquela carta pela primeira vez. Noto que agora entendo melhor as cartas e até a minha mãe. No fim, a história não é tão óbvia como os filmes vespertinos. Há mais inocência de ambas as partes do que eu imaginava.

– Há várias, porém é a que mais me marcou até agora. Ele menciona "minha garota" em várias cartas, mas achei essa diferente das outras.

Estico a mão e ela hesita.

– Que mal pode haver, mãe? O que pode piorar? – encorajo.

Ela aceita e retira a carta com cuidado. Suas mãos sacodem a folha de leve. Eu sei o que ela vai ler. Praticamente decorei.

Mamãe,

Sabe que a idade me fez entender, já falamos sobre isso em outras cartas. A questão é que eu adoraria que a compreensão viesse acompanhada do esquecimento. Não, acho que a palavra certa não é esquecer e sim superar. Eu não gostaria de esquecê-la, mesmo que pudesse. O que seria das minhas noites neste deserto sem ao menos poder pensar na minha garota?

Superar, sim. Eu queria lembrar sem sofrer, queria olhar uma criança e não fazer contas involuntárias para saber se a minha seria maior ou menor do que aquela. É estranho dizer que em todas as memórias que invento, há o bebê. Mesmo sabendo que ela partiu sozinha, a vejo carregando algo além de si. Talvez seja um pedaço meu que tenha ido junto.

Não devia falar sobre ela com a senhora. Sei que não aprovava nossas atitudes romanticamente impensadas e que nos avisou que aquilo acabaria em muitas lágrimas. Mas acho que precisa refletir como tudo o que parecia certo se desfez. Todos aqueles seus planos para mim, tantas expectativas, tantas possibilidades de um futuro estável, bem-sucedido e adequadamente feliz. Olha pra mim, mamãe. Estou no meio do nada, sem ninguém, no centro de uma guerra defendendo ideais que não são meus para ganhar um dinheiro que não me serve de nada.

Desculpe, nem me olhar a senhora pode. Tantas imposições acabaram me mandando para um ponto muito distante de suas

> *vistas. Talvez tivesse sido melhor eu ter mudado de cidade, ter uma casa modesta com almoços de domingos, minha garota na varanda e visita da vovó. O que acha? A idade te fez compreender isso ou a senhora ainda prefere contar para os vizinhos que sou diplomata?*
>   *Sei que não teve culpa, que eu ou ela não tivemos culpa. Mas, no fim, mesmo sem ter, mesmo sem querer, somos todos responsáveis por esse fim. E que droga de fim.*
>   *Espero que o dela tenha sido melhor.*

    O choro discreto de minha mãe vira uma enxurrada. Ela pressiona a carta contra o peito e eu lamento cada passo torto que tiveram. Por todas as vezes que eles não disseram a verdade, não fizeram o que o coração pedia ou fugiram um do outro. Por tudo o que eu também faria no lugar deles.

    Ver minha mãe morrer de amor pelo homem que passou a vida amargando o fato de não conseguir deixar de amá-la me faz aceitar que o mais difícil não é encontrar a tal da metade, é não se perder dela. Quantos deixaram a pessoa da sua vida escapar? Quantos nem se deram conta de que cruzaram com alguém especial? Por que temos tanta falta de habilidade em amar? Por que nem sempre amar basta?

    Olho Cadu apreensivo e meu corpo inteiro formiga.

    Que saibamos cuidar de nós, penso.

    Um desespero me assola.

    Um temor me toma.

    Por favor... Que não estraguemos tudo.

    Lembro-me do *eu te amo* dito e não repetido há tantos dias. Ele sabe o tamanho disso e por isso adia, achando que merece um pedestal. Eu também sei, e por isso achei que não merecia esperar por um palco. Somos diferentes, mas vivemos o mesmo amor. Muitas pessoas agem de maneiras distintas recebendo exatamente o mesmo estímulo, e eu me pergunto qual é o lugar exato que nos faz alcançar o sonhado objetivo. Como fazer para não seguir estradas diferentes pensando estar caminhando para o mesmo lugar?

Que saibamos cuidar de nós, imploro mentalmente.

Vejo minha mãe enxugando o rosto com um guardanapo, tentando bravamente voltar a abafar seus sentimentos. Ela tenta recuperar o controle, mas suas lágrimas não cessam. O que aqueles dois fizeram? A vida podia ter sido tão diferente...

Que droga de fim.

20

Aprendi a sofrer devagarinho, A guardar meu amor como um segredo...

Mário Quintana, in A rua dos cata-ventos.

Quantas vezes ouvimos as pessoas dizerem que o tempo está passando cada vez mais rápido? Já ouvi inúmeras teorias para esse fenômeno: alguns afirmam que o excesso de trabalho faz as horas passarem sem que as notemos; outros dizem que é a busca por momentos bons que nos façam apagar os dias úteis e viver de finais de semana, férias e feriado, o que diminui consideravelmente os dias válidos de cada ano. Eu, por minha vez, tenho minha própria teoria: o tempo rouba a gente quando estamos distraídos. Cada vez que não notamos o que há além de nós, o tempo pula de dois em dois segundos. Um pouquinho por vez e a vida se esvai.

Faz quase um ano que beijei Alma pela primeira vez na bagunça do antiquário de Samanta e de nossas vidas. Um ano vivendo sob suas luzes e escuridão. Posso dizer que, mesmo com todas as coisas que ela adia e finge ter resolvido, encontramos um jeito de viver felizes. E encontrei também um jeito de o tempo não roubar nem um segundo de nossa rotina.

Neste ano, vi Alma sorrir incontáveis vezes, a vi chorar também, e ter pequenas crises após plantões e pesadelos. Não deixei de notar uma vez sequer seu cantarolar embaixo do chuveiro ou como seus olhos dançam de um lado para o outro derramados sobre um livro. Não deixei de perceber suas mãos trêmulas ao ler determinadas cartas de seu pai ou em um dia específico, que desconfio que tenha sido o aniversário do momento em que o destino dela e de Fabiana se cruzaram, deixando resultados trágicos para ambas.

Não permiti que o tempo me tirasse a paixão e a vontade de deslizar minhas mãos sobre ela, de beijá-la até fazê-la perder o ar e me deitar sobre seu corpo que parece ter sido feito pra mim. Mesmo cansados, mesmo entediados ou frustrados com nossos empregos, as pessoas e a vida, encontramos um lugar longe de tudo o que atravanca nossa cabeça, que emperra nossos sonhos e inibe os sorrisos. Alma e eu temos um oásis que se constrói em um simples cruzar de nossos olhos.

– Posso saber o motivo desse ataque de beijo cheio de mãos a essa hora, Cadu?

– Porque eu quero e posso.

Já quis tantas coisas e não pude, e poderia ter feito tantas coisas que simplesmente não quis. Quantas vezes temos o nosso desejo e poder sobre o mesmo objeto? É raro, e por isso eu aprendi a não esperar por um bom momento para criar instantes de felicidade. Eu faço romance com a Alma mesmo que pareça desnecessário. Faço porque quero, porque gosto e porque posso.

Tivemos algumas crises, e é estranho dizer que todas as nossas rusgas foram curtas, mesmo quando não foram muito leves. Cada uma delas aconteceu por dois motivos: comprimidos e ciúmes. Sim, acredite, depois de velhos descobrimos que nossas cabeças são capazes de criar bobagens quase reais. Ela com ciúmes da Vanessa, eu, de um médico boa-pinta que cerca Alma como se ela fosse uma tentadora maçã e ele uma mosca de fruta. Isso rendeu algumas discussões no fundo do bar e algumas visitas minhas ao quarto de descanso do hospital. A segunda parte é bem mais divertida que a primeira.

O outro e mais grave motivo não aconteceu muitas vezes, ou eu não notei em todas as vezes que se repetiu. Sei como Alma chega após muitas horas de trabalho. Conheço até sua postura, o jeito que chega arrancando a blusa e jogando a bolsa, como toma um banho rápido e escorrega na cama. Conheço seus olhos cansados, seu sorriso manso e o jeito calmo que me abraça pedindo descanso. E por conhecer fica fácil saber quando há algo nela além de si mesma.

– Você está agitada. Nem parece que trabalhou tantas horas seguidas.

– Foi tranquilo, acabei dormindo muito – ela disse, colando seu corpo sobre o meu, desabotoando minha camisa e beijando meu pescoço.

– Não quer descansar? Tomar um banho? – sugiro desconfiado.

– Quero... Com você. – Seu olhar insinuante parecia desperto demais para a hora que o relógio apontava.

– Alma... – A encarei e ela abaixou o olhar, bufou e se desvencilhou de mim. – Volte aqui. – Praticamente ordenei.

– Dá um tempo, ok? Eu queria chegar em casa e ter você sem precisar ouvir um sermão antes. Faz um tempão que estou com os horários atrapalhados. A gente praticamente só se esbarra...

– "Dá um tempo"? Como assim "dá um tempo!"? Eu me preocupo com você. Porra, Alma! Você quer que eu finja que não há nada de estranho contigo? É sério?

– Não há nada de estranho comigo e, quer saber? Deixa pra lá... Vou tomar um banho e dormir. Era o que eu deveria ter feito já.

Impedi Alma de passar, me colocando no corredor, e ela esbravejou, tentou me empurrar e acabou chorando. Ela sempre chora quando sente vergonha.

– Droga, Cadu! Eu queria chegar disposta, transar com você repetidamente como a gente fazia antes... Estou com saudades, ando me achando um tédio de mulher... Sabe que tenho chegado me arrastando.

– E daí? Você poderia ter chegado se arrastando, eu tomaria banho com você...

–... e eu dormiria por quatro horas seguidas e você já estaria fora quando eu acordasse.

– E daí? A gente tem se virado para se encontrar, pra ficar junto e continuar com amor e libertinagem.

Ela sorri. Sempre sorri quando minha escolha lexical difere demasiadamente da dela.

– Só queria me sentir disposta – justifica.

– E eu entendo, mas não posso aprovar. Isso custa sua saúde... Além disso, depois você se sente culpada por conta do que aconteceu. Você tem que virar essa página, meu amor.

– E se eu nunca conseguir? Você vai acabar se cansando, não vai?

Na hora, eu a abracei e nada falei. A parte mais difícil de amar alguém é prometer que nada nunca mudará. Como garantir que jamais nos cansaremos de determinada situação? Eu jamais me cansaria da Alma de hoje, mas sei que mudanças são inevitáveis e imprevisíveis. A vida muda, a gente muda, coisas acontecem e transformam tudo. A única coisa que consegui dizer é que eu cuidaria dela e foi o que eu fiz. O resto é esperança. Uma descabida que torce para que nossos corações sempre batam como agora e que nossos pés continuem encontrando o caminho de volta. O resto é mistério e muita esperança.

Este será o primeiro final de semana inteiro que Alma terá de folga desde que começou a trabalhar no Hospital de Santa Helena. Planejamos muita coisa. Aluguei um chalé no alto de uma colina e teríamos muitas horas para fazer nada ou muita coisa juntos. Estou decidido a transformar este final de semana em um pedaço do paraíso em nossas vidas tão agitadas. Comprei um milhão de coisas, o melhor vinho e tudo o que Alma gosta, ou seja, um monte de porcarias. Parecia até que eu estava fazendo compras para uma criança: salgadinhos, biscoito recheado, chocolate e refrigerante.

Alma também está engajada, mesmo fingindo que não. Ela anda de conversinha com as amigas. Comprou alguma coisa que anda escondendo na bolsa e, a cada passo que dou para me aproximar do zíper, ela se agita e arruma uma desculpa para tirar a bolsa de perto de mim. Acho divertido. Alma não é muito boa em gestos românticos, por isso a sua tentativa em me agradar já funciona.

Já repassei a lista de afazeres com os funcionários do bar e, praticamente, estou encerrando meu expediente. Alma e eu decidimos sair na sexta à noite para podermos aproveitar cada segundo. Ela está tão empolgada que nem se importou de eu deixar Vanessa no comando de tudo. Exatamente por desejar me ausentar mais do bar é que não a despedi. Preciso me adaptar aos horários de Alma para podermos nos ver mais. Quero ter mais liberdade sem descuidar do meu negócio. O bar tem dado mais dinheiro do que eu imaginava e até que estou gostando dessa coisa de ser proprietário, preciso de bons funcionários para me ajudar.

A sineta da porta toca e, sem tirar os olhos do bloco de notas onde escrevo mais instruções, digo que o bar ainda está fechado.

– Eu sei, li a placa, mas eu vim atrás do proprietário e não de uma bebida.

Estranho o tom íntimo e ergo a cabeça. Demoro alguns segundos para assimilar a imagem. A pessoa não combina com o cenário, nem com a data do calendário. Será que eu viajei no tempo e acordei com vinte anos novamente?

– Cristina? – digo atônito.

– Oi, Edu.

– Quanto tempo ninguém me chama assim – penso alto.

– Desculpe aparecer sem avisar, mas preciso falar com você. Sua mãe me deu seu endereço – ela diz apertando os dedos em um gesto explicitamente nervoso.

Milhares de perguntas se fizeram em minha cabeça, mas minha boca não conseguiu pronunciar nenhuma delas. É tão estranho ver Cristina ressurgir do meu passado e estar em pé no meio do meu bar, me chamando como meus amigos de faculdade costumavam, que acabo sem reação.

– Podemos nos sentar e conversar por um instante? – diz sem jeito.

– Claro. Claro. – Tento sair do transe e voltar ao meu estado normal. – Sente-se. – Puxo uma cadeira.

– Você continua gentil.

Penso em Alma brincando com meu jeito cavalheiresco na primeira vez que lhe puxei uma cadeira e me sinto agitado.

– Obrigado – respondo tímido. – Desculpe se eu parecer rude, mas o que te trouxe até aqui? Faz uns bons anos que não nos vemos.

– Nove anos.

– É mesmo. Tivemos aquele... – Fico constrangido ao me lembrar do que aconteceu na última vez que encontrei Cristina.

– É. Tivemos e é por isso que estou aqui.

Esfrego as mãos nos cabelos e suspiro. O que raios a Cristina quer aqui? Hoje, bem hoje, na véspera do meu final de semana perfeito. Temi pensar na resposta porque eu sei que ninguém viajaria tanto por pouca coisa. Mas que coisa é essa que esperou quase dez anos para ser dita? Vou explodir, ou sufocar... Não sei.

– Como assim, Cris?

– Eu estava tão feliz por ter você de novo. Foi uma noite tão maluca, não foi?

– Foi.

– Mas eu acordei e você já não estava mais na casa da Carlinha.

– Meu voo era muito cedo, não quis te acordar.

– Eu sei.

– E o que aquela noite tem a ver com a sua vinda até aqui?

– Eu acabei passando mal no mês seguinte e...

Fico aflito sem saber o que pensar.

– Eu engravidei no nosso último encontro – diz baixinho.

O ar some e eu me arrependo de ter pedido para ela ser tão direta. Engulo seco e... E nada. Nem uma palavra. Estou em choque.

– Posso continuar ou quer um tempo pra processar? – sussurra, notando meu desespero mudo.

– Está querendo dizer que você engravidou de mim? De mim? Naquele dia? – digo agitado, meio incrédulo.

– Sim.

– E você teve a criança?

– Tive.

Levanto e ando pelo bar. Estou ligeiramente tonto. Como a Cristina aparece aqui do nada e me diz que teve um filho meu há nove anos?! Tenho vontade de gritar com ela, de exigir explicações e de falar uma sequência de grosserias.

– Edu, desculpe invadir sua vida com essa notícia, mas eu preciso da sua ajuda – diz quase chorosa.

– Cristina, eu não consigo entender. Por que não me contou na época?

– Porque eu sabia que você estava de passagem. A gente tinha terminado nosso namoro há tanto tempo. Sei que foi uma noite divertida, cheia de farra e sem futuro, não queria te prender.

– Quem disse que prenderia? Quem disse que você tinha o direito de resolver sozinha? Havia outras possibilidades, como por exemplo, eu assumir a criança mesmo sem reatar com você. Eu poderia ter tentado, pelo menos.

– Eu sei.

– Agora sabe? Quase dez anos depois?

– Não. Soube no dia em que ele nasceu com a sua cara.

– Um menino? – Parece que alguma coisa trava em minha garganta e eu sinto os olhos esquentarem. – Por que está me contando tudo isso?

– Porque ele está doente e precisa de um transplante. Nem eu nem ninguém somos compatíveis. Meu marido, o pai dele na prática e nos documentos, me fez vir atrás de você.

Volto a me sentar e seguro sua mão que continua inquieta de nervoso.

– Sinto muito – digo com sinceridade.

– Ele tem oito anos... É tão pequeno. – Lágrimas escorrem pelo seu rosto e eu lhe ofereço um guardanapo.

– Jamais te perdoarei por ter escondido o garoto de mim. Isso não se faz. Não é porque a criança estava em seu ventre que lhe pertencia mais. Eu sei que parece fácil dizer, que parece simples porque lhe coube toda a obrigação e eu provavelmente teria feito pouca diferença, mas eu merecia saber. Eu tinha o direito de saber.

– Merecia, mas achei que o Léo merecia um pai presente que me amasse e que cuidaria de nós. Desculpe achar que ele merecia mais do que você. Desculpe pensar mais nos direitos dele do que nos seus.

As palavras duras de Cristina me acertam em cheio. Eu farreei com ela. Sabia que ela ainda era apaixonada por mim e, durante uma visita ao Rio de Janeiro, depois de uma festa, passei a noite com ela. No outro dia, voltei para São Paulo e nunca mais liguei. Agora, olhando seus olhos chorosos eu me sinto péssimo, uma pessoa terrível, porque eu nem me dei ao trabalho de sentir falta dela enquanto tinha um pedaço meu crescendo em sua vida. Eu não me lembrei de sua existência desde quando saí daquele quarto até hoje, alguns minutos mais cedo. Nada disso se faz, não se esconde um filho, não se trata com indiferença e não se usa o amor do outro para curar sua egoísta solidão. Nada disso se faz, mas parece que é assim que todo mundo vive. Inclusive eu.

– Minha mãe me disse que você tinha deixado o Rio com um cara mais velho – digo tentando conter a impaciência.

– É. Ele sempre me rodeava e eu acabei contando o que tinha acontecido. Ele me fez uma proposta apaixonada e eu aceitei.

– Você fugiu.

– Quem não foge? – Ela faz círculos com o dedo apontando para o bar. Outro tapa bem no meio do meu ego. – Ainda bem que não era uma armadilha. Estamos bem. Não há arroubos de paixão nem corações acelerados, mas estamos bem e eu não mudaria nada.

– Entendo. – Fico feliz por minha fuga também não ter sido uma armadilha e ainda contar com arroubos de paixão e muitas batidas aceleradas.

– E aí nós chegamos a um ponto crucial disso tudo.

– Não entendi.

– Não quero que o Léo saiba que você é o verdadeiro pai dele. Estamos bem assim e continuaremos do jeito que está. Nós diremos que você é um doador. Claro que isso no caso de você aceitar e ser compatível. Mas é óbvio que você será, a vida adora essas lições, essas pegadinhas...

– Está dizendo que não quer que eu conheça o garoto? – digo nervoso.

– Pode conhecê-lo. Podem até ficar amigos. Não quero que bagunce a vida dele. Ele é louco pelo pai.

– Eu sou o pai! – quase grito.

– É mesmo? Qual é o super-herói favorito dele? Qual é o biscoito de que ele mais gosta? Do que ele tem alergia? Qual é a cor dos olhos dele? A que ele tem medo? Como é que ele me chama e o que ele diz quando não está se sentindo bem? Você não é nada dele. Não me faça pegar meu filho e desaparecer, não me faça achar que seria melhor vê-lo em uma fila esperando por um fígado do que ter vindo aqui falar com você.

– Calma. – Aperto sua mão e ela me olha. – Não sei nada disso, mas não se esqueça de que a escolha foi sua. – Ela tenta tirar a mão que está sob a minha, mas eu a seguro e continuo a falar com calma. – Mas nada disso é importante agora, o importante é ele ficar bem.

Cristina cai em um choro triste, dolorido e cansado. Alguma coisa em mim despedaça e eu mal sei lidar com tudo isso.

– Você vai ajudar, não vai? – aquiesço e ela suspira aliviada. – Eu sabia, obrigada – sussurra entre lágrimas.

Segundos depois, ela me abraça e eu fico desajeitado com Cristina, minha namorada de anos, em meus braços. Não há nenhum laço entre nós a não ser o motivo de tantas lágrimas. Nenhuma resposta do meu corpo ou do meu coração com a proximidade dela, a única coisa que faz minha cabeça tontear é a ideia de um filho.

Ela se afasta e tenta enxugar o rosto. Eu ajudo, secando uma lágrima ou duas. Tento sorrir.

– Ele se parece tanto com você.

– Tem alguma foto?

– Tenho. – Ela abre a bolsa e retira o que parece um cartão de aniversário. – Olha, é do último dia das mães.

Hesito em pegar. Meu braço custa a levantar e ir em direção ao papel. Parece que sei que conhecer a imagem dele fará com que ele exista de fato, como se abrigar a figura do menino criasse automaticamente algum tipo de elo. Não sei se consigo tanto espaço imediato para um rosto, um sorriso e um grande afeto. O que eu faço com tudo isso que não conheço, mas sinto?

Quando enfim pego o cartão, noto meus dedos úmidos de nervoso. Abro de uma vez e encontro um garoto sorridente, de cabelos encaracolados e pele morena.

– Parece comigo mesmo. É quase assustador de ver. – Lágrimas escapam com a emoção. – Não parece doente.

– É. Digo a mesma coisa o tempo todo. Às vezes me pego olhando pra ele e pensando: deve haver algum engano, ele está tão bem. No entanto, ele fica cada vez pior. Está bem diferente dessa foto.

— Ele vai ficar bem. Crianças são fortes — digo otimista.

— Tem razão. Vai ficar tudo bem. Agora sei que vai — concorda tentando sorrir.

Cristina me passa o contato do médico que está cuidando de Leonardo, me dá o endereço do hospital e o número de seu celular. Ela não inclui seu endereço ou o número do telefone de sua casa. Não falo nada, não adiantaria. Cristina está se protegendo, mais que isso, está protegendo sua família e, embora eu não aceite, entendo. Depois, quando tudo passar e o garoto estiver bem, conversaremos novamente. Falarei quantas vezes for preciso, mas, dessa vez, ela não decidirá sozinha. Não deixarei.

Estávamos nos despedindo quando Alma entrou sorridente no bar. Ao nos ver abraçados, de olhos vermelhos e semblante pesado, seu sorriso se transforma em preocupação.

— Está tudo bem? — diz com cisma.

— Essa é Cristina, uma velha amiga. — O que eu poderia dizer?

— Prazer, Alma. — Oferece a mão ligeiramente desconfortável.

— Olá. — Cristina nos olha e parece entender a situação. — Desculpe, mas eu já estava de saída.

— Tudo bem. Eu também preciso ver uma coisa na cozinha. — Alma enfia as mãos nos bolsos e caminha depressa, percebendo que chegou em um péssimo momento.

— A gente se fala. — Estendo a mão lhe entregando o cartão.

— Pode ficar. Sim, espero você me ligar. Até mais, Edu.

Cristina sai e vejo Alma com olhar aflito encostada no batente da porta da cozinha.

O tempo, aquele que tenho controlado e tentado não deixar me roubar, vem e me mostra que não importa o quanto tentemos manipular as horas. O que tiver que ser vivido intensamente, assim será; o que tiver que passar, passará; e o que ficar mal resolvido, não adianta seguir em frente e tentar escapar. O tempo volta, revira, rearranja e cobra. Está aqui a minha conta. Hora de pagar.

21

Não vem de ti essa tristeza
Mas das mudanças do tempo,
Que ora nos traz esperanças
Ora nos dá incertezas...

Mário Quintana, Eu Escrevi Um Poema Triste, in Poesia completa.

— O mundo acabou de cair bem em cima da minha cabeça. – Ele diz assim que me vê parada tentando entender aquela cena.

Cadu tinha claramente chorado. A tal da Cristina também. Ela o chama de Edu e ele a chama de velha amiga. O que me dá certeza do envolvimento romântico deles.

Não é justo. Praticamente saltitei de alegria até chegar aqui, eu me preparei tanto para esse maldito final de semana. Depilei, cortei o cabelo, FIZ AS UNHAS e comprei lingerie. Repeti mentalmente cada palavra que eu diria quando enfim entregasse a surpresa para Cadu. CADU, não Edu. Meu Carlos Eduardo, nome lindamente composto, meu há um ano, mas que parece que fez parte de cada dia da minha vida. Só parece, porque o termo *velha amiga* pulsa nas minhas têmporas provando que houve uma porção de dias que aconteceram longe de mim.

– O que aconteceu? – digo sem ter certeza se quero saber.

Cadu bufa, esfrega as mãos na cabeça e me olha com desespero.

– Podemos conversar no caminho?

– Ainda quer ir? Mesmo com o mundo todo sobre a sua cabeça? – digo ansiosa.

– Claro que quero. A não ser que você não queira.

– Não é isso. É que eu não faço ideia do que está acontecendo, mas sei que é sério. Você chorou?

– Alma... Nem sei por onde começo. Podemos ir andando? – fala apontando para a porta.

– O que aconteceu de tão sério a ponto de você achar que eu vou sair correndo? Porque eu te conheço o suficiente pra entender que você está tentando ganhar tempo. Está querendo conversar no caminho para não desistirmos de ir? O que houve? Desembuche. Confie em mim.

– Eu tenho um filho. – Permaneci em silêncio. – Eu namorei a Cristina na época da faculdade.

– Pensei que Elisa era a ex oficial – balbucio deixando um pensamento tolo escapar.

– Como é? – Cadu parece confuso.

– Desculpe. Eu previ ter que lidar com o fantasma da Elisa de vez em quando. Não previ que teria outra ex com uma história ainda mais forte. – Sinto um vazio tão grande que mal compreendo.

– Não há história. Há um namoro juvenil, um reencontro, muita cerveja e uma transa. Não há história. – Cadu se aproxima e um funcionário aparece.

– Desculpe interromper, mas é hora de abrir o bar. Posso virar a placa? – ele diz tão constrangido que parece ter dito algo impróprio.

– Claro. Estamos de saída. Deixei tudo anotado perto do caixa. Qualquer coisa pode me ligar, mas só se for urgente. Confio em vocês. Tudo bem? – Cadu diz tentando demonstrar normalidade.

– Está tudo certo. Pode ir tranquilo, Cadu.

Ele me estende a mão e eu a aceito. Saímos em silêncio e permanecemos assim até entrarmos na casa dele. Nossas coisas estavam arrumadas próximo à mesa e eu procuro tudo o que andava pensando e sentindo nos últimos dias para tentar conduzir aquela conversa sem drama.

– Há quanto tempo foi o reencontro que acarretou nesse filho? – tentei ser trivial.

– Uns nove anos.

– Por que não me disse antes que tinha um filho?

– Porque eu não sabia. Alma, está achando que eu escondi isso?! Acho que não me conhece. – Cadu faz uma expressão indignada me fazendo ter vontade de levantar o dedo e falar bem alto, mas me seguro. Minha vez de ser sensata ou pelo menos tentar desesperadamente.

– Calma. Estou tentando entender. Se você contasse de uma vez facilitaria. Mas está com dificuldades e eu entendo. A questão é que eu estou envolvida e por isso fica difícil esperar você conseguir explicar.

Ele amansa o olhar e, com dois passos, fica tão próximo que posso sentir o cheiro que escapa de sua pele quente invadir minhas narinas e meus sentidos. Tudo nele é tão familiar que me parece impossível que outras mulheres o tenham tido tão profundamente a ponto de terem arrumado um jeito de permanecerem em sua vida, seja com lembranças, seja com um filho. Ele não me dá tempo para continuar a pensar amarguras e me beija com urgência. Parece ter sentido minha inquietude, minha insegurança. Aceito seu beijo como se fosse mais uma chance de colocar um pouquinho da gente em nossas histórias tão atribuladas. Ofereço meu beijo desejando que este seja o favorito, já que é impossível desejar que fosse o único. Bobagem, eu sei, mas como ser menos humana neste momento? Ser gente é tão difícil! Sentimos coisas inapropriadas em terríveis momentos. Já não basta ter que lidar com a situação, ainda precisamos policiar nossas mentes sempre prontas a nos boicotar. Tudo é tão difícil quando estamos empenhados em fazer dar certo.

Tento serenar o beijo, mas é quase impossível. Cadu vem pra cima de mim como se eu fosse a solução para o fim de sua angústia, como se aquele beijo fosse capaz de amenizar todas as suas dores. Colo meus lábios nos dele e o abraço com força. Parece quase um golpe de alguma arte marcial para imobilizar o inimigo. Neste caso, um amigo, um amor ligeiramente descontrolado.

– Desculpe – ele diz baixinho.

– Por me beijar? Em que mundo você acha que precisa se desculpar por isso? Ah... Cadu, agora eu fiquei preocupada pra valer – digo tentando reencontrar o meu melhor sorriso.

Ele passa as mãos pelos meus cabelos e pensa muito mais do que diz, mas tenta sorrir. As coisas perdem o peso de repente, não a seriedade, mas a aspereza e o jeito de tragédia.

– A gente se conhece desde os tempos de escola, ficamos algumas vezes até virarmos namorados na faculdade. Terminamos e voltamos algumas vezes até acabar de vez quando me formei e me mudei pra São Paulo. Um dia, visitando meus pais, fui a uma festa e acabei ficando com ela de novo. No outro dia, fui embora e nunca mais nos falamos. Eu não sabia, ela nunca me disse.

– Sinto muito.

– Eu também. Um descuido e tem um garoto com a minha cara por aí. Ele nem imagina que é fruto de uma noite sem muito sentido.

– Ele também não sabe que é filho do namorado dos tempos de escola da mãe dele?

– Não. Ele acha que é filho do marido da mãe dele.
– Puta merda! – falo pressionando os dedos na testa. – Desculpe – digo me corrigindo.
– Por falar um palavrão? Em que mundo, Al? Assim eu é que fico preocupado. – Ele ri e passa o dedo em minha bochecha.
– Nem sou tão boca suja assim. – Faço um bico. – Por que essa mulher arrumou um jeito de te achar aqui nesse fim de mundo? Desconfio que essa seja a parte mais importante da história.
– O garoto está doente.
– Precisa de um transplante?
– Sim, doutora.
– Ah... palavrões, palavrões, palavrões... – Saio de perto dele e me sento no sofá.
– O que foi? – diz surpreso.
– É que até agora era tudo meio maluco, mas não era ruim. Quer dizer... Descobrir um filho crescido não é algo fácil, mas também não é nenhuma desgraça. Agora, um garotinho doente, você sendo doador. – Suspiro longamente. – Me preocupa. O que ele tem?
– Não sei direito. Precisa de um fígado. É grave? – Sinto o medo transbordando dele.
– Depende, mas se precisa de um transplante...
– Imaginei. Que judiação uma criança passar por isso. – Cadu me parece tão desamparado que resolvo adotar minha postura médica, porque a de namorada não está ajudando.
– É um procedimento comum, com alto índice de sucesso. É claro que toda cirurgia envolve riscos, qualquer uma, mas você é saudável, não possui problemas significativos e o transplante de fígado intervivos costuma funcionar muito bem em crianças, tanto que incentivou a mesma prática entre adultos.

– Como vai ser? Me diz em linguagem para leigos.

– Primeiro, vão te colocar pra dormir. – O rosto atento de Cadu me faz tremer. Imaginá-lo sedado e aberto não é uma visão confortável. Levanto-me, puxo sua blusa e coloco minha mão onde fica o fígado. – Depois, vão tirar um pedaço do seu fígado, que pode ser do lado direito ou esquerdo, o que acharem anatomicamente mais viável.

– Ok.

– Depois, vão se certificar de que tudo ficou certo lá dentro e vão te fechar.

– E com o menino?

– A dele é um pouco mais complicada porque envolve a retirada do órgão doente e a colocação do sadio. É demorado e exige técnicas de microcirurgia porque, além das principais artérias, há os vasos que são muito pequenos. Imagine que não é como colocar algo dentro de uma caixa, é preciso ligar cada pontinha porque o novo órgão precisa de irrigação sanguínea e o reestabelecimento do fluxo da bile.

– Entendi. E depois?

– Depois vocês vão pra UTI se recuperar no pós-operatório e... Enfim, tomar medicamentos, essas coisas.

– E acabou? Ele vai ficar bem?

– No melhor cenário, sim.

– Quais são as possibilidades?

– Cadu, a gente não tem que falar disso agora. Nem sabemos se você é compatível, se o seu fígado é saudável ou sei lá mais o quê. Há coisas a serem feitas antes do procedimento em si.

Cadu me segura pelos ombros e me encara com doçura.

– Quero ouvir de você. Preciso que me diga tudo. – Praticamente suplica.

– 1. Pode não funcionar. Simplesmente não acontece. O órgão novo não responde, como um carro que você vira a chave e não liga. 2. Ele pode funcionar e depois ser rejeitado pelo organismo. O carro está andando e de repente para, você está com o tanque cheio, fez a manutenção e mesmo assim ele parou. 3. Há os riscos naturais de qualquer cirurgia, coisas que acontecem quando estamos lá dentro. Coisas que descobrimos quando abrimos o paciente. – O olhar de Cadu brilha com a presença de uma lágrima. – 4. E o mais provável: ele ficará um dia na UTI, o fígado funcionará e não será rejeitado. Você e ele ficarão bem e eu terei que lidar com o fato de ter um namorado gatíssimo que ainda por cima ficou com uma cicatriz tremendamente sexy.

– Tem fetiche por cicatrizes? – ele embarca na brincadeira. tentando afastar a nuvem espessa de preocupação instalada em cima de sua cabeça.

– Ah, meu bem, não escolhi cirurgia à toa. Estou aqui sofrendo em imaginar que não serei eu quem marcará seu lindo corpinho.

– Você é louca. – Ele ri.

– Mas você me ama. – E beijo-o. Muito e demoradamente.

– Pronta para subir uma colina? – ele convida.

– Tem certeza? Podemos adiar isso.

– A Cristina chegará ao Rio no domingo à tarde. Fiquei de ligar para o médico na segunda.

Penso em perguntar como ele fará tudo isso e como agirá depois que tudo acabar, mas decido deixar cada conversa para o seu tempo. Tolice imaginar que uma simples conversa arranjaria as coisas e decidiria os rumos futuros. Não adianta projetar, teremos que trilhar um passo de cada vez, uma insegurança e dúvida por vez. É desesperador, mas inevitável.

✽ ✽ ✽

Subimos a Serra com o rádio do carro ligado e lábios selados. Arrisquei uma cantoria fraca entre uma música e outra, mas nada me fez esquecer que minha expectativa romântica evaporou com o excesso de realidade que trouxemos na bagagem.

A propriedade não era muito grande, mas tinha aquele aspecto perfeitinho de casa de revista. Dava pra ver que a posição de cada móvel e objeto decorativo havida sido muito bem pensada. Era óbvio que o ambiente fora planejado para alguns dias de sossego e a dois. Tudo tinha um ar romântico: as luzes indiretas, os candelabros sobre a mesa de jantar, a namoradeira convidativa e a lareira esperando ser acesa. O quarto também tinha jeito de lua de mel, a cama possuía um daqueles colchões altos e milhares de travesseiros e almofadas sobre ela, me deu vontade de deitar ali pra sempre. No entanto, confesso que a varanda envidraçada era a parte mais espetacular: dava pra ver os montes até a vista cansar, estávamos no ponto mais alto. Tão acima dos outros picos, dando a impressão de que se eu esticasse o braço poderia tocar o céu. Pena nosso ânimo não estar em harmonia com tamanha beleza. Nada se parece com o que planejei, nem a nossa chegada, nossos carinhos e afagos.

Na hora de dormir, não tive coragem de vestir nada do que comprei, e essa constatação me fez aceitar que a surpresa também ficaria pra depois. Não há clima para presentes, não restou nem a costumeira emoção que sempre acontece quando estamos conectados um ao outro pelo olhar, lábios e desejo. A cabeça de Cadu não está aqui e todo o resto o acompanha em suas indagações.

Enquanto ele encara o teto com uma das mãos sob a cabeça, exibindo a tatuagem que sempre me fez sentir tão próxima dele, tão parte dele, me deito de lado e fecho os olhos, desejando que acordemos no passado. Justo eu, que sempre corri para o futuro.

Rolei na cama por horas. Tentei dormir a todo custo, mas nada me fazia deixar de escutar a respiração pesada dele. A certa altura, comecei a me irritar ao vê-lo dormindo tão profundamente. Não é justo o sono escapar de mim. O filho é dele, a ex é dele e eu aqui fritando na cama como se tivesse feito algo errado. Sento-me e encaro Cadu dormindo de peito nu. Sacudo a cabeça e enfio os dedos no meu cabelo lindamente cortado. Ele é meu. Ele e tudo o que vem junto, inclusive o filho, as ex e as estantes abarrotadas de livros.

Saio da cama e ando pelo chalé, tentando não fazer barulho. Deito na rede que está na varanda. O teto e as inúmeras janelas de vidro dão a impressão de que estou deitada na grama, sentindo o tempo frio e a escuridão da noite. Não há lua, está bem escuro, e por isso cada estrela parece um farol apontado para a Terra. Entorto o lábio em um meio sorriso ao constatar tantas estrelas. Sempre achei incrível a diferença do céu de São Paulo para o de Serra de Santa Cecília, mas não dá pra ficar muito tempo ao ar livre encarando o céu sem ser carregado por um monte de insetos. Coisas irritantes da vida sem poluição. Quanto mais puro, mais bicho tem. Um horror! Contudo, aqui, protegida pelos vidros, posso encarar cada luzinha piscante como se fosse enfeites de natal.

Em uma aula que não me lembro muito bem, aprendi que as estrelas não possuem pontas e não piscam. Elas são redondas e seu brilho é constante, mas, com a turbulência da atmosfera, sua luz é desviada para diversos pontos da Terra. Nada oscila nas estrelas, as coisas em volta delas é que tentam confundir quem as admira.

Fiquei tão perdida naquele silêncio e na minha memória, buscando alguma explicação para aquele firmamento encantador, que não notei Cadu em pé olhando para o mesmo céu que eu. Não tive coragem de infestar aquele cenário mágico com o som da minha voz. Ele tira os olhos do céu e os coloca sobre mim.

– Estranhei a cama vazia – sussurra. Acho que ele também reparou no silêncio pacificador que nos envolve. Não digo nada e nos encaramos por longos minutos. Não é um olhar inquisidor, nem dolorido. Somos nós reconhecendo cada sentimento que nos trouxe até aqui. Somos apenas nós alimentando nossas almas com o amor já vivido. Nem sempre temos palavras para nos ajudar. Às vezes, o que sentimos é tão grande que não há palavra capaz de concretizar.

Cadu retira o braço escondido atrás de suas costas e ergue a mão mostrando o embrulho que estava guardado em minha bolsa. Minha reação normal seria reclamar por ele ter mexido nas minhas coisas e ter descoberto o que eu tanto me empenhei em esconder, porém, estranhamente, continuo quieta como se estivesse em profunda meditação. Ele se aproxima e se senta no chão ao lado da rede em que estou deitada. Seus dedos percorrem meu rosto e eu fecho os olhos.

– Por que sempre se esconde? – Aperto os olhos e acabo sorrindo. Sinto sua mão alcançar o centro do meu peito e meu coração acelerar sob a palma de sua mão. Num ímpeto, abro os olhos. – Você pode se esconder fechando os olhos, deixando de dizer o que pensa ou até fugindo da cama, mas eu sempre vou achar um jeito de chegar até você, Alma. Enquanto o seu coração acelerar, eu te acho.

– Você é tão poético.

– Não era.

– Deve ser...

– ... porque eu te amo.

– Não precisava ter dito agora. Não neste dia esquisito.

– É por isso que esta caixa continuava no fundo da sua bolsa? Está esperando pelo momento mágico?

– Exatamente.

– Isso é bobagem. Esperar um momento para se declarar, para fazer planos ou pra isso é um grande erro. – Aponta para o pequeno pacote. – Eu já aprendi, você não?

– Estava esperando nosso aniversário, queria que fosse especial.

Ele me tira da rede e me coloca em seu colo.

– É especial quando te vejo comendo macarrão instantâneo encolhida no sofá, quando você dança entre os estudantes no bar ou quando coloca a mão na minha testa pra ver se estou com febre. Hoje foi especial quando notei sua aflição, quando te contei sobre algo que eu nem sei o que sinto a respeito e quando você tentou traduzir o procedimento médico, contendo sua preocupação e envolvimento pessoal. Eu te conheço, sei quando sofre comigo, quando sofre sozinha e quando se empenha em me mostrar o quanto quer que isso dê certo.

– Eu sinto que algo muito grande está se colocando entre nós. Estou enganada? – desabafo com honestidade.

– Não.

Aquiesço.

– Eu também não sei o que acontecerá, mas continuo tendo fé na gente. – Ele pisca e eu esmoreço.

Cadu pega o pacote, arranca o embrulho e sem abrir a caixa me pergunta:

– Mesmo sabendo que o futuro não dá garantias, ainda quer me dar isso aqui?

Fito Cadu por alguns segundos e a emoção volta. Aquele feitiço inexplicável que aquece cada centímetro meu. Balanço a cabeça levemente afirmando e ele sorri de um jeito que estremece o universo. Cadu abre a caixa e se depara com a minha maior ousadia: duas alianças. Elas não se parecem comigo porque eu nunca pensei em usar uma e são um presente porque achei que ele merecia alguém com orgulho em ostentar um compromisso com ele. Eu sou a garota que aceita ter o tal do importante anel, o bem óbvio, bem clichê e sem nenhum disfarce, e eu queria que ele soubesse que me sinto sortuda por isso.

Ele gargalha ao encarar o interior da caixa.

– Sabe que estou lisonjeado, não é? Mas não precisava disso. Sei por que comprou estas alianças e...

– Cale a boca e olhe dentro.

Vejo seus dedos desencaixando a aliança menor e aproximando o objeto de seus olhos.

"O amor é quando a gente mora um no outro."

Cadu me analisa embevecido e dou de ombros.

– Achei que combinava com o lance das tatuagens e o nome do bar. Somos um casal temático. Apesar de eu saber que a autoria da frase é discutível, já que as fontes se baseiam em uma fala dele e não em um escrito.

– Você está me saindo uma romântica. – Sorri. – E uma literata – graceja.

– O que eu não faço pra garantir que além de temáticos continuemos mágicos? – ironizo, disfarçando o mel instalado entre meus neurônios.

Sua mão encontra a minha e ele desliza a aliança em meu dedo. Depois, repete o movimento em si mesmo.

– Sem perguntas, só respostas – concluo.

– Sim.

Sinto seu corpo se curvar sobre o meu e seus beijos adormecerem meus lábios. Um segundo e viramos brasa. Mesmo assim, contenho o desejo que percorre meu corpo como se pertencesse à minha corrente sanguínea para colocar minha mão em seu pescoço, acariciá-lo até chegar em seu cabelo vasto e apreciá-lo. O rosto de Cadu emoldurado pelo céu estrelado sacode meus sentidos, me fazendo latejar desde o peito até a ponta dos pés. A noite profundamente escura parece com os olhos misteriosos dele. Nada faz sentido, não há lógica ou salvação. A realidade pede licença para acontecer longe de nós. Agora, só há espaço para esse sentir louco, para o êxtase provocado por nossos corpos, mas capaz de atingir as nossas almas.

Eu não sei o que estou fazendo... É um tiro no escuro. Resta-me desejar que todas as nossas sombras coexistam com a luz do fogo que provocamos.

Mordo os lábios, abro os olhos e Cadu enfia o rosto em meu pescoço. Encaro o alto e peço para que sejamos como o céu de hoje: um silêncio reconciliador, uma escuridão calma e a luz inabalável de um milhão de estrelas.

22

Ele trabalha silenciosamente...
E está compondo este soneto agora,
Pra alminha boa do menino doente...

Mário Quintana, V, in Poesia Completa.

Nunca passei por grandes problemas de saúde e, felizmente, ninguém que eu amo me deixou apreensivo em um corredor de paredes geladas, sem cor e com cheiro de algo que eu não sei o nome, mas conhecemos como "cheiro de hospital".

Alma está sentada ao meu lado como se estivesse tentando se esconder de alguém ou fugir da situação. Sua cabeça está apoiada em meu ombro e eu não sei como está conseguindo respirar, pois seu nariz está encostado em mim, fazendo uma leve pressão.

Entendo sua reação, pois, de todos os hospitais do mundo, o pequeno Leonardo tinha que ser operado bem no hospital em que Alma trabalhava. Na verdade, nem se trata de algo difícil de compreender: o hospital é referência para o país todo. Que sorte poder estar sentado neste e não em um corredor igualmente triste, mas sem todos os recursos que estas portas escondem.

Meu pensamento está confuso desde o momento em que descobrimos que sou compatível e que poderia ser o doador.

Minha dúvida não é em relação ao ato de doar, de jeito nenhum, mas em relação ao que farei daqui pra frente. São tantas coisas que pesam em minha cabeça que mal consigo falar desde que pegamos o carro e percorremos os muitos quilômetros que separam a Serra daqui.

A expectativa de conhecer o garoto está me matando. Olho o relógio e tenho a impressão que os ponteiros estão emperrados de tão lentos que se movem.

– Você está bem? – pergunta Alma pela oitava vez.

– Sim. – Tento mostrar convicção.

– Falta pouco agora. Vai ficar tudo bem – ela responde, deixando claro que minha resposta não a convenceu. – Vou buscar uma água. Quer alguma coisa? – diz se levantando.

– Não. Obrigado.

– Pense bem. Depois que estiver em período de jejum não poderá tomar nada.

– Está certa. Qualquer coisa.

– Tudo bem.

Alma me beija de leve e esfrega a mão no meu ombro. Tenho vontade de pedir para que não saia do meu lado, mas controlo meus instintos infantis.

Ando de um lado para o outro e acabo me lembrando de filmes que, em determinada cena, o pai espera no corredor enquanto seu bebê não nasce. Talvez eu me sinta exatamente assim: na ânsia do nascimento do meu filho, desejando ardentemente saber como ele está e com quem se parece. Talvez aquela foto tenha servido como um ultrassom tardio. Tão tardio...

Enquanto eu tento bravamente controlar externamente o que já está bagunçado dentro de mim, vejo uma moça morena, de cabelos ondulados e cheios saindo de um dos quartos. Ela anota algo na prancheta e vem em minha direção. Assim que me vê, sorri. Quanto passado eu ainda vou reencontrar?

– Cadu? – diz enquanto me abraça.

– Não acredito que está trabalhando aqui, Carol. – Abraço-a com carinho.

– Faz um tempo já... Como você está? – Ela olha em volta. – Está tudo bem?

– Comigo, sim. Vou doar meu fígado para um garoto. Um pedaço, quero dizer... Bem, você sabe. E você, como está?

– Estou bem. Puxa, Cadu, vai passar pelo procedimento hoje?

– Não. Vão me internar hoje. Parece que a cirurgia será amanhã bem cedo.

– Entendi. O que faz parado aqui? Quer sentar em algum lugar pra conversar?

– Obrigado, Carol, mas estou esperando para conhecer o garoto.

Carol entorta a cabeça fazendo um gesto tipicamente seu. Sei que ela não entende o que eu digo... Resolvo explicar:

– Uma antiga namorada apareceu com um filho meu.

– Antes da Elisa?

– Bem antes.

– Puxa... Digo parabéns ou sinto muito? – Ela dá um meio sorriso apertando meu braço, tentando me consolar.

– Não sei. – Acabo rindo.

– Está esperando ele chegar?

– Não, ele já está aqui, mas ninguém me diz onde. Pediram para eu aguardar aqui.

– Vem, eu te ajudo a encontrá-lo.

– Maravilha! – Quase saio correndo atrás da Carol, mas me lembro de Alma. – Podemos esperar um pouco? É que eu não estou sozinho, minha companhia foi buscar algo pra beber e já volta.

Carol repara em minha mão inquieta e se dá conta da aliança.

– Carlos Eduardo, você está noivo? – Sorri e me abraça novamente. – Agora sim, um *parabéns* certeiro precisa ser dito. Que alegria! Tive tanto medo de você viver amargando a fuga da Elisa.

– Fuga? Parece até que eu a prendia – penso alto.

– Desculpe. Não tive intenção de...

– Claro que não – interrompo. – Deixe disso, Carol. Está tudo bem.

– Ela está tão feliz e agora saber que você encontrou alguém importante a ponto de se comprometer me faz entender uma parte da loucura que é a vida.

– Não entendi.

– Ah... Esquece. Eu devaneio... Você sabe. – Rimos.

Sinto alguém tocar meu braço e vejo Alma com sua ruga questionadora entre seus olhos.

– Lembra-se da minha amiga que tem uma casa em Angra em que passávamos alguns feriados e festas de fim de ano?

– Carol, não é? – diz Alma, aliviando a expressão.

– Sim, e você é dra. Alma Abreu. Quem diria! Vocês dois noivos? Que bacana! Agora tudo faz sentido mesmo – diz Carol nos surpreendendo.

– Sim, sou Alma. Nos conhecemos?

– Não pessoalmente, mas eu conheço o Fernando.

O rosto de Alma perde um pouco da cor, mas ela tenta sorrir. Os cinco segundos de silêncio e constrangimento fazem Carolina arranhar a garganta e nos chamar para a recepção, na qual ela consultaria no computador onde Leonardo está.

– Ele já está instalado em um quarto. Vou acompanhar vocês até o andar – diz após alguns cliques.

O elevador começou a subir e, a cada luz que indicava o andar, meu coração sobressaltava. Minhas mãos começaram a suar e eu não conseguia entender o motivo de tanta aflição.

A porta abriu e eu apertei a mão de Alma com mais força do que devia. Ela não reclamou ou tentou se soltar. Simplesmente apertou o máximo que pôde de volta e me lançou um olhar compreensivo.

Alguns passos à direita, Carol parou em frente a um quarto e fez um sinal para que esperássemos. Não sei quanto tempo ela passou lá dentro enquanto eu encarava o número dois pendurado naquela porta, mas sei que pareceu uma eternidade.

– Ele está dormindo e sozinho. Olhei a ficha dele e posso dizer que está estável e se preparando para o procedimento. Eu, como médica deste hospital, não posso te deixar entrar sem a autorização da família.

Suspirei tentando conter a ansiedade e, principalmente, tentando aceitar que Carol está certa.

– Agora vou até a minha sala resolver algumas coisas e vou deixá-los sozinhos aqui com uma ordem expressa de esperarem alguém chegar antes de entrarem, ok? – Ela pisca, e eu e Alma nos olhamos.

– Está certo – Alma responde.

– Ok. Depois nos vemos.

Carolina se afasta a passos convictos e rápidos enquanto eu e Alma encaramos a porta.

– Vai, Cadu. Vai de uma vez – ela diz abrindo uma fresta da porta.

– Você não vem? – convido.

– Não. Esse momento não precisa de plateia, meu bem. Pode ir, eu espero aqui. – E sorriu. Deus, como eu a amo! Engraçado como a gente se dá conta do tamanho do que sente pelo outro em momentos inusitados, impensados e imprevisíveis.

– Já volto.

Sigo a sugestão de Alma e entro de uma vez. O quarto não é grande, por isso, logo vejo o menino deitado em um sono tão profundo que a cena me causa um arrepio ruim.

Ando lentamente até me aproximar da cama. Tenho vontade de tocar sua mão, mas não consigo. Tenho vontade de chorar, mas também não sou capaz. Não sou capaz de definir se o que sinto é provocado pela emoção de ver tantos traços meus nele ou por tanta pena de sua aparência frágil e doente.

Imaginei que eu o abraçaria, ou então faria algum daqueles cumprimentos que as crianças gostam de bater as mãos e depois dar um leve soco em seus pequenos dedos. Pensei em perguntar para que time ele torce, mesmo eu não gostando de futebol. Há tantos cenários prontos desfilando em minha cabeça e eu não consigo trazer nenhum deles para a realidade. Nem o simples gesto de passar minha mão pela sua testa eu consigo realizar. Parece que todos os meus músculos estão travados pelo enorme e desconhecido sentimento que me invade.

Eis meu recém-nascido, meu filho que não conheço, mas que de alguma maneira já amo.

Vislumbrando seu corpo miúdo envolto pelo lençol, o soro pingando lento em suas veias e o tom anormal de sua pele. Algo fisga no meu peito. Ele é tão pequeno!

Eis meu recém-nascido que parece não estar pronto para a vida. Eu diria que, embora ele seja um garoto de oito anos, se parece com um bebê que veio antes do tempo. Eu diria, se não sentisse que ele demorou demais.

Abro a porta e vejo Alma apoiada na parede. Ela se ergue e me olha tentando conter a ansiedade.

– Está tudo bem, vamos sair daqui antes que a Cristina chegue.

Ela concorda com um leve balançar de cabeça e, pela primeira vez, penso que não pode estar sendo muito agradável andar de um lado para o outro por aqui. Ela está sendo obrigada a ficar sob o teto do lugar de onde ela preferiu fugir só para fingir que nunca existiu.

– Vem, vamos respirar um ar – ela diz enquanto me puxa pela mão.

Subimos todos os andares que o elevador permitiu e depois subimos mais alguns degraus de ferro. Alma abre uma pequena porta e sai. Saio logo depois dela e me deparo com o céu e uma vista incrível de São Paulo. O espaço não é muito grande, parece uma pequena varanda suspensa no meio do nada. Olhando para baixo, vejo o heliporto do prédio. O vento, a vista e a altura são de tirar o fôlego.

– Que lugar é esse?

– Não sei. Parece que era onde ficava a central do antigo sistema de refrigeração. Arrancaram tudo e ficou isso aqui.

Alma fecha os olhos e eu a acompanho. O tempo está nublado e o vento gelado. Respiro fundo e tento diminuir a angústia que insiste em me perturbar. Fico assim alguns minutos, mas acabo me rendendo. Não passa. Não consigo fazer passar.

Abro os olhos e encontro Alma me encarando. Ela me abraça e permanece dentro do abraço por alguns minutos. A frase *vai ficar tudo bem* já foi repetida tantas vezes que acabou perdendo o sentido. Talvez o silêncio puro signifique mais do que palavras proferidas somente para preencher a mudez constrangedora da dúvida.

– Vou ficar de olho em você. Vou saber de tudo, ver tudo, ler tudo... Fique tranquilo – ela diz sem me largar.

– Não estou preocupado comigo – confesso.

– Vou olhar o garoto também. Prometo.

– E quem vai te olhar, Al? – falo beijando seus cabelos.

– Dou conta, não se preocupe.

Beijo-a e o vento fica mais forte. *Vai ficar tudo bem*, meu cérebro repete uma vez mais como um mantra incessante, uma prece fervorosa ou um pedido desesperado.

Respire. Vai ficar tudo bem.

✳ ✳ ✳

A cirurgia não pôde acontecer no dia previsto. Leonardo teve febre e, por isso, tivemos que esperar, o que nos rendeu algumas noites na casa da mãe de Alma, pois o antigo apartamento dela já estava alugado. Foram poucos dias gastos com programas de TV, comida boa e pouco barulho. Alma e eu nos mantivemos juntos o tempo todo, mas eu não conseguia me concentrar em nada e ela respeitou me dando o máximo de espaço que podia. Sem cobrança por desabafos ou encenação para me tirar da preocupação, ela me abraçou quando eu me aproximei, conversou quando meus olhos pediram uma palavra e me entendeu quando andei insone pela casa.

Cristina inventou mil desculpas para não me deixar ver o garoto e eu, por não saber mais como insistir sem ser grosseiro, acabei me convencendo de que logo poderia requerer alguns direitos e não precisaria mais implorar para trocar duas palavras com o menino. Eu esperaria se fosse necessário, não queria causar problemas neste momento difícil. Mas eu não desistiria, quero conhecê-lo, independentemente do nome pelo qual ele me chamaria.

Foi com tremendo alívio que recebi o telefonema avisando para eu comparecer ao hospital no dia seguinte. O dia estava terrivelmente cinzento e uma tempestade cobria toda a cidade quando, enfim, cruzei os portões do hospital para horas depois ser colocado em uma maca e levado ao centro cirúrgico. Alma foi até a última porta que pôde para me acompanhar.

– Amo você. Até já, já – ela disse disfarçando seu olhar de preocupação.

Passei minha mão por seu rosto e fui levado.

As luzes se acendem sobre mim me cegando e, por um breve instante, cogito a possibilidade de não sair daqui. A vida é tão frágil que chega a parecer uma besteira.

– Hora de tirar uma soneca, ok? Pode fazer uma contagem regressiva a partir do número cinco? – diz uma das médicas.

– Sabe se ele será operado hoje?

– Já estão preparando o garoto para receber o órgão assim que o tirarmos. Tudo bem? – Ela encosta a mão em meu ombro.

Concordo e começo a contar:

5...

4...

Meu coração acelera.

3...

Respiro.

2...

Vazio.

23

E as horas lá se vão, loucas ou tristes...
Mas é tão bom, em meio às horas todas,
Pensar em ti... saber que tu existes!

Mário Quintana, Para Moisés Velhinho, in Poesia Completa

Um centro cirúrgico pode ser o ambiente mais calmo do mundo. As horas passam sem que notemos e, se o paciente se mantém dentro do esperado, é quase relaxante passar tanto tempo ali dentro. O cansaço costuma vir depois de tudo encerrado, no momento em que começamos a tirar as luvas e, principalmente, quando nos damos conta de que um quarto do dia passou enquanto se tinha as mãos dentro de alguém, tentando consertar o que o infeliz destino resolveu estragar.

Do lado de fora, a história é outra. As horas vividas na sala de espera são muito mais longas e torturantes. Senti cada segundo que Cadu ficou em cirurgia, cada passo do maldito ponteiro do relógio pendurado na parede.

Minha mãe está comigo, pois os pais de Cadu nem desconfiam que ele esteja sendo operado neste exato momento. Ele não quis mencionar a existência do filho e, por isso, não soube o que inventar. Quanto ao reaparecimento de Cristina, eles acham que foi por conta de um evento de reencontro de formandos. Preferiu deixar para explicar pessoalmente tudo direitinho depois que estiverem recuperados.

O meu dedo mindinho já ameaçava sangrar quando a dra. Carolina apareceu me dizendo que tinha ligado para o centro cirúrgico. Tudo havia corrido muito bem e estavam se preparando para fechá-lo.

– Você está pálida. Devia andar um pouco – ela sugere.

– Obrigada. Ficar do lado de fora é mais difícil. – Tento sorrir.

– Soube que mudou de hospital.

– Sim. Estou trabalhando no interior.

– Na cirurgia?

– Não ainda.

– Mas pretende voltar? Sabe que tem talento. Já ouvi falar muito bem de você.

– Sério? Quando disse que conhecia o Fernando imaginei exatamente o contrário – desabafo.

– Foi muito pessoal para ele. Você entende, não é?

– Foi para mim também.

Sinto o rosto formigar e minhas mãos começarem a tremer. Que inferno! Eu não tenho condições de pensar nesse assunto agora. Levanto-me e me aproximo de uma das grandes janelas que circundam o prédio. Avisto a entrada da Emergência e me sinto ainda mais nervosa.

– Sente falta daqui?

– Uma parte. Eu sonhei muito aqui, me diverti demais e descobri algo em que eu podia ser fenomenal. Até aquele dia.

– Mas você fez tudo o que pôde. – Sinto sua mão afagando meu braço.

– Não precisa tentar me confortar, várias pessoas já tentaram antes.

– Não estou tentando te consolar. Estou sendo solidária, também já passei por casos muito pessoais em que eu não pude fazer nada para ajudar.

– É, mas meu problema é um pouco maior do que não ter podido ajudar mais.

– O que está dizendo? – Ela enruga a testa notando meu constrangimento. – Você e o Fernando não voltaram a se falar?

– Não – respondo intrigada.

– Ele não te contou? – Carolina pressiona a mão contra a testa e faz um bico contrariado com os lábios. – Se acha que teve culpa, nunca se perguntou o motivo do Fernando nunca ter te processado?

– Ele me disse que a família dele não deixou, por conta do nosso relacionamento.

– Você precisa vir comigo. Sério.

– Agora? – Hesito, olhando para a porta restrita da qual espero que o médico saia com boas notícias.

– É, dra. Alma. Agora!

Saímos quase correndo pelos corredores até chegarmos ao arquivo. Carolina é muito respeitada na oncologia e por isso ninguém pergunta nada a ela. Entramos e saímos de vários departamentos sem que ninguém nos parasse para questionar qualquer coisa.

Assim que ela se sentou atrás de sua mesa, indicou a cadeira para mim, jogou a pasta que pegou no arquivo e disse:

– Qual é a sua dúvida? – inquire duramente.

– O quê? Desculpe, eu não entendi – digo confusa e um pouco intimidada.

– Em relação ao atendimento: qual é a sua dúvida? Por que acha que pode ter feito algo errado? – diz com mais suavidade.

– Eu me lembro do atendimento, mas, a cada lembrança, perco um detalhe. Eu estava...

– Isso não é da minha conta – diz com gentileza, mas deixando claro que também conhece essa parte da história. – Sobre o que você fez com a paciente, foque nisso. Dê um exemplo desses seus esquecimentos.

– Será que, em vez de introduzir o tubo na laringe, eu o introduzi no esôfago? Já vi isso acontecer.

– Você entubou certo – diz com firmeza. – O que mais?

– Han... É... – Suspiro confusa pelo tom direto que Carolina usa. – Será que eu ministrei neostigmina, em vez de atropina? Suas ampolas são parecidas, mas seus efeitos cardíacos são totalmente contrários.

– Você ministrou quatro ampolas de atropina, como qualquer médico preparado faria.

– Como sabe? – balbucio.

– Porque o Fernando pediu averiguação do óbito e fez o chefe do hospital praticamente interrogar as enfermeiras que te acompanharam. Está tudo escrito, Alma. Você fez além do padrão. Você foi certeira no atendimento inicial, identificou o problema rapidamente e tentou interferir. Quando ela teve a primeira parada, você agiu com rapidez e fez tudo certo. Muitos desistiriam aí, mas você a abriu com maestria no meio do caminho para o centro cirúrgico, apoiada na maca andando. Acredite... Você não a salvou porque há coisas além da medicina. Se houvesse um por cento de chance daquela garota sobreviver, você teria conseguido.

– Como... você... sabe? – digo controlando o choro.

– Sinto muito, querida, mas o Fernando fez tanto estardalhaço que acabei ficando curiosa. Quando saiu o laudo, eu pedi pra ler.

– E ele? – pergunto, sentindo as lágrimas descendo pelo meu rosto.

– De verdade?

Aquiesço passando as mãos pelo rosto.

- Pareceu um pouco frustrado.
- Obrigada por me contar.
- Não quer ler? - ela diz apontando a pasta com o nariz.

Fecho os olhos e vejo os pulmões se dilatando a cada movimento ventilatório do ambu, miro o coração da Fabiana exibindo contrações tímidas e esparsas. Vejo-me enfiando a mão em seu tórax e apertando o coração da paciente, uma, duas, cem vezes, em movimentos rápidos e vigorosos. Encaro a linha de pulso se desenhando novamente no oxímetro e concluo que a manobra estava sendo efetiva. - Adrenalina! - eu gritei mais uma vez. E outra. E outra vez. E por meia hora tentei enganar o universo fingindo que era o corpo dela reagindo e não eu trabalhando por ele. Eu tentei de fato com tudo o que eu sabia, podia e desejava. Eu tentei, mas nada foi capaz de trazê-la de volta.

- Não. Obrigada - digo baixinho.
- Imagine. Sei que uma madrugada como aquela interromperia a carreira de qualquer um, mas você não é qualquer um, Alma. Todos da cirurgia lamentaram sua saída até na mesa do café. - Ela sorri e parece que o quarto se ilumina.
- Agora entendo por que o Cadu sempre diz que você é uma pessoa especial. Elisa é sortuda por tê-la como melhor amiga.
- Sorte sua ter encontrado o Cadu.
- Concordo.

✼ ✼ ✼

Os primeiros passos que dou ao sair da sala de Carol são muito diferentes do que os que eu dei até aquele momento. Caminho mais leve, embora não menos triste. Triste? Seria esse o nome? Não sei... É algo entre tristeza, alívio e frustração.

Imaginei que ter certeza do que aconteceu naquele dia traria outro tipo de sentimento. Algo mais próximo de felicidade e também de satisfação. Sempre imaginei que eu esfregaria na cara de qualquer um a prova de que eu tinha feito tudo certo, mas agora isso me parece sem sentido. Ainda bem que fiz tudo direito, ainda bem que a morte da Fabiana não foi minha culpa. Contudo, ainda assim, ela morreu nas mãos da noiva de seu irmão e isso não deveria acontecer. Não está certo, mesmo que eu tenha feito tudo certo.

É tristeza, sim. Estou triste por tudo aquilo que a gente precisa aceitar porque não pode mudar.

Volto para a sala de espera pensando no Fernando. Eu entendo sua frustração, ele queria um culpado para odiar. É mais fácil aceitar a morte quando criamos um motivo para ela. Fulano morreu porque não recebeu atendimento, porque descobriu um câncer em estado já avançado ou porque o motorista que o atropelou estava bêbado e em alta velocidade. É mais fácil do que aceitar que as pessoas simplesmente morrem. Parece que desmerece o fato, o torna menor, mas é a realidade despida dos nossos mais profundos valores e sentimentos.

Quando finalmente a porta abre trazendo o médico responsável, praticamente salto em direção a ele. Mamãe me olha com estranheza, pois nunca me viu tão fora de controle. Não ligo. É aflição demais para eu pensar em conter minhas demonstrações afetivas.

– Como ele está? – despejo.

– Ótimo. Como é uma colega, deixo você vê-lo no pós-operatório, se quiser.

– Se eu quiser? Pode ser agora? – Sorrio.

– Claro. Acompanhe-me.

✹ ✹ ✹

 Enquanto Carlos Eduardo dorme, vigio cada movimento seu. Ele não acorda. O fim de tarde começa a virar noite e eu tenho um nó no peito como se estivesse escutando um violino incessante. Ele se mexe e eu me coloco ao lado de sua cama.
 Testemunhar sua respiração calma, seus cabelos escuros e rebeldes, sua pele com aquela cor de quem acabou de sair do sol, todos os desenhos do seu rosto... *Ah... Cadu! Eu andaria pelas mesmas pedras só para chegar até você.*
 Ele não acorda.
 Puxo a cadeira e me coloco ao seu lado. Encaro o oxímetro e vejo a linha de seu batimento cardíaco. Está tudo certo. Algumas pessoas demoram mais a voltar da anestesia. É normal, repito mentalmente. É normal... Mas meu coração continua batendo doído e há no ar algo mais pesado do que eu posso suportar.
 Ele não acorda.
 Desesperada, levanto, me aproximo e digo ao seu ouvido.
 – Ok, eu não acredito muito nessas coisas, mas eu não acreditava em tantas outras e tenho vivido todas elas com você. Então acabou a palhaçada, Cadu. Hora de acordar!
 Olhei pra ele e nada. Apertei a mão dele e nada. Fucei nos botões do oxímetro pra ver se aquilo estava funcionando direito e nada. Verifiquei o soro, a ficha e já estava me preparando para chutar a cadeira, quando ouvi alguém arranhar a garganta.
 – Parece que você está bem entediada – Cadu diz com voz fraca.
 Puxo todo o ar que há na sala e depois o solto devagar.
 – Até que enfim – desabafo.
 – Demorei?

– Ah, Cadu... Demais. E olha que eu nem sou de reclamar de atrasos.

Ele ri de leve e estende a mão. Seguro seus dedos e coloco meus lábios sobre os dele.

– Como está se sentindo?

– Com sono.

– Volte a dormir, já estou mais tranquila.

– Estava aflita, doutora, algo saiu errado?

– Estava, sim, mas minha aflição nada tem a ver com o lado doutora. Saiu tudo bem. Nada racional. – Sorrio.

– E o garoto?

– Está na UTI se recuperando.

– Bom... Muito bom – balbucia voltando a fechar os olhos.

– Obrigada por vir me acalmar.

– De nada – ele diz sem ter ideia do que estou falando ou sabendo exatamente do que se trata. Vai saber. Quem ousaria afirmar uma coisa ou outra? Eu não. Não mais.

24

Este silêncio é feito de agonias
E de luas enormes, irreais,
Dessas que espiam pelas gradarias
Nos Longos dormitórios de hospitais.

Mário Quintana, VII, in A rua dos cataventos.

Acordo cedo, ainda está escuro e o quarto vazio. Consigo me sentar sem maiores problemas. Algo fisga e dói com os movimentos do abdome, mas nada insuportável. Chamo a enfermeira e pergunto se posso me levantar. Ela afere minha pressão, me medica e me ajuda a ficar em pé.

– Sente alguma tontura?
– Nada.
– Dormir tantas horas lhe fez bem.

Arrisco um banho rápido e coloco o pijama que Alma trouxe. Não é bom, mas é melhor do que a camisola deprimente do hospital.

Sento na cadeira próxima à janela e encaro o céu pesado de nuvens. Tenho saudades da Serra, das casas de paredes e janelas coloridas, das ruas de paralelepípedos e do burburinho dos estudantes. Quero acertar tudo, voltar depressa e me casar com Alma. Estranho dizer, mas acho que finalmente encontrei o meu lugar e não é na cidade, no apartamento descolado e com a garota da revista. Meu lugar é atrás dos livros ou do balcão e ao lado da moça de jaleco.

Por um segundo, o futuro se concretiza em minha mente e sou capaz de ver Alma deitada no sofá amarelo de Samanta enquanto eu cozinho alguma coisa. Posso sentir o cheiro de verde que tem o lago, ouvir as músicas no volume máximo dentro do bar e ver a luz que entra pela janela do quarto se debruçando sobre cada curva do corpo dela. Eu vejo e sou feliz neste futuro.

Assim que abro os olhos, tentando voltar do meu devaneio, encontro Alma com aparência assustada. As imagens felizes planejadas e sonhadas esvaem feito fumaça no ar.

– O que aconteceu?

– Nada. Por quê? – ela disfarça.

– Porque eu te conheço, sei quando está preocupada.

– Sim, estou preocupada, mas isso não quer dizer que aconteceu alguma coisa.

– Ok, então, o que te preocupa? – insisto.

Ela prende os lábios, solta as mãos ao lado do corpo e passa os olhos pelo quarto rapidamente.

– O menino ainda não acordou – despeja.

– Ainda não? – estranho.

Ela nega balançando a cabeça.

– Quão mal isso é? Eu também demorei. Não é?

– Sim. É verdade. Pode não ser nada, mas... – vacila.

– Mas?

– Ele já devia ter acordado, Cadu.

– O que deu errado? – pergunto sobressaltado.

– Nada deu errado.

– Então por que ele está dormindo? O fígado não funcionou? – Sinto os olhos esquentarem.

– Funcionou.

– Aconteceu algum imprevisto na cirurgia?

– Foi uma cirurgia difícil, mas terminou bem.

– Então o que houve? – me descontrolo.

Alma fica em silêncio. Olhos arregalados, expressão firme e com postura ereta.

– Desculpe – tento contornar. – Sei que não é sua culpa.

– Não é culpa de ninguém. Há coisas que não possuem respostas por mais enlouquecedor que isso seja – diz convicta, mas com certa doçura.

Coloco minha cabeça entre as mãos e não sei o que dizer. Ela tem razão, mas há um precipício entre o que a gente pensa e o que a gente sente. Eu entendo, mas não aceito.

– Preciso ver esse garoto. Tenho que conversar com a Cristina – digo me levantando e acabo me desequilibrando por causa da dor.

Alma me apoia e me coloca de volta na poltrona.

– Agora o hospital está muito cheio. Eu conheço todo mundo daquela UTI, vou pedir para te deixarem entrar, mas terá que ser de madrugada. Agora só os pais podem entrar. – Não preciso dizer nada para que ela saiba o que estou pensando. – Eu sei, mas no papel há outro nome escrito, sinto muito – completa.

– Eu sei. Obrigado. – Afago seus cabelos.

– Agora, volte pra cama, descanse, se alimente direito para estar bem, ok? Amanhã provavelmente você terá alta.

Descansar? A única coisa em que consigo pensar é em como suportar tanta indefinição e impotência. Acabo me sentindo agitado, nervoso e impaciente.

Alma me examina e chama a enfermeira.

– Melhor chamar o médico. Ele está muito agitado, acho que precisa de medicação – ela diz baixinho, mas eu consigo ouvir.

– Não preciso de remédio – digo assim que ela volta para a cadeira posta ao lado da cama.

– Vamos ver o que o seu médico diz. Se não precisar, ele não indicará.

– Desculpe. – Noto minha própria aspereza.

– Pare de pedir desculpas, ok? – Ela afaga minha mão. – Eu entendo. Certo? Basta eu saber que você continua aí e passaremos por essa fase chata, preocupante e mal-humorada. – Tenta sorrir e volta a abrir a revista.

– O quanto isso tudo está te afetando? – digo abaixando a revista, encarando seus olhos.

– Não se preocupe com isso agora. Está tudo bem. Quando tudo passar a gente senta e faz uma discussão monstro por horas a fio que culminará em sexo no chuveiro. Pode ser? – Seu sorriso aumenta e eu pergunto se Alma sempre encontrará a saída para nossas tensões em suas tiradas sensualmente engraçadas. Desejo que sim.

O médico aparece e concorda com Alma. Preciso aceitar que o dia passará sem mim.

✻ ✻ ✻

Antes de voltar a abrir os olhos, sinto o perfume de Alma. A sala está sem a atmosfera de ar-condicionado e cheira a tempo, a vento. Ouço o virar de algumas páginas e a respiração cansada dela. Tremo as pálpebras e tenho dificuldade em focar a imagem. Enxergo sua silhueta embaçada, pisco algumas vezes e ela se levanta. Volto a descansar, sinto suas mãos pelos meus cabelos, seus lábios em minha testa e seguro sua mão.

– Pode dormir – ela sussurra.

Forço os olhos e a vejo bem próxima a mim.

– Chega de dormir – digo.

– Eu te levo – afirma com doçura.

O bom de estar com alguém que te compreende é que você não precisa se explicar ou argumentar demais. Alma não tentou me segurar por mais tempo na cama mesmo quando eu reclamei de dor ao me levantar, nem quando ela notou que eu ainda estava ligeiramente tonto por conta do remédio. Ela me colocou em uma cadeira de rodas, jogou uma coberta em minhas pernas e me empurrou por corredores e elevadores até chegar à porta da UTI.

– Você não vai poder ficar muito aqui porque ele está em recuperação intensiva, o que significa que há motivos sérios para que ele esteja isolado e não em um quarto comum recebendo visitas – Alma diz agachada, olhando nos meus olhos e escolhendo palavras quase didáticas para explicar.

– Tudo bem. Obrigado. – Beijo-a.

– Estarei aqui.

Uma enfermeira me empurra até o lado da cama em que o pequeno Leonardo dormia. Dormir não deveria ser preocupante. Ele parece calmo, respiração normal e aparência comum. Talvez ele precise de mais tempo para se recuperar. Nada mais.

– Olá, garotão. Você não me conhece. Na verdade, eu também não te conheço, mas eu queria que soubesse que eu faria qualquer coisa para você voltar logo para casa, para a escola e para o futebol. Será que você gosta de futebol? De repente, você prefere videogame.

Enterro a cabeça nas mãos. Não sei o que estou fazendo. O que eu quero com isso? Tento empurrar a cadeira de volta ao corredor. Estou desesperado por sentir tanta coisa e não poder expressar. Não posso abraçá-lo, não posso sequer ouvir a voz dele. Eu não sei nada sobre esse garoto e eu gostaria de entender por que eu o amo tanto.

Penso em Samanta falando sobre Alma como se conhecesse cada traço dela, como se o seu afeto fosse alimentado por carinhos e risadas. Ela falava com amor, mesmo sem nunca ter ouvido o som da voz de sua neta. De onde vêm nossos sentimentos e como alimentamos essas emoções inexplicáveis? Não tenho a resposta, mas sei que é possível, é real e totalmente subjetivo.

– Ele torce para o Flamengo, mas não liga muito para futebol. Ele gosta de videogame, mas seu passatempo predileto são jogos de tabuleiro e ler. Sim, ele é estranho... Como você.
– Ouço atrás de mim e me sobressalto.

– Cristina, eu precisava vê-lo – justifico a invasão.

– Está tudo bem. Sua namorada me sentou e me passou um sermão antes de eu entrar. Ela sabe ser persuasiva.

– Muito. – Acabo rindo.

– O que mais quer saber? – Ela se senta ao meu lado.

– O que ele gosta de ler?

Ela ri. Foi óbvio demais, eu sei.

– Um pouco de cada coisa. Quadrinhos... Também tem todos os livros do Ziraldo. Começou Harry Potter.

– Bom menino – sussurro.

– Ele não come muito bem, mas adora pipoca. É algo quase obsessivo. Ele passa muito tempo em casa, então gosta de televisão. Tem uma coleção de carrinhos e outra de robôs. Já não quer que eu compre camisetas de personagens e tênis coloridos demais. Ele quase não chora... Não reclama para fazer exames e nem para tomar injeções.

Cristina baixa os olhos e sei que está tentando controlar as lágrimas.

– Tenho medo o tempo todo, Cadu.

Ainda que eu fosse capaz de viver alguns séculos, jamais me esqueceria daquele silêncio. Poucos minutos em que o sofrimento de Cristina se misturou ao meu, deixando tudo suspenso e profundamente triste. Foi como ver cada lágrima se fazendo dentro de nós para depois se derrubar de nossos olhos, deixando toda a dor real, concreta, palpável.

Eu ainda pensava em algo consolador para dizer quando os monitores começaram a fazer um som estridente. Um barulho ensurdecedor de um apito insistente trouxe funcionários que nos arrancaram dali e outros que se colocaram em cima do garoto. A cena foi tão rápida e tão abrupta que quase não entendi. Quando dei por mim, já estava no corredor vendo Cristina desesperada aos prantos e Alma preocupada me encarando, dizendo coisas que eu não consigo ouvir, mas sei que não há um pequeno traço sorridente ou sensual nela dessa vez.

O médico sai com expressão de pesar e Alma fecha os olhos lentamente, abaixando o rosto. Não é preciso nenhuma palavra, nenhuma explicação, nada. Naquele segundo de vida, descobri inúmeros músculos, articulações e jeitos novos de sentir dor.

Cristina se lança contra o médico e tenta alcançar a porta. Alma me olha parecendo esperar por alguma reação que não posso corresponder. O ar começa a faltar. Outros funcionários tentam conter Cristina enfurecida e meu rosto se encharca de lágrimas de repente. Tudo em mim sofre. Meus olhos vendo aquela cena tão triste, minha cabeça contabilizando tudo o que não posso fazer mais e meu coração enlouquecido e insano. O coração não precisa de razão, ele dói por tudo o que ele sabe que sente e só.

Levanto com dificuldades e me aproximo da confusão. Procuro Cristina em meio ao tumulto e nossos olhares se cruzam, nossas dores se encontram e ela corre para os meus braços.

– Diz que não é verdade. Diz que ele vai poder terminar aquele livro e que eu ainda vou poder vê-lo deitado no sofá.

Diz que vou ter que brigar contigo para você não exigir o reconhecimento da paternidade. Diz, Edu. Diz que ele vai estar aqui amanhã.

Penso em tudo o que eu não vi e não tive dele. Eu não o segurei, não o vi andar e nem ler suas primeiras palavras. Ela não teria o futuro, não o veria com a beca da formatura, atrás do volante e de tantos outros livros, mas eu não tive nada. Eu não tive sequer um sorriso. Ela foi mãe dele por todos esses anos e sempre será. E eu? Eu não tenho sequer uma lembrança.

– Cris... Sinto tanto. – Foi o que consegui dizer, minha garganta fechou.

Nenhuma mãe deveria chorar a morte de um filho. Nenhuma criança deveria deixar a vida assim. Eu sofreria se aquele garoto fosse um desconhecido, um entre tantos que lotam os hospitais neste momento, um entre os casos que Alma atende diariamente porque não é justo conhecer o sofrimento tão cedo, não é justo trocar os parques por salas de exames e os brinquedos por soros sem fim. Mas este era pra ser o meu garoto, aquele que não pôde ser meu até agora, mas que eu arrumaria um jeito de fazer meu daqui pra frente. Eu daria um jeito...

Que inferno de recado é esse? Que porcaria de confusão é esta que a vida fez? Queria entender o motivo de eu descobrir um filho, dar um pedaço meu para ele viver e ainda assim tudo acabar em perda.

Cristina me abraça forte ignorando os médicos, Alma e seu marido. Ela chora copiosamente, enquanto minhas lágrimas molham seus cabelos. Nossos corações batem no mesmo compasso acelerado, dolorido e perdido. O calor da minha pele se mistura ao dela e a dor no meu abdome se espalha por todo o meu corpo.

Se existe uma razão para tudo isso, deve ser para que as coisas terminem como começaram: eu e ela, sabendo que não há futuro, mas envolvidos por este presente que, mesmo sem entender, nos une, nos transforma e só nós poderíamos viver.

Uma vez por achar que poderia ser amor.

Outra vez pela incomparável dor.

Simples e triste. Apenas isso.

Se eu pudesse evitar, eu o faria, mas escolhas não podem ser mudadas, aquela noite nos trouxe até aqui. Cristina e eu começamos a história de Leonardo juntos, então que eu testemunhe – e sinta, e sofra, e amargue – o fim. Que seja assim.

25

Um coração não cabe num só peito: Amor... Amor...

Mário Quintana, A canção da menina e moça, in Poesia Completa.

Minha mãe sempre me diz que não é porque uma coisa é difícil que espontaneamente deixamos de querê-la. Olhando Cadu inerte em sua cadeira de trabalho, vivo o conceito que ela me apresentou tanto tempo antes.

Há semanas enterramos o pequeno, entre dores que mal conseguimos explicar. Há semanas testemunhei Carlos Eduardo respirar cada lágrima sua e de Cristina. Eles ficaram de mãos dadas o tempo todo como se o sofrimento deles fosse uma unidade da qual ninguém mais fizesse parte. Eu entendi. Juro que dei dois passos para trás somente para permitir que eles vivessem livremente aquele luto tão doído. Respeitei a prerrogativa de ela ser a mãe e ele o pai, e por isso se sentirem conectados naquele momento. Lidei com o fato de ver o homem que criou o garoto chorando no canto da sala como se fosse um convidado naquela dor. Foi estranho, mas com um pouco de esforço, eu entendi.

O que eu não entendo é o isolamento em que ele se mantém. Cadu está quieto, e mesmo quando tento me aproximar, ele se fecha, se afasta. O telefone toca todos os dias no início da noite e eu o vejo conversar por quase uma hora com Cristina. Todos os dias têm sido assim. Dói, não vou mentir.

Tenho feito de tudo, até negociar horários decentes no hospital eu fiz. Tenho estado aqui todas as madrugadas. Tenho trazido comida que permanece nos pacotes, preparado banhos que esfriaram sem ninguém utilizá-los e quando ele se deita, eu fico quietinha ao seu lado. Vejo seu corpo tão próximo de mim e não consigo mais esticar a minha mão até ele. Estou tão perto e não o alcanço.

O telefone toca e ele atende. Levanto para ir me esconder no quarto e não ouvir mais essa conversa sussurrada e cúmplice que ele tem com outra, mas Cadu me avisa que é a Patrícia querendo falar comigo.

– Oi, Paty. Saudades de você.

– Como anda tudo por aí?

– Uma droga – sussurro.

– Ele ainda está calado?

– Está. Queria que ele chorasse, reclamasse de alguma coisa... Sei lá.

– Vai continuar na casa dele?

– Acho que vou pra minha hoje. Está tudo bem?

– Sim. Vi o marido da Claudinha buscando ela no antiquário hoje, ele levou flores – diz em tom de manha. Ela adora fazer graça.

Sorrimos. O casamento de Claudinha melhorou demais depois que ela começou a cuidar do antiquário. Na verdade, tudo está melhor na vida dela. Ela está mais segura, mais verdadeiramente feliz e radiante.

O antiquário tem vida agora, não é mais um amontoado de caixas, prateleiras e mesas lindas, antigas e propícias para primeiros beijos. Há lustres de cristal iluminando o teto, porcelanas portuguesas colorindo os aparadores, poltronas de tecidos brilhantes e espelhos de prata enriquecendo o espaço. Até as fotos de Samanta estão mais bonitas em novas molduras. Cláudia ressuscitou aquilo tudo e eu me sinto bem sempre que cruzo a minha porta azul e vejo tudo tão bem-cuidado. As coisas, as paredes e a ruiva sentada conversando ao telefone ou atendendo um cliente. Se minha passagem por Serra de Santa Cecília fosse somente para entregar o Antiquário para a Cláudia, já estaria satisfeita. Eles se fizeram um bem danado.

– Isso é bom – digo.

– Quando as coisas melhorarem a gente conversa. Fique tranquila.

– E se não melhorar, Paty? E se ele fugir de mim?

– Vai passar, Alminha. Vai sim.

– Não me chama assim, meu nome já é péssimo e você ainda consegue piorar? Basta a Cláudia e seus diminutivos – brinco.

– Esse é o espírito! Vamos manter a confiança. Vai passar... Tudo isso é um susto. Vem e vai.

– Está certo. Eu te ligo mais tarde quando estiver em casa.

– Combinado.

– Beijo na Luana.

O telefone volta a tocar e eu atendo imaginando o que a Patrícia se esqueceu de me dizer.

– Oi, bonita – atendo.

– Alô? O Edu está aí?

– Não. Posso ajudar? – digo sem pensar.

– Desculpe... Eu ligo depois.

– Não. Espere! Acho que ele está chegando – tento consertar.

Chamo por ele e entrego o telefone. Ainda ouço o início da conversa enquanto vou ao quarto recolher minhas roupas e nécessaire. Junto tudo, faço um bolo e desço as escadas meio em lágrimas, meio emburrada, meio enfurecida.

As coisas serem difíceis realmente não interferem em nosso querer, mas, às vezes, interferem em nossas ações. Continuo querendo Cadu. Muito, demais, enlouquecidamente! Olho a aliança e tenho vontade de voltar lá e tacar o telefone na parede, pular nele e beijá-lo até ele entender que é nos meus braços que está o seu descanso. Porém não é assim que funciona, ninguém quer o outro na marra, no desespero ou por disputa. Eu não precisei jogar para tê-lo, não faria isso para mantê-lo ao meu lado. Não mesmo.

Entro em casa, abro as janelas e jogo as coisas no lindo sofá da minha avó. Não sei como tudo continua intacto por aqui, mesmo eu vivendo diariamente entre os penduricalhos delicados e coloridos – antiguidades, quero dizer – da Samanta.

Vou para o quarto, doida por um banho e para trocar de roupa, mas vejo a mala de doações no meio do caminho. Procuro as horas e percebo que o bazar ainda está aberto.

Saio arrastando as coisas que separamos para o bazar beneficente da igreja e me dou conta de como eu me tornei parte daqui. Como os almoços ou cafés com as meninas, os sons do antiquário, os livros do Cadu, os alunos bêbados sendo empurrados para dentro dos táxis e até o hospital da cidade vizinha já são parte de mim. A verdade é que a gente não sabe qual é o nosso lugar até estar nele. Somente andando por essas ruas de pedra, percebo que eu fui feita para esta estrada, estes amigos, este amor e esta vida. Que loucura pensar que seu destino pode estar na última opção que você escolheria como cenário para o seu roteiro. Ainda bem que ninguém nos deixa escolher, provavelmente eu cruzaria o globo atrás de ilusões construídas ao longo da vida por conceitos de felicidade enlatados. Jamais sairia dos grandes centros e não olharia para ninguém que não usasse jaleco e fosse alguém tão competente a ponto de fazer idolatrá-lo. Tantas bobagens que eu considerava imprescindíveis. Amo Cadu sem jaleco, de óculos de leitura e todas as suas teorias literárias. Amo andar de noite arrastando uma mala para a caridade depois de ter conversado com uma prima ao telefone. Logo eu, que nunca fui boa em ter gente ao meu redor, fui arrumar uma vida com um grupo de melhores amigas de brinde.

Entrego as coisas e encurto a conversa o máximo que consigo. Caminho de volta sem pressa, apreciando o vento frio. Ao passar pela rodoviária, decido parar e me sentar em um dos bancos.

Recordo a sensação de ter os lábios formigando ao entrar no ônibus, de ter o cheiro do Cadu na minha blusa e de não conseguir aceitar não repetir aquele beijo. É tão simples perceber que encontramos alguém diferente, complicado é não se perder desta constatação.

Eu já estava me levantando para voltar para casa quando vi Cadu atravessando a rua correndo. Ele me alcançou e mal conseguia falar por conta da respiração acelerada.

– O que aconteceu? – digo assustada.

– O que está fazendo? – diz ofegante.

– Vim trazer a doação para o bazar e me distraí andando.

– Doação?

– Cadu, o que aconteceu pra você vir correndo até aqui? Tem alguém chegando? – Olho para as plataformas vazias com medo de imaginar que poderia ver Cristina desembarcando a qualquer momento.

– Chegando? Não, Alma. Eu vi você saindo, fui até o quarto e não encontrei suas coisas, depois bati na sua porta e você não atendeu. A vizinha disse que você tinha saído carregando uma mala.

– Pensou que eu estivesse indo embora?

– Sim e me desesperei. Não me lembrei da mala com as doações.

– Claro que não se lembrou, Cadu. Ultimamente você vive dentro de uma casca e só sai dela para conversar com a Cristina – desabafo.

– Pensei que entendesse.

– E entendo, mas e você, consegue me entender? Como eu fico no meio de tudo isso?

– Alma, ela fala do menino, me manda fotos, chora, não há nada de romântico nisso.

– Ela deveria ter feito isso há dez anos. Agora, não me parece compartilhar, soa mais como torturar.

– Não seja injusta.

– Injusta? – Sinto o rosto esquentar. – Certo, Cadu. O que você diria para a Alma que iria embora?

– Como é?

– Você veio correndo até aqui imaginando que eu estava de mala e cuia pronta pra te deixar pra trás sem nenhuma palavra de adeus. Então quero saber: o que veio fazer aqui?

– Vim dizer para você voltar.

– Só isso?

– Não. Eu vim dizer que eu sei que não está sendo fácil pra você também, mas que eu não faço ideia de como lidar com tudo isso. Sei que eu ando triste feito o inferno, me sinto culpado por ter engravidado a Cristina e toda vez que eu olho para a minha cicatriz, tenho vontade de gritar, porque parece que alguém decidiu que tudo com que me machuquei com esta história precisava, além de tudo, ficar exposto para eu não esquecer nem por um segundo.

Fico em silêncio. Tenho dó dele. Tenho raiva dele e nem sei direito onde começa uma coisa e termina a outra.

– Mas, quando eu olhei em volta e não te vi, enlouqueci de vez. Eu não vou aguentar tudo isso se você não estiver por perto – continuou.

– Você nem parece me enxergar nesses últimos dias. Eu virei um fantasma, um que ninguém nota.

– Eu enxergo. Vejo seus olhares preocupados, sua vontade em ajudar, seu empenho em me manter confortável, sua paciência com os telefonemas... Eu vejo e agradeço.

– Não quero seu agradecimento.

– Então diz o que você quer. Diz, Alma. Eu faço – oferece com carinho.

– Eu quero me deitar ao seu lado, perto de você, e ver que você continua ali. Mesmo triste, mesmo remendado, mesmo sem saber o que fazer. Quero ter certeza de que você está aqui e que me quer no mesmo lugar que você.

Cadu se aproxima e me olha como há tempos não fazia. Ele passa as mãos pela minha nuca e me beija como nunca fez antes. Foi um beijo doído. Lento. Forte. Com lágrimas.

– Eu estou aqui, não como antes, mas sentindo a mesma coisa.

– Então eu não vou a lugar nenhum.

– Casa comigo? – ele diz, segurando meu rosto.

– Como é?

– Casa comigo – afirmou dessa vez.

– A gente tem que parar com as cenas românticas misturadas às de drama. Não deve ser muito saudável – brinco.

– Seria fácil decidir ficar se algum de nós tivesse ganhado na loteria – ele diz sorrindo, mas o conceito é bem mais profundo do que o nosso tom ameno demonstra.

— Acho que já disse sim antes – digo, olhando fixamente para ele.

— Agora. Quero dizer, amanhã...

— Não é assim. Acho que não é assim. Tem o tempo dos papéis – digo confusa.

— Casa comigo assim que o cartório disser que podemos assinar o maldito papel?

— Não precisa dizer isso. Por que está falando isso agora?

— Porque eu quero, Alma. E porque eu ainda posso. Sempre penso nisso quando estou contigo. Eu te quero e posso te dizer que não suporto te perder. Não posso dar à Cristina o que acho que ela merecia, não posso fazer nada além do que tentei fazer. Eu queria muito o Léo vivo para ter a chance de fazer ele me amar, de sermos amigos e de eu poder vê-lo crescer feliz. Eu queria muito que o meu telefone tocasse para ele me contar sobre uma prova, algo caro que ele queria comprar ou uma gatinha que mexeu com o coração dele. Eu não queria ter que ouvir a voz chorosa de sua mãe em vez disso. Mas nada disso é possível, Alma. Nem tudo o que a gente quer é possível. Mas você... Ah... Você ainda está aqui, você ainda é possível pra mim. Volta, fica e casa comigo.

Fico inerte absorvendo tudo o que ele diz. Temos raros momentos de revelação na vida e este certamente é um deles.

— Mas se quiser, se puder, amor – ele insiste preenchendo o meu silêncio.

— Eu quero. - Movo os lábios, mas o som não sai.

Meus olhos ficam seguros nos dele até a luz da noite se misturar ao brilho de sua retina. Cadu está quase febril. Não é simples, não é fácil, mas o querer é irracional, lembra-se? Só pulsa, impulsiona e nos joga no abismo. O querer só quer e não precisa de justificativa, de razões ou lógica. Só quer. E eu quero.

– Consegue acreditar que arrumaremos um jeito de dar certo mesmo com essa bagagem toda que acabei de trazer para a nossa vida? – Há muita dor na voz de Cadu neste momento.

Vai ser difícil. Vai ser difícil, lateja em meu cérebro.

Afirmo com a cabeça, com os olhos e os lábios.

Respiro fundo e todos os meus sentimentos se encaixam. Nós ainda estamos aqui, o céu ainda brilha sobre nós e, entre tudo o que não pode ser mudado e tudo aquilo que insiste em ser igual, ainda há o sentimento que sempre nos faz voltar.

– Casa comigo? – Há muito amor em sua voz neste momento.

– Eu... Posso. – Ainda tenho esperança em mim.

26

Entre os Loucos, os Mortos e as Crianças,
É lá que eu canto, numa eterna ronda,
Nossos comuns desejos e esperanças!

Mário Quintana, Soneto V, in Poesia Completa.

Levantar e fazer a vida acontecer quando estamos animados, envolvidos em projetos de sucesso e com acontecimentos felizes na bagagem é fácil. É simples sair da cama quando você mal consegue esperar pelo dia amanhecer. Complicado é você ensaiar um sorriso mentalmente, respirar fundo e permanecer de olhos fechados, tentando trapacear, fingindo dormir para adiar a vida. Difícil é seguir com a rotina quando se tem vontade de voltar a dormir por mais quinze minutos, dias, meses.

Foi nesse clima de *preciso superar* que passei a seguir em frente. Estou empenhado em arrumar um lugar para enterrar o fato mais triste da minha vida e sair do luto para viver plenamente a alegria de me casar com Alma.

Ela ficou. Ela entende. Quão privilegiado sou por ter alguém tão completamente ao meu lado neste momento sem cor? Reconheço que, trazendo Alma para o meu presente, a vida arrumou um jeito de me fazer passar por tudo isso sem me entregar à tristeza e à angústia do não entender. É cruel viver certas coisas sem termos um manual explicativo. Aceitamos fases ruins porque, no fundo, reconhecemos o fruto bom que sobrará no futuro.

O problema é que nem sempre compreendemos os nossos sofrimentos emocionais, e suas consequências nem sempre são positivas. É difícil aceitar que doeu de graça.

Ao longo da semana, Alma e eu fomos ao cartório e demos entrada nos papéis para oficializar o que já existe na prática. Passamos algumas horas pensando onde moraríamos e o que faríamos com a casa sobressalente. Tentamos traçar um plano para o futuro e decidir se faríamos ou não uma festa, mas a verdade é que não conseguimos definir nada. Talvez assinemos os papéis e voltemos para casa, qualquer uma das duas. Tanto faz.

Confesso que já desejei um casamento grande, cheio de amigos e com uma cerimônia tradicional. Acho que sou antiquado, mas um dia marcante para celebrar o encontro com a pessoa que você escolheu para ser sua parceira para a vida sempre me pareceu o lógico. Contudo, não consigo ter uma ideia brilhante, uma que surja naturalmente e que condiga com o tamanho do que sinto por ela.

Alma merecia o Cadu que existia antes da Elisa e um casamento antes do que eu passei com o Léo. Ela merecia uma grande festa surpresa, com música e flores, que eu lhe oferecesse os votos mais bonitos e o sim mais empolgado. Não há dúvidas que Alma merece o sonho, mas eu estou atolado de realidade neste momento.

Felizmente, quando não estamos nos eixos, recebemos reforços. No meu caso, um time inteiro de mulheres entrou no bar pisando duro e cheio de olhares inquisidores.

– O que eu fiz? – digo, largando o pano que eu usava para secar alguns copos.

– Que história é essa de não estar no clima pra comemorar? – cobra Cláudia.

– Se não está se sentindo bem, pra que dar entrada nos papéis do casamento, Cadu? – despeja Lúcia.

– Olha aqui, entendemos a porcaria de momento em que você está. Eu entendo, elas entendem e Alma também. Nós sabemos que você é um cara legal e que não precisava passar por essa tristeza toda, mas a Alma não merece um casamento deprimente. Vocês não conseguiram definir nem onde vão morar. Cadu, honestamente, se você não está pronto para esse passo, converse com ela – Patrícia diz e Raquel concorda dizendo um *"exatamente"* inexpressivo.

– Quem disse que o nosso casamento está deprimente? – tento ganhar tempo e procurar uma justificativa boa o suficiente para me defender.

– Eu estou dizendo – Patrícia confirma.

– Nós estamos – Cláudia endossa.

– Não é nada disso, meninas. Estou sem boas ideias. Não queremos fazer estardalhaço, o casamento é uma coisa nossa. Um voto de confiança em nosso relacionamento. Só isso.

– Todo casamento é isso, Cadu.

– Eu sei, Luciana. Então que diferença faz se vai ter festa ou não?

– E quem falou em festa? Pelo visto essa conversa será mais difícil do que eu imaginava. Ô pessoa difícil.

– Patrícia, você sabe que eu sou louco por ela. Não bufa assim – reclamo.

– Sei, mas será que ela ainda sabe? Você não pode fazer deste momento uma formalidade. Você não precisa de uma formalidade, Cadu. Nem a Alma. Do que vocês precisam?

No passado, foi a Patrícia que me fez refletir até notar que Alma tinha algo especial para mim, e hoje foi ela que me fez perceber que, às vezes, o que a gente sente não tem o mesmo valor quando está trancado dentro de nós. Não podemos viver acreditando que o outro sabe que é amado, mesmo quando não gastamos tempo demonstrando isso. Pela primeira vez, penso em Alma presa dentro do relacionamento morno que o nosso virou nos últimos tempos e no fato de que ela não contribui em nada para esta derrocada, pelo contrário, ela se manteve firme, presente e doce este tempo todo. Penso nas noites quentes que tínhamos, nas risadas que dávamos e no jeito que costumávamos nos olhar. Eu não posso perder isso e sei que preciso fazer mais para não deixá-la esquecer de que somos especiais. Não posso *me* esquecer disso.

– Ok, vocês estão certas. Já sei o que vou fazer, mas vou precisar de ajuda – declaro.

– Qualquer coisa. Diz o que precisa e eu saberei pra quem eu tenho que ligar – Raquel diz, pegando o celular e todo mundo a olha com expressão de espanto. – O que foi? Eu também sou parte desse grupo esquisito, não sou? Então vou ajudar – continua.

Cláudia bateu palmas e todo mundo começou a rir. Serra de Santa Cecília me ensinou que amizade não precisa de razão, precisa de disposição em existir. Raquel é a pessoa mais fria e distante das que conheci aqui, mas até ela compreende e aceita que um amigo precisando de reforços é um amigo precisando do melhor que você consegue ser.

✼ ✼ ✼

Duas semanas depois, no dia mais frio do ano, Alma e eu nos casamos no civil. Ela usou um vestido feito com tecido do antigo vestido de noiva de sua avó. O dela era um de modelo simples e justo, nada das saias longas repletas de babados tradicionais, mas suas amigas – mesmo sem as ilusões e solteirice necessárias – escreveram seus nomes na barra, não para manter o costume ou para serem as próximas a se casar, e sim para deixá-lo especial.

Sei disso porque, após fazer amor comigo, ela se vestiu na minha frente, dizendo que sua mãe chegaria a qualquer momento. Sem segredos ou grandes rituais, Alma se levantou, tomou banho, secou o próprio cabelo, se pintou, se vestiu e me ajudou com a gravata. Somente nós, sem alarde.

Nós assinamos os papéis entre as garotas, a mãe de Alma e meus pais. Quinze minutos e estávamos casados. Não deu tempo nem de dizer que eu a amava. Nós nos olhamos e sorrimos. Ainda bem que eu havia planejado algo. Ficaria imensamente frustrado em dar a ela uma caneta emprestada e um papel para assinar.

No meio do caminho, indo para o carro, fingi que havia esquecido um presente que comprei para Alma e disse que iria buscá-lo antes de irmos à casa de Cláudia, onde supostamente jantaríamos para comemorar. Deixei um bilhete com a Patrícia para que entregasse à Alma alguns minutos depois de eu ter saído. Tentei escrever algo incrível, mas não consegui expressar tudo o que queria. Palavras são difíceis. É mais difícil explicar do que sentir. Acabei dizendo:

> *Minha Alma,*
> *Eu seria feliz por apenas merecer seus beijos, mas você consegue me dar muito mais do que isso.*
> *Você é minha melhor amiga, minha risada no fim do dia e a paciência que eu nem sabia que você tinha. Você conhece os meus segredos e me permite viver os seus.*

> *Você é a dona da regata mais sensual que conheço, dos palavrões mais bem colocados que já ouvi e da tatuagem mais bonita de que eu já tive notícia.*
>
> *Estou te esperando onde tudo começou para começarmos de novo.*
> *Venha.*
> *Seu Cadu.*

Alguns minutos além do que eu esperava, vejo Alma em seu vestido repleto de história chegando com ar cansado. Dou risada ao vê-la caminhando em minha direção ajeitando o casaco, com ares de dúvida e, depois, vendo sua expressão se transformar lentamente em surpresa ao me encontrar em frente ao lago, com mesas decoradas, lâmpadas pendentes e a banda, que começou a tocar assim que a viu. Alma parou de andar ao ouvir os primeiros acordes e ficou longos segundos encarando cada detalhe, tendo os lábios entreabertos de susto.

Ela permanece parada a alguns passos de distância e eu espero seus olhos caminharem por todos os cantos até repousarem em mim. Caminho até ficar bem próximo a ela, mas não a toco. Há uma emoção quase palpável entre nós.

– Desculpe a demora, mas eu fui a dois lugares antes de entender que o lugar era aqui. Além disso, sou sedentária, você podia ter mandado uma carruagem, príncipe.

Quase gargalho balançando a cabeça. Alma é impossível.

– Foi aqui que a gente se conheceu. Eu estava escapando para comer alguma coisa em paz e você estava com a barra da calça dobrada, descalça, com os pés na água. Foi aqui que tudo começou pra mim, no momento em que a vida te colocou no mesmo caminho que o meu.

– Você está gastando todo o romantismo de uma única vez. Vou ficar mal-acostumada e você não vai ter nem uma frase pequena guardada pra me dizer depois – graceja como o usual, como eu usualmente amo.

– Ainda não terminei – digo, enfim, ultrapassando a densa barreira emocional que nos cerca, colocando minhas mãos por dentro do casaco, sobre sua cintura.

– Uh! Não? – Ela cruza as mãos no meu pescoço.

– Não.

Alma se ajeita como se estivesse se preparando para ouvir um grande pronunciamento. Estreito meus braços ao redor dela, aproximo meus lábios de sua orelha e sussurro:

– Tenho mais duas coisas pra te dizer hoje. A primeira é um fato e a segunda, uma promessa.

Um suspiro escapa de seus lábios e eu fico feliz em sentir o calor que ainda existe entre nós.

– Eu te amo. E esse é o fato.

Ela sorri. Eu sorrio. Tudo em volta sorri.

– Sempre vou me lembrar do que senti quando te vi pela primeira vez, quando te beijei pela primeira vez, quando te amei pela primeira vez. Toda vez que eu perceber que, de alguma forma, estamos estragando tudo, vou me lembrar do que eu senti quando descobri que temos a mesma tatuagem. Porque cada vez que descobri algo novo contigo, tive certeza de que você é a minha garota. Vamos sempre começar de novo só pra garantir que não vai ter fim, Alma. E isso é uma promessa.

Ela chora baixinho. Eu choro baixinho. Tudo silencia e paralisa pra gente poder sentir aquela imensidão toda.

Antes que pudéssemos dizer mais alguma coisa, os convidados começaram a chegar. Meus colegas da universidade, as garotas da irmandade que me ajudaram a organizar a festa, os funcionários do bar, nossos pais, os alunos mais próximos e até a Carol, que veio de São Paulo com o marido e a pequena Isabel, que já não é mais tão pequena assim.

– Estou tão feliz em te ver neste momento, Cadu. Você merece! Tão bom testemunhar mais um encontro especial. Quão raro é isso, meu amigo?

– Quando falar com ela novamente, diga que agora eu entendo – confidencio.

– Digo. – Carol sorri.

Abraçamo-nos e intimamente compreendo que Elisa não fez nada diferente do que eu faria se a vida tivesse me distanciado de Alma e, depois, me permitisse tê-la de volta. Eu não pensaria duas vezes. Eu a entendo, quem já se perdeu de amor entende.

Eu e Alma passamos a maior parte da festa observando o fim de tarde virar noite, apreciando a banda tocar as músicas que testemunharam grande parte de nossas vidas, e sorrindo como se os músculos do nosso rosto estivessem congelados pelo frio ou pela exacerbada alegria. Ela, sentada em meus joelhos, cantarolando, segurando meus dedos e sorrindo é a visão que eu queria deste dia. Nada mais.

Um a um, todos começaram a ir embora, deixando seus votos de felicidade e desejos de que a vida seja amigável conosco.

– Alma, nós já vamos – as amigas disseram quase em uníssono.

– Obrigada, meninas. Tudo estava tão lindo!

– Menos esse seu casaco velho, né, Alma? Onde você arrumou isso? – Patrícia debocha.

– É da Samanta, e não é velho, é vintage, ok? Não estou certa, Claudinha? – Todas riem. – Um último brinde, meninas. Por favor.

Chamo o garçom e cada uma delas pega uma taça. Dou um passo para trás para permitir que elas tenham aquele momento entre amigas. Cada uma delas diz algo enquanto Alma sorri como não me lembro de ter visto antes; é um sorriso quase infantil de tão largo e brilhante. Depois, elas levantaram as taças para o alto e as esvaziaram de uma única vez. Menos Patrícia, que segurou a sua encarando as amigas de um jeito quase nostálgico. Elas se abraçaram e Alma enfia as mãos no bolso, reclamando do frio.

Vejo seus dedos retirarem um envelope de dentro do bolso. Um envelope repleto de carimbos, ligeiramente amassado e estranhamente lacrado. Vejo Alma cravar os olhos na taça ainda cheia nas mãos de Patrícia e depois as duas se encontrarem em meio a uma lágrima.

Algumas coisas não precisam de explicação, nós as sentimos. Isso vale para o que há de mais bonito, raro e bom como o que existe entre mim e Alma, e vale também para esse mal presságio que pousou sobre nós.

Alma me olha já sem seu iluminado sorriso. Eu queria lhe dar um sonho, queria que nós estivéssemos em um conto de fadas no qual o *felizes para sempre* é inevitável. No entanto, de alguma maneira, sei que não importa o que um envelope e uma taça cheia escondem, não vai ser bom.

27

Sem mais cuidados na terra,
Preguei meus olhos no Céu.
E o meu quarto, pela noite
Imensa e triste, navega...
Deito-me ao fundo do barco,
Sob os silêncios do Céu.

Mário Quintana, Canção da Janela Aberta, in Poesia Completa.

Quando chegamos à casa de Samanta, que virou minha casa e há um tempo chamamos de nossa, tive vontade de ligar para a Patrícia, ler imediatamente a carta que encontrei no bolso do casaco de minha avó e descobrir se aquele aperto no meu peito era somente um péssimo palpite ou a verdade se anunciando em formato de premonição. Eu poderia ter feito tudo isso de uma vez, mas merecíamos mais do que isso. Não me pareceu certo interromper o momento mais bonito que eu jamais seria capaz de supor que viveria.

Somente por desejar prolongar nosso ápice de pura fantasia, peguei Cadu pelas mãos e, sem nada dizer, o levei para o quarto. Inspirada por todo o amor que eu vislumbrei em seus olhos enquanto ele falava sobre fatos e promessas, eu o coloquei sentado na ponta da cama, acendi as velas espalhadas pelo quarto e tirei o meu vestido. Ele se preocupou em tornar inesquecível o dia de nosso casamento, eu trataria de fazer o mesmo com a noite.

Sempre me lembrarei da quietude e mansidão que testemunharam minhas mãos afrouxando sua gravata, meus lábios desvendando sua pele e meu corpo procurando o dele. Nada ousou perturbar aquele momento. Até os grilos se calaram, nem um pequeno e costumeiro criquilar interrompeu o silêncio puro, profundo e sincero.

O quarto parecia pertencer a outra dimensão, enquanto eu o despia sem conseguir tirar meus olhos dos dele. Sempre houve um forte magnetismo entre nós, e isso sempre nos fez avançar um no outro como se o mundo estivesse prestes a desmoronar. Contudo, naquela noite, o nosso magnetismo nos jogou para um mar tranquilo, calmo e profundo.

Enquanto o corpo dele permanece unido ao meu, os meus sentidos ligados aos dele e o silêncio passou a ceder espaço aos nossos gemidos e pequenas declarações, eu o vejo por inteiro. Por fora, por dentro. Tudo o que ele gostaria de ser e tudo o que ele já é.

O peso do corpo dele sobre o meu, a falta de urgência em seus movimentos e o jeito que ele me observa sem reservas me causam um prazer dobrado, e sou capaz de ouvir anjos cantando dentro da minha cabeça naquela hora intensa, quase surreal.

Será que uma sensação tão física é capaz de transcender o corpo e virar algo espiritual? Se nossas mãos são capazes de pequenos milagres, talvez o resto do corpo também seja capaz de descobrir caminhos além da carne. Com Cadu, arrisco que sim.

Seria possível a gente se encontrar tantas vezes com a mesma pessoa e redescobrir o amor a cada dia? Eu não sei, mas na primeira noite que tivemos depois de casados, foi como se eu nunca tivesse me deitado com ele antes, e eu pude sentir de novo a magia de ver cada partícula do meu corpo queimar sob sua pele.

Talvez eu apenas goste da ideia de renovação, ou talvez os nossos sinceros e fortes desejos sejam suficientes para fazer as coisas parecerem reais. Não importa. Aquele dia, seguido daquela noite, foi capaz de nos trazer de volta ao campo inabalável. Voltamos a alimentar a ternura, a exorcizar os medos, a chorar as angústias e a dividir o peso.

O prazer que meu corpo sente quando tocado pelo dele transcende a pele, toca minha alma e preenche meu coração. Alimenta a minha vida.

❈ ❈ ❈

Acredito que nossa existência seja um monte de peças que, de perto, parecem espalhadas aleatoriamente, mas que de longe seja um enorme quebra-cabeça lindamente montado e organizado. Juras de amor não são ilusões para semear mentiras, isso acontece quando as palavras são premeditadas ou proferidas com intenção de obter algum ganho. Juras de amor podem ser como preces desejosas de concretização. São palavras inspiradas pelo desejo de que alguma força do Universo contribua para que não tenha sido em vão o esforço da vida – ou a simplicidade do acaso – em unir duas pessoas.

Quando levei Patrícia ao hospital para fazer alguns exames, foi nos olhos de Cadu, em meio ao vento frio que vinha do lago, que me agarrei. Quando vários pontos se acenderam na tomografia da minha amiga, foi na luz das estrelas no nosso céu que pensei. Precisei balancear cada má notícia com um momento valioso para continuar acreditando que a vida valia a pena e confesso que, mesmo assim, quase não funcionou.

Tentei disfarçar meu desolamento. Disse que enviaria os exames para a Carol, que é especialista, e que depois diria os resultados, mas Patrícia não se permite se esconder em ilusões, ela sempre enfrentou tudo, jamais aceitaria meu convite a escapar da verdade, nem que fosse por alguns dias.

– Você é minha amiga. Confio em você, Alma. Não pode esconder nada de mim. Eu preciso saber.

Eu a abracei e nós choramos juntas. Foi toda a verdade que consegui oferecer naquele momento.

Patrícia descobriu um pequeno caroço no seio, fez exames e quimioterapia sem dizer nada a ninguém. No dia em que eu notei que ela não havia tocado em seu champanhe, me lembrei de todas as vezes que ela iniciava uma conversa, mas não concluía por notar que eu estava com problemas com Cadu. Lembrei-me de que eu estranhei sua aparência abatida algumas vezes, mas não consegui dar atenção à minha constatação por ter inúmeras outras coisas em minha cabeça. Cogitei uma gravidez, mas seu semblante, ao encontrar o meu ao final de nosso brinde, denunciou que era algo ruim. Meu coração deu um nó.

Na manhã seguinte ao casamento, peguei o carro de Cadu e fui até a casa dela. Luana estava dormindo e eu não precisei perguntar nada. Patrícia despejou tudo de uma vez e eu garanti que faria o que pudesse. E fiz, mas não é o suficiente.

Foi com tristeza e sentimento de derrota que a acompanhei ao médico responsável pelo seu caso. Foi aos prantos que conversei com a Carolina e ouvi o mesmo diagnóstico: metástase em vários órgãos. Inoperável. Seis meses a um ano de expectativa de vida.

Confesso que tive um ataque de nervos, cheguei a quebrar um dos pratos de porcelana que ficam pendurados na parede.

Odiei a medicina por fazer tão pouco, odiei a vida por ser tão cruel e odiei Deus ou a possível inexistência dele. Cadu se sentou no chão comigo e me segurou até eu conseguir me conter. Não era justo, mas nunca ninguém me prometeu que seria.

Os meses passaram e a Patrícia piorou a olhos vistos. Ela começou a sentir dores e eu a tratei com todo o carinho e conhecimento que tenho. Tentei interná-la, mas ela quis ajudar a filha a estudar para as provas finais.

– Ainda não – ela dizia.

Quis acertar as contas da loja, vender o carro e doar muitas de suas roupas. Eu queria que ela ficasse confortável, mas ela precisava planejar a vida da filha sem ela e eu penava em ver tamanho amor, tamanha dor.

– Ainda não – ela dizia e o meu coração se encolhia.

Após a apresentação final do ano letivo, após ver sua filha recitar um poema, após tirar fotos com ela, sorrir e falar alto sobre seu orgulho, ela segurou minha mão e disse que eu podia levá-la. Ela mal conseguia se manter em pé, mas se mantinha erguida por Luana.

Ainda não, meu coração implorou por mais um tempinho.

Cláudia, Lúcia, Raquel e eu nos sentamos ao redor da cama em que Patrícia dormia. Era quase meia-noite e nós estávamos ali porque eu trabalho no hospital e evitei que fôssemos expulsas ao término do horário de visitas. O ar da sala estava denso, triste, quase fúnebre.

Patrícia se moveu e abriu os olhos, nos fazendo sobressaltar da cadeira. Levantei-me, examinei-a e perguntei se estava confortável.

– Estou, sim – ela disse com voz rouca.

– Quer alguma coisa? – insisti.

– Quero que você fique de olho na Luana. Ela vai precisar de uma tia descolada. Você sabe que a minha mãe é careta, ranzinza e também não é muito boa em criar garotas, olha pra mim.

– Não há nada de errado com você.

– Qual é... Você sabe que eu não sou exemplo pra ninguém.

– Claro que é. Você é forte, decidida, boa amiga e excelente mãe. Você é incrível.

– Eu sou uma solteirona que ainda é apaixonada pelo pai da filha com o qual ainda tinha encontros esporádicos até começar a morrer de câncer. Eu fingi a vida toda que não me importava de não ter o nome dele na certidão de nascimento da Luana e por isso nunca cobrei que ele a reconhecesse. Mas, na verdade, eu não queria ser um problema na vida dele porque me sentia culpada em ter me envolvido com um homem casado. No fim, eu penso como toda cabeça mesquinha e retrógrada desta cidade. Eu achei que eu não tinha o direito – desabafa amargamente.

Ficamos em silêncio por alguns segundos sem saber como lidar com aquela declaração. Eu estava prestes a dizer que ela teve a vida que escolheu ter e esse é o principal direito de qualquer pessoa, mas não tive tempo.

– Eu tenho um amante – diz Raquel, fazendo todos os pescoços da sala virar em direção a ela. – Vários homens mantêm seus casamentos assim. Por que eu não posso?

– Por que não se separa, se seu casamento não é bom? – Patrícia diz.

– Quem disse que meu casamento não é bom? Não é o suficiente. Meu marido foge da vida familiar que lhe parece tão entediante. Ele se esconde no trabalho e em tarefas inadiáveis, mas quando está em casa, é ótimo. Viajo algumas vezes por ano, passo alguns dias com um jovem viril capaz de me dizer obscenidades e volto para casa revigorada. É a cota de romance de que preciso para tocar a minha vida quase sempre solitária. Estamos bem. Continuaremos bem.

Fico muda. Não sei o que dizer ou pensar. Sempre soube que felicidade não seria uma ideia razoável se fosse baseada em um modelo padrão. Sei que as pessoas são diferentes, precisam de coisas diferentes e aceitam coisas diferentes. O que eu jamais faria pode ser trivial para alguém. Não me importo, não julgo, mas confesso que a postura polida e quase matrona de Raquel não combina com aquela declaração. Fiquei surpresa.

– Eu não transo há quatro meses – Luciana balbucia.

– O quê?! – Cláudia quase grita e, depois, se autocensura colocando os dedos sobre os lábios se desculpando. Patrícia ri.

– Pois é. Deprimente, eu sei. Começamos a fazer terapia de casal. Vamos ver se dá certo. Não estou muito esperançosa, mas aceitei como última chance.

– Mas vocês são tão lindos, e sarados e bronzeados... Pensei que... Desculpe, é que eu não entendo – diz Cláudia.

Luciana dá de ombros e não parece se importar com o assombro de Cláudia ou com a situação em si. Penso em uma conversa que tive com Cadu ao terminar de ler um romance narrado pela primeira esposa de Charles Dickens. Indignada, lamentei a mocinha ter vivido em função do fato de ter sido a primeira esposa dele.

Conto esta história para que todos saibam que um dia ele me amou, ela justifica, como se a única coisa importante de toda a sua existência fosse ter sido o alvo do amor temporário do homem que depois a desprezou pelo resto da vida.

– Felicidade é um conceito flutuante – Cadu respondeu encerrando a conversa e iniciando uma reflexão tão longa que permanece até agora enquanto vejo tantos modos de viver uma única vida. Tantos jeitos de sorrir as alegrias e chorar as mazelas. Cada um se prende ao que lhe parece mais sólido, mais seguro ou suportável.

Instintivamente olhamos para Cláudia à espera de novas revelações bombásticas e ela piscou algumas vezes naquele tique nervoso agitado tão inerente a ela.

– Desculpe, mas eu estou feliz – diz constrangida.

Todas gargalhamos. Rimos de nervoso, por graça e desolação. Rimos por cansaço em chorar.

Ao término dos risos, Cláudia voltou a falar:

– Pra dizer a verdade, estamos tão bem que estou grávida de novo. Fiquei em dúvida se contava ou não porque... Ah! Vocês devem imaginar.

Patrícia abriu os braços e Cláudia se jogou entre eles. Ela chorou muito. Chorou tanto que seu soluço ecoou pelos corredores. As lágrimas voltaram substituindo o riso e provando que não há cansaço para a dor de ver partir quem amamos. Não cessa, mesmo quando o ar em volta perde o peso, mesmo com os risos e a cumplicidade. A dor não cessa.

– Como vou fazer sem você? – perguntou em desespero.

– Você vai ficar bem. Todo mundo vai ficar bem.

Todas se juntaram àquele abraço e pela primeira – e última – vez fomos o clã, a irmandade, o grupo inteiro, completo e cúmplice.

Enquanto nossos corações tentavam se acostumar com as confissões e com a iminente perda, uma única frase daquela última carta queimava em minhas têmporas:

Devia ser diferente, mas é no momento da morte que a gente resolve acertar a vida ou a vida resolve acertar a gente.

Parece que sim.

28

Umas vezes passa uma avalanche
e não morre uma mosca...
Outras vezes senta uma mosca
e desaba uma cidade.

Mário Quintana, Epílogo, in Poesia Completa.

Quando temos alguém na situação em que Patrícia estava, qualquer mudança no vento, uma porta que bate ou um telefone que toca lhe causa um susto. Após o dia em que as meninas passaram a noite com Patrícia, ela não voltou a ficar consciente. Não houve piora nem melhora. Manteve-se estável e ausente. Talvez seja preciso se desligar das pessoas, do mundo e de tudo que você ama antes de conseguir ir embora de vez. Quem sabe seja preciso não mirar os olhos de quem amamos para que nosso espírito tenha coragem de partir. Foi assim com o Léo, foi assim com a nossa amiga falante, sorridente e lutadora.

Não foi preciso uma pergunta sequer. Alma subiu as escadas como se estivesse carregando o mundo todo nas costas. Ela não chegou tirando a roupa e jogando a bolsa no meio do caminho. Nenhuma palavra foi dita. Nenhuma explicação. Alma andou levemente até mim e me abraçou como um gato que procura aconchego.

– Sinto muito. – Foi o que eu consegui dizer.
Ela chorou.
Muito.
Chorou até eu ficar preocupado, sentá-la no sofá e lhe entregar um copo com água que ficou esquecido entre seus dedos trêmulos.
– A vida é uma grande porcaria. Qual é o sentido? Qual o motivo da Cristina ficar sem o filho e a Luana sem a mãe? – disse entre soluços.
Não consegui responder. Eu também não entendo. Quem entende?
Despedidas são sempre muito parecidas. Há dor, há lamento e um tipo de saudade próprio do momento da morte. Aquela saudade projetada. A pessoa acabou de partir, mas o fato da partida ser definitiva planta em nosso peito uma saudade enraizada, difícil e eterna. Não ter uma data para o próximo encontro é o pior tipo de saudade que existe e você sabe que não importa quanto tempo passe, ela ainda estará presente.
A despedida de Patrícia teve todas essas coisas, mas teve algo diferente de todas as cerimônias funerárias que presenciei. Vi muito carinho, muito abraço e alguns sorrisos entre as lágrimas. Um clima de amizade, respeito e afeto circulava entre a atmosfera de tristeza. Todos estavam infelizes com a morte prematura e sofrida da Patrícia. Em contrapartida, todos tinham orgulho do ser humano que ela sempre foi e muita alegria por ter sido parte da vida dela.
Claro que também teve gente sussurrando histórias sobre ela sempre ter sido amante de um cara que vive em Santa Helena, mas essa parte prefiro ignorar.
Estranho foi lamentar o fato do tal cara não ter aparecido. Eu lamentei. Achei que, ao menos no fim, ele se dignaria a mostrar a importância que Patrícia teve ou que estaria presente para

a Luana daqui para frente, mas ele não veio e isso é prova de que nunca virá.

    Antes de tudo acabar, Alma a beijou e sussurrou um agradecimento por sua amizade. Ninguém, além de mim, reparou nesse momento tão significativo. Naquele instante, pensei em Léo e em minha frustração insuperável em relação a sua partida. Eu seria grato por ter feito parte da vida dele por alguns anos. Lamentar a falta de alguém significa que você teve uma história com ele. Houve troca de sorrisos, conversas e abraços. Talvez você tenha uma tarde ensolarada ou uma confidência para sempre se lembrar e, por mais que isso doa, essa saudade é a prova de que você viveu, que essa pessoa existiu, que fez parte de sua vida e que te modificou de alguma maneira.

    Eu trocaria minha dor sem lembranças por uma tarde que fosse ouvindo a voz do Léo. Tenho absoluta certeza de que, mesmo se soubesse do fim, ninguém optaria por não ter conhecido a Patrícia. Se despedir dói, mas imaginar nunca ter cruzado seu destino com aquela pessoa parece errado e mais sem sentido do que a própria morte. Talvez tudo seja sobre isto: encontros, despedidas e o que você foi capaz de fazer e construir entre esses dois acontecimentos.

    Patrícia iluminou o meu caminho até a Alma por duas ocasiões, me fez rir tantas vezes e me irritou outras tantas. Sempre esteve presente na vida da prima e fazia questão de dizer que não importava a quantidade de tempo em que ficaram longe, Alma era uma Abreu e, por isso, sua família. Acho que família é a palavra que mais combina com a Paty, e é uma pena que a vida tenha dado tão pouco a ela.

Sete dias depois, enquanto alguns parentes de Patrícia se reuniam na capela da cidade, meu bar lotado abrigou um grupo incompleto ao redor de uma mesa cheia de risadas, conversa alta e inevitáveis lágrimas.

As quartas-feiras deixaram de ser conhecidas como a noite da banda ao vivo, ela virou a quarta-feira da irmandade. Uma noite na semana em que elas se reúnem para manter vivo o que nenhuma morte é capaz de levar: lembranças e amizade sincera.

Em uma dessas quartas-feiras, além do rotineiro encontro entre as meninas, era também o aniversário da Cláudia. Alma dividiu o presente em alguns pacotes diferentes. Tratava-se de algumas peças da casa de Samanta e um colar de pérolas.

– Você acha que ela se importaria? – Alma perguntou como quem pede permissão.

– Acho que não. Você não está se livrando de nada disso, está dando para uma amiga que aprecia e que sabe o valor de cada uma dessas coisas.

Ela assentiu e continuou a fazer os pacotes com alegria.

Entre tantos embrulhos, ela esqueceu justamente o colar em casa e insistiu para que eu o buscasse. Sua mãe, que veio para uma visita, chegou a se levantar para ir buscar o pacote, mas eu larguei tudo na mão da Vanessa – que felizmente está namorando firme com outro funcionário do bar, o que ajudou a minguar o ciúme de Alma – e corri até a nossa casa.

✳ ✳ ✳

Enquanto procuro o pacote entre a bagunça de papéis, laços e fita adesiva que Alma fez, a campainha toca. Vejo o presente embaixo das folhas que não foram utilizadas. Glorioso e pronto para dizer à Alma que ela não precisava ter vindo atrás de mim, desço as escadas ao seu encontro.

Viro a chave e, para minha surpresa, vejo um senhor de meia-idade, alto, magro e de semblante sério. Ele também parece surpreso.

– Posso ajudar? – digo confuso.

– Gostaria de falar com a senhora Samanta Abreu. Ela está? – diz com voz grave.

– Sinto muito, mas a senhora Samanta não mora mais aqui. O que o senhor queria com ela?

– Sabe para onde ela se mudou? – indaga, esticando os olhos para a escada, parecendo preocupado.

– Infelizmente ela faleceu.

A cor foge do rosto dele e, de repente, sei quem ele é.

– Sinto muito. – Minha frase padrão para más notícias. Nesses momentos, odeio ainda mais a incapacidade das palavras.

– Quando? – Sua voz sai entrecortada.

– Há alguns anos já. Venha, entre. Podemos conversar melhor.

O senhor hesita. Ele encara a porta aberta, cada degrau da escada, e olha para alguma coisa que só ele vê. Talvez seja todo o seu passado, todos os dias que o trouxeram até aqui, talvez seja o futuro, todos os momentos que somos incapazes de prever. Seja o que for, lhe parece assustador.

Ele finalmente atravessa a porta e a barreira que o impedia de dar aquele passo. Percebo que ele manca e sobe com certa dificuldade. Tenho vontade de oferecer ajuda, mas sua altivez me impede de fazê-lo. Não sei o motivo, mas sua presença é um pouco intimidadora.

Ofereço uma cadeira, ele se senta e observa cada detalhe da casa. Seus olhos param no prego vazio que segurava o prato de porcelana que Alma quebrou quando descobriu que Patrícia estava fatalmente doente. A primeira prova de que aquela casa não pertence mais à Samanta, a primeira marca de Alma naquelas paredes.

Na época, pedi um desses pratos para a Cláudia e coloquei no lugar do antigo. Sem nada dizer, Alma retirou o prato e esfregou o indicador no prego vazio, depois, desceu as escadas e devolveu o prato para sua amiga. Não questionamos ou retrucamos, nós entendemos. Nem tudo pode ser substituído e o prego vazio é a prova – e o lembrete – disso.

– O senhor quer beber alguma coisa? – digo, tentando romper o silêncio.

– Não, obrigado. Você mora aqui agora?

– Sim. Depois que me casei.

Ele olha novamente a casa e permanece em silêncio. Parece confuso. Estou certo de que ele tenta entender o que as coisas de sua mãe fazem ali, o que eu faço entre os objetos de sua infância e se o espaço de tempo que esteve longe seria realmente capaz de criar esta realidade que lhe parece absurda.

– Engraçado, mamãe se mudou para cá logo após ter ficado viúva. Totalmente o oposto.

Seu sorriso inexpressivo ao constatar tudo o que mudou me impacta de um jeito surpreendente. Penso em todas as respostas que ele nunca terá, pois não importa quantas perguntas ele faça, o quanto eu explique e o quanto ele encare aqueles objetos, não testemunhar os dias te faz perder o respirar do outro e nada substitui a convivência.

Contar não é viver e é por isso que minha cabeça tenta achar um jeito de dizer a ele como os olhos de sua mãe mudaram nos últimos tempos, como suas mãos ficaram trêmulas entre as minhas e como Samanta se esforçou para repetir até o fim que eu devia cuidar de Alma. Ele jamais entenderia o que eu sinto quanto fecho os olhos e penso em sua filha adormecida na rede com um livro abandonado aberto sobre seu colo. Ele não sabe que as mãos dela tremem como as de Samanta quando ela fica nervosa. E eu não sei como dizer tudo isso.

Enquanto eu imagino por onde devo começar, vejo o caderno em que Alma anotou os trechos preferidos das cartas de seu pai e onde deixa a última carta que encontrou, no dia do nosso casamento. Imagino que o destino já estivesse traçado, nos colocando exatamente aqui ou talvez, na falta de uma solução melhor, resolveu improvisar ajeitando tudo de última hora.

Jamais terei convicção suficiente para criar uma única teoria sobre como os dias caminham ou como caminhamos sobre eles, só sei que eu não tive dúvidas sobre o que eu tinha que fazer: eu entregaria, enfim, a última carta.

– O que é isso? – diz ligeiramente emocionado ao me ver lhe estender o envelope. Provavelmente reconheceu a letra de sua mãe tantas vezes vista em diversos envelopes destinados a ele no decorrer de sua vida.

– É para o senhor – respondo colocando a carta sobre a mesa.

Sem pressa, ele retira a carta do envelope já rasgado, desdobra as folhas com cuidado e começa a ler:

Filho meu.

Você deixou de me escrever. As cartas semanais passaram a ser mensais, anuais e, agora, lamentos de quando em vez que me chegam trazendo alívio. Sofro ao te ver tão desanimado, sem alegria ou esperança, mas meu coração se acalma ao menos por saber que você ainda existe em algum lugar do mundo. Pensei que você se cansaria e acabaria voltando para casa, mas você ficou ainda mais longe.

Entendo seu afastamento e quero acreditar que esteja refazendo a vida, ocupado demais para conversar com sua velha mãe, mas preciso lhe falar, não há como adiar.

Em um ato egoísta, preciso lhe confessar algumas coisas. Egoísta porque não posso partir carregando este peso. Talvez seja culpa, remorso por perceber que vivi me baseando em crenças que trouxeram incontáveis sofrimentos e enganos. Talvez seja o desespero do acerto de contas que se aproxima. Devia ser diferente, mas é no momento de morte que a gente resolve acertar a vida ou a vida resolve acertar a gente.

Acima de todas as minhas dúvidas sobre o percurso da vida ou os mistérios da morte, há uma coisa inquestionável: você tem o direito de saber. Eu lhe devo isso.

Quando a Vera partiu, eu sabia que ela ainda estava grávida. Era quase óbvio que ela havia dito que perdeu o bebê num impulso infantil e orgulhoso, e mesmo assim, fui até a mãe dela, que confirmou que ela permanecia grávida. Nós sabíamos. Eu sabia.

Menti para você e permaneci mentindo por todos esses anos por motivos diferentes, todos medíocres, covardes e tristes. Primeiro, eu quis te proteger. Quis que você tivesse uma vida maior do que ter que se casar porque se meteu em uma aventura. Quis que você tivesse uma mulher melhor do que ela, uma à altura do seu futuro, como se eu tivesse poder de traçar o seu destino ou medir a qualidade das pessoas.

Arrogante parece uma palavra dócil para a jovem senhora que fui. Vergonha também me parece leve para o que experencio enquanto escrevo, mas não importa como me sinto, nada pode mudar o que foi feito.

Depois, continuei a mentir porque acreditei ser tarde demais e talvez seja. Saiba que não quero o seu perdão, pois isso me absolveria e não mereço. Quero que você conheça a verdade. Não consigo morrer com isso engasgado.

Saiba que me arrependi, mas eu não sabia como procurá-las. A mãe de Vera não demorou a falecer e logo foi a vez de o seu pai partir, fiquei sozinha tentando tocar os negócios da fazenda.

Na época, quase perdemos tudo e eu acabei me mudando para a casa do antiquário, como você sabe.

Por muitos anos, não soube nada sobre a Vera ou o bebê, parecia que vocês jamais tinham existido e que toda essa história havia sido criada dentro da minha cabeça cansada.

Decidida a não deixar vocês morrerem com a minha memória, contratei um detetive. Apenas há alguns meses as encontrei. Sim, você é pai de uma garota. O detetive me mostrou uma foto e notei que se parece muito com você. Tenho vontade de me aproximar, mas creio que não seria bem-aceita. Deixemos como está, basta-me saber que, mesmo sem alguma ajuda, elas ficaram bem e Vera, que eu tinha tão em baixa conta, criou nossa menina muito bem, melhor do que eu ou a mãe dela seríamos capazes.

A garota estará amparada pelo meu testamento. Você também, obviamente. Contudo, se você me perguntar a única coisa que meu coração deseja, se é que eu tenho o direito de acalentar uma única prece, é que ela ande por essas ruas, que respire o ar da Serra, se sinta acolhida, quiçá amada, e que receba de volta tudo o que lhe tirei.

Apesar de saber que ela está bem, sinto que um pedaço dela ainda continua aqui e ninguém consegue seguir em frente incompleto.

Talvez vocês encontrem a redenção onde semeamos tantas lágrimas e angústias. Se isso acontecer, meu coração estará em paz, mesmo que minha alma não.

Recomece, querido. Sempre é tempo.

Sua mãe, que sempre o amou,

Samanta.

Ele terminou a leitura com os olhos brilhando e um disfarçado tremor nos lábios. Minha atenção estava totalmente focada nele e no que aconteceria quando enfim ele abaixasse as folhas que deveriam ter contado sobre Alma há tanto tempo e resolveram falar somente agora, comigo como testemunha.

O ar parecia estar parado, os ponteiros do relógio imóveis e todos os pássaros calados, esperando por um movimento dele. Eu estava tão apreensivo esperando por sua reação que não escutei a porta, passos na escada ou qualquer som de respiração. Só percebi que algo havia me escapado quando os olhos do senhor se estreitaram e, depois, se sobressaltaram de leve. Sem saber o porquê, meu coração dispara e, instintivamente, olho para trás. Lá está ela com a mão sobre os lábios e lágrimas nos olhos.

Não importa o que acontecerá daqui para frente, nada será igual. Ninguém será.

29

*O passado não reconhece o seu lugar:
está sempre presente...*

Mário Quintana, Intruso, in Poesia Completa.

Imaginar é fingir ter controle. Ao menos no momento de devaneio você é dono das ações, das falas e das reações. Quando criança, sonhava com meu pai batendo na porta, eu correndo para ele com o coração aos pulos e nós dois abraçados aproveitando o calor um do outro. Depois, passei a imaginar um reencontro no qual eu gritaria todas as culpas que eu julgava pertencer a ele. Eu o faria chorar arrependido e sentiria prazer nisso. Sonhei ver meus pais caminhando de mãos dadas, minha mãe com a cabeça apoiada em seu ombro e ouvir o som da risada deles. Imaginar um pouco é ganhar fôlego, alimentar a esperança é um jeito que a nossa cabeça arruma para suportar o fato de que certas coisas podem nunca acontecer. Supus inúmeras coisas sobre o meu pai, a maioria delas me ajudava a odiar aquele homem que me fazia tanta falta, mas poder tocar a realidade, nem que fosse de leve, ao ler aquelas cartas, me ajudou a desvencilhar sua imagem de tanto rancor.

Soube que o senhor sentado era o meu pai ao ver a carta da Samanta nas mãos dele. Cadu não entregaria aquela história a mais ninguém. Apesar de concluir a verdade assim que os vi, a emoção veio quando presenciei minha mãe levar a mão aos lábios na tentativa de abafar sua surpresa. Seus olhos marejaram e ela quase desfaleceu.

Após um copo d'água e algum silêncio, puxei Cadu pela mão e fui para o quarto. Minha mãe tentou me segurar ao seu lado e eu tentei ficar, mas ele parecia muito perdido, atordoado, doído. A minha presença parecia perturbá-lo e eu tive vontade de fugir antes que as paredes cedessem à tensão e ruíssem de vez.

Vou até o banheiro e jogo água fria no rosto, na nuca e nos braços. Tento aliviar a bebedeira e organizar os pensamentos. Sinto a mão firme de Cadu esfregar minhas costas e me lembro de tudo o que ele sentiu quando descobriu a existência do Léo. Levanto a cabeça, encaro o espelho e vejo seu semblante preocupado. Tento sorrir e ele me oferece a toalha.

– Você está bem? – pergunta enquanto me seco.

– Um pouco alta. Preciso voltar à água com gás. – Tento brincar.

Ele sorri.

– Quando é que a vida vai parar de girar, hein? – desabafo.

– Algum dia ela parou?

Cadu sempre abaixa a cabeça e entorta um canto dos lábios quando diz algo profundo de maneira despretensiosa.

– É pedir muito um pouco de mesmice? – Eu o abraço.

– Por que saiu da sala? – ele questiona beijando o topo da minha cabeça.

– Por que entregou a carta? – retruco.

– Porque não cabia a mim contar a ele.

– Exatamente. Estou aqui por um motivo semelhante. Ele não tem a menor ideia de quem eu sou. Acabou de ler que teve uma filha e de repente uma mulher aparece na frente dele. É coisa demais. Ele precisa conversar com a minha mãe, ouvir o que ela tem a dizer, ver as rugas dos olhos dela pra se dar conta de que o tempo passou.

– E o que você espera?

O que eu espero?, repito a pergunta mentalmente sem encontrar resposta.

Saio de seus braços e caminho até a porta. Abro uma pequena fresta e escuto o choro de minha mãe.

– Por favor, me perdoe – ela repete.

A verdade é que não importa o que eu espero ou os cenários e circunstâncias que fantasiei para este reencontro, a vida não leva em consideração o que esperamos. As coisas acontecem à revelia dos nossos desejos e agora eu não tenho como imaginar desfechos para esta história. Resta-me vivê-la como tiver que ser e aceitar o que vier. Afinal, é assim que tem sido. As coisas mudam, pessoas chegam e vão sem aviso prévio, os dias passam enquanto eu tento me equilibrar entre a sanidade, a calmaria, o amor e o desespero. Eu respiro fundo, analiso o cenário e listo as possíveis intervenções. Priorizo e, se não houver solução, decreto a derrota e tento conviver com ela. Essa parte é o fardo que eu não preciso explicar.

Caminho alguns passos e vejo meu pai de costas, de frente para a janela, e minha mãe com o rosto entre as mãos parecendo chorar. Ele se vira e eu recuo. Encosto na parede e tento controlar a respiração. Meu coração parece querer romper minha caixa torácica. Penso em Fabiana e não entendo o motivo de ela sempre atravessar meu pensamento quando fico nervosa. Resolvo retornar ao quarto, mas eles voltam a falar e minha curiosidade me mantém estática.

– O que foi que a gente fez? – ele desabafa.

– Fizemos um monte de besteiras. Algumas para ficarmos juntos, outras que acabaram nos separando. – Minha mãe sempre realista e direta.

– Mas tudo foi verdadeiro. – O tom de sua voz amansa.

– Sim. Foi mágoa e amor na mesma medida – diz, amarga.

– Ainda acha que foi um capricho?

– Sei que não foi, mas também sei que você não apareceu no nosso encontro. Você escolheu ficar enquanto eu partia.

– Encontro? Você fugiu, Vera. Disse que tinha perdido o bebê e no outro dia já não estava mais na cidade. Eu fui até a sua casa, tentei falar com a sua mãe, mas ela me disse que você não queria me ver nem coberto de ouro.

– Você sabia! Eu deixei um bilhete e as meninas te avisaram.

– Ninguém me avisou nada! – grita.

– Acredito em você. Tudo pode ter sido um mal-entendido ou até mesmo uma armação, combina com essa cidade cheia de gente que finge perfeição, mas acalenta mais dor e inveja do que se pode imaginar. Eu acredito se você diz que não recebeu o recado, pode até ter sido um ato de boa-fé das minhas amigas, talvez Samanta tenha convencido alguma das meninas de que o melhor era nos separar e que ela arranjaria um jeito de cuidar da gente, como adorava repetir.

– Ela se arrependeu.

– Eu sei, minhas amigas também. Agora entendo por que nenhuma delas conversou com a Alma, acho que se sentem culpadas ou responsáveis, mas, no final, não importa. Já aconteceu. Eu errei, você errou, mas passou, faz anos, acabou. Há pelo menos uma dezena de desfechos possíveis para nossa história, mas nós escolhemos esse. Não há volta – choraminga.

– Acha que foi por medo?

– Talvez. Mas o motivo não importa mais.

Vejo Cadu parado na porta e é como olhar para o futuro escutando ecos do passado. Estendo a mão e ele a recebe. Voltamos à sala e Cadu sussurra que fará um café. Arranho a garganta e tento encontrar as palavras. Meus pais me olham com ansiedade e eu tento espantar o nervosismo. Os dois me olham juntos pela primeira vez e isso eu não me lembrei de imaginar antes. É bonito, embora triste.

— Quando comecei o meu período de residência, a coisa que mais me angustiava era ter que informar à família uma má notícia. Até hoje, quando um paciente morre, quando descobrimos um tumor imenso durante uma cirurgia ou quando não conseguimos resolver o seu problema, a primeira coisa que penso é: droga, como eu digo isso para a família? — Suspiro. — Costumo ser péssima em situações emotivas...

Minha mãe enruga a testa parecendo não entender o que eu queria com aquele discurso e eu sinto minha testa gotejar. A questão é que nem eu sei direito.

— Sempre tive vontade de fugir na hora de falar sobre algo ruim, mas depois de alguns anos, aprendi que a única má notícia de fato é a morte, porque ela encerra todas as chances e, ainda assim, é recebida com alívio por algumas pessoas. Principalmente pelas que vinham sofrendo há algum tempo. Então o que eu tenho a dizer é: sei que não acabou bem, sei que há mágoa e frustração de sobra, que vocês tomaram decisões das quais se arrependem e que acarretaram inúmeras dores. Eu sei, acredite, sou parte disso. Mas o que importa é que vocês sobreviveram e passam bem. — Acabo rindo de leve do meu discurso meio tonto, meio médico, meio filha e muito sincero. — Estamos todos bem, apesar de tudo e é o que importa. Não é?

— Nunca pensou em me procurar?

É a primeira vez que ele se dirige a mim e eu me pergunto se teremos tempo para mais alguns momentos inéditos.

— Eu tinha certeza de que estava morto. Há um tempo, pensei em procurá-lo, mas o fato da carta da Samanta ter sido devolvida reforçou a ideia da sua morte. Faz uns bons anos que ninguém tem notícias do senhor e ninguém foi capaz de dizer seu paradeiro quando ela morreu. Eu até recebi a herança... Aliás, com seu retorno, precisaremos rever essa questão.

– Eu estava em um hospital. Fiquei em coma bastante tempo e minhas placas de identificação estavam com o nome que eu usava na Legião Estrangeira, e não o verdadeiro. Deve ter sido esse o motivo de não me encontrarem.

– Lamento – sussurro, constatando tudo o que as cartas não me contaram.

– Ninguém vai mexer em herança. Se for preciso, assino papéis e passo minha parte para você. Não preciso de dinheiro, você está começando a vida, use os bens para seu conforto e saúde.

– Eu e o Cadu temos nossos empregos e estamos bem, mas agradeço o cuidado – sussurro, extremamente emocionada.

Carlos Eduardo serve xícaras fumegantes e cheirosas. Todos olham para a mesa, que recebe o pote de açúcar e algumas bolachinhas amanteigadas como se aquilo fosse o remédio capaz de curar qualquer ferida. Talvez seja um placebo, mas não importa, desde que funcione.

Meu coração transborda ao ver a mão de Cadu esfregar o ombro de minha mãe e, depois, entregar uma das xícaras para o meu pai. Não há uma explicação lógica para o que acontece quando nos sentimos atraídos por alguém, além dos repetidamente citados hormônios. Contudo, particularmente, acredito que reconhecemos no outro aquilo que nos falta. Ele é bom em emoções, consolo e carinho. Ele sabe ser discreto, mostrar sem alarde que reconhece a importância do momento e apoia sem invadir. Cadu tem a nobreza que me falta e eu o amo desesperadamente por isso.

Conversamos pelo resto da madrugada. Meu pai contou sobre como os anos podem passar depressa enquanto você caminha pelo globo entre uma batalha e outra. Minha mãe falou pouco, mas conseguiu sorrir de vez em quando. Contei sobre as cartas e o vestido de noiva que Samanta me deixou e, neste instante, o silêncio foi como um sinal de luto, respeito e um pouco de afeto. Desconfio que todos tivemos o mesmo pensamento: ela conseguiu. Samanta nos colocou em volta da mesma mesa, respirando o mesmo ar cheirando a café da Serra, sem choro, rancor ou raiva. Há mais do que biscoitos sendo passados de mão em mão, há aceitação, resiliência e, quem sabe, até perdão.

Meu coração está tranquilo, embora repleto de dúvidas e certo lamento, mas não adianta brigar. Confesso que pensei em questionar, cobrar e desabafar todos os anos em que eu me debrucei na janela e me perdi em devaneios repletos de cenas paternais, mas olhar os dedos de Cadu entrelaçados aos meus sobre meu colo, me faz pensar na parte da vida que ainda temos. A história dos meus pais me trouxe até aqui, mas é na história do Cadu que eu quero estar.

Eu quero ser lembrada com ele, ter seu rosto refletido nos meus olhos e ter o meu sorriso no beijo dele. Quero que as pessoas me perguntem sobre ele quando cruzarem comigo pela calçada e quero que me mandem lembranças quando conversarem com ele no bar. Quero que nossos passarinhos cumpram seu destino e voem um para o outro no final de cada dia. Essa é a minha história, minha vez de tentar. Não há resposta para tudo o que nos angustia e acho que, pela primeira vez, estou bem com isso.

✴ ✴ ✴

Adoraria dizer que meus pais se acertaram, que Roberto fixou residência em Santa Cecília e que minha mãe, enfim, conseguiu viver o grande amor da sua vida. Não foi assim. Quando há distância demais entre duas pessoas o que sobra é a lembrança do que elas foram e muita estranheza com o que se tornaram. É indiscutível que eles ainda se amam e, ouso dizer que sempre se amarão. O problema é o restante que mudou terrivelmente.

Meu pai carrega muitas marcas dentro de si, tantas que somente tendo o gene dele para ser capaz de compreender. Eu o entendo e o aprecio. Não como filha, porque eu não consigo vê-lo assim, por mais que eu tente. Contudo, eu o olho e enxergo nossas semelhanças, nossas falhas e penas. Eu me compadeço por seu silêncio, por tudo o que ele jamais conseguirá dizer e que, por isso, pesa sobre seu peito.

Minha mãe perdeu a inocência, as ilusões e, com isso, parte de sua doçura. Hoje, se alguém me perguntar qual é o maior desafio da vida, eu não diria que é vencer, como responderia no passado. Eu diria que é não amargar. Não é difícil seguir em frente, praticamente não temos escolha, o desafio é seguir confiante, leve e amável. O complicado é manter o sorriso fácil, acalentar o outro e manter acesa a pequena luz da esperança.

A princípio, meu pai ficou instalado na antiga casa de Cadu e recebia com curiosidade e interesse todas as mudanças da Serra. A parte que ele não conseguiu apreciar foi cruzar com as pessoas de seu passado, inclusive a geração anterior da irmandade. Era notória a mudança de seu humor que oscilava entre rancor, tristeza e nostalgia.

Após dois meses do nosso primeiro encontro, Roberto resolveu voltar a viajar, mas dessa vez deixou o seu contato e prometeu ligar assim que estivesse instalado. Ele voltou à França, mas duvido que passe muito tempo por lá. Meu pai se tornou um andarilho solitário, em seu caminho cabem muitos pensamentos, arrependimentos sem fim, cigarros, reflexão e mais ninguém. Não há espaço para vozes, além daquelas que povoam sua cabeça.

Talvez um dia ele entenda como foi que a vida aconteceu e pare tanto de pensar no desencadear de cada ação. Não vale a pena gastar tanto de si supondo como seria o destino caso você não tivesse partido ou tivesse ficado por mais alguns anos ou segundos. Não adianta considerar realidades paralelas nas quais suas versões melhoradas vivem plenamente toda sua sabedoria.

Imaginar por tempo demais é se perder, e é um desperdício se embrenhar nessa rede de ilusões.

Minha mãe voltou para sua vida, sua rotina, e parece bem. Ela também aprendeu a conviver com sua parte escura e sei que ela não se afundou como ele porque ela precisava se manter firme por mim. Sua nova distração é a Luana, que foi aceita em uma importante academia de dança e por isso estudará na capital. Minha mãe já preparou um quarto para ela em seu apartamento.

Sempre penso em Patrícia, sempre... Temos nos empenhado para fazer de Luana uma garota feliz. Cuidamos de seu futuro, acarinhando seu presente e mantendo vivo o seu passado repleto do amor de sua mãe.

Claudinha teve mais uma menina e deu o nome de Patrícia a ela. A vida se renova, e hoje damos nosso afeto ao novo membro da família que sempre nos fará lembrar de quem veio antes dela e também chorou e sorriu por essa Serra.

E nesse ir e vir do destino, arrumei um espaço para arquivar as coisas sem solução. Elas jamais sairão de mim, mas são menos importantes agora. O Fernando seguiu a vida, eu o encontrei quando fui buscar os documentos que faltavam para a emissão do meu diploma. Ele não pediu perdão, mas me olhou sem ódio.

– Fabiana estava sem cinto porque não alcançava a bolsa e o celular não parava de tocar. Ela tirou para conseguir alcançar a bolsa e atender o celular. Mamãe devia estar preocupada porque ela viajou de madrugada. Ela só estava sendo uma boa filha – ele disse como se tentasse arrumar uma nova justificativa.

– Lamento tudo o que aconteceu, Fernando.

– Um segundo e tudo seria diferente. Inclusive com a gente – desabafou.

Será?, penso. Acho que nada impediria o destino de trazer o Cadu pra minha vida. A ideia de que ele foi feito para mim e que arrumaria um jeito de me encontrar é o pensamento mais bonito que carrego.

– Ninguém teve culpa, Nando. Infelizmente, coisas ruins acontecem com boas pessoas. Não há um escudo para nos proteger.

Ele chorou. Abracei-o, desejei uma boa vida e fui embora com a certeza de que Fernando retirou a culpa dos meus ombros e agora a deposita no celular que tocou, na bolsa que estava fora de alcance ou no outro motorista, porque no fundo ele se sente culpado e não quer admitir. Uma pena ver tanto sofrimento, mas cada pessoa lida como sabe com a dor e algumas pessoas se destroem soterradas em pesar.

Hoje, depois de todas as reviravoltas que vivi, procuro priorizar as graças e os pequenos presentes, como não morrer antes de ver meus pais caminhando amigavelmente pela mesma calçada. Tenho poucas lembranças em que eles aparecem juntos, raros momentos em que eles se olham ou conversam, mas guardo todas essas cenas com profunda gratidão. Cada flash dos poucos dias em que a Serra de Santa Cecília voltou a abrigar Roberto Cunha e Vera Abreu está fincado dentro de mim de forma eterna.

Porém, meu momento favorito, na imagem que me desestabiliza e emociona a cada vez que me recordo, eles não estão juntos, mas repetem os mesmos gestos. Antes de dizerem adeus um para o outro, vi pela minha janela que cada um olhou o céu, esfregou a mão no tronco da árvore da esquina, suspirou e saiu de cabeça baixa. Depois, descobri suas iniciais marcadas na madeira, duas letras quase apagadas como prova de que todo relacionamento que termina em lágrimas, decepção e dor, um dia começou bonito.

A última vez que eles se viram foi quando minha mãe decidiu voltar à capital de São Paulo. Nós a levamos até a rodoviária, eles apertaram as mãos e desejaram boa sorte um para o outro enquanto seus olhos imploravam por um abraço que não aconteceu. Eles terminaram o frio cumprimento, tentaram sorrir e seguiram rumos opostos. Enquanto meu pai caminhava pela calçada fugindo para não vê-la partir e minha mãe subia os degraus do ônibus disfarçando a dor, lastimei uma vez mais o fato de que para construir uma história de amor é preciso mais do que amar. Muito mais.

30

Alguns anos depois.

Havia um tempo em que o céu
mirava-se nos meus olhos
e não meus olhos no azul do céu

Mário Quintana, A Fase Azul, in Poesia Completa.

Correr pela manhã continua a ser um dos meus passatempos prediletos. Às vezes, Alma me acompanha, mas ela sempre diminui o ritmo, faz careta, senta no primeiro banco que aparece ou para do nada e muda o caminho para comprar picolé. Quando saímos juntos para correr, vou com espírito de dar um passeio e aproveitar o momento com ela porque sei que, em termos de exercício, não servirá para muita coisa.

Além do benefício físico, correr ou andar de bicicleta me faz esvaziar a cabeça, aliviar o estresse e ter boas ideias. A última foi vender a minha antiga casa e comprar uma maior. Confesso que me senti triste ao olhar pela última vez, da minha janela verde, a janela azul de Alma, mas deixar um lugar para trás não é deixar o que ele significou em nossa vida. Sempre me lembrarei da silhueta de Alma iluminada pela luz do poste, do jeito que ela debruçava na janela e me oferecia seu sorriso pela manhã e em como eu me senti quando testemunhei as venezianas fechadas quando ela foi embora.

    Penso nas caixas de livros que separei para guardar na estante da casa que morávamos e ainda não levei. A antiga casa de Samanta permanece intacta, salvo os muitos livros que guardo lá. Aquele cantinho que Samanta nos deixou continua a ser nosso refúgio e uma de nossas partes preferidas da Serra. É para lá que vamos quando saímos muito tarde do bar e é lá que permanece o lugar em que aprendemos a nos conhecer, a dividir e a nos amar. As janelas e as portas continuam azuis e totalmente abertas, espero que continuem assim por muito tempo.

    Olho para o relógio e aperto o passo. Alma sempre reclama quando me demoro além do esperado. Corto caminho por uma fazenda particular e logo a vejo sentada no degrau da varanda. As barras de sua calça estão dobradas, seus pés estão descalços e sua figura desenhada entre a casa que escolhemos e o ipê amarelo é mais bonita e perfeita do que qualquer coisa que eu pudesse ter sonhado.

    Aproximo-me, mas ela não nota. Está absorta em sua leitura.

    – O que aconteceu? – pergunto ao ver Alma de olhos arregalados para o jornal.

    – Ela tinha razão!

    – Ela quem?

    – Elisa – sussurra como criança contando um segredo.

    – Mesmo? – digo surpreso.

    Eu sabia sobre o que ela estava se referindo, todos sabem. O mundo inteiro conhece a vida da minha ex-namorada. Anos depois, ainda assistimos a toda a glória, o amor, as dificuldades e o drama que envolve a vida do casal que parece ser o queridinho do mundo. Testemunho com distanciamento, não é mais um assunto pessoal para mim.

– Ainda bem, não é? – digo sem pensar demais.

– Caramba! Esses dois são o próprio cinema em vida. Nunca vi igual. Você não acha? – indaga sem tirar os olhos do jornal.

– O que quer dizer?

– Nada além do que eu disse. Fale a verdade: Paul e Elisa não são como esses casais emblemáticos da sétima arte?

– E nós não somos? – pergunto, tirando o jornal de suas mãos e me sentando ao lado dela. Ela levanta a sobrancelha e sorri maliciosamente.

– Eles moram em uma mansão em Santa Monica – debocha.

– Olha essa vista – digo apontando para o sol atrás das montanhas que parecem morar no quintal de nossa nova casa.

– Eles são celebridades. – Alma adora me desafiar.

– Você é a melhor cirurgiã da região e meu bar é bem famoso, saiu até na revista de turismo, e Serra de Santa Cecília nem é conhecida como uma cidade turística. Fora meus artigos científicos que eu não vou exibir porque é desnecessário.

Ela gargalha e o mundo parece mais feliz.

– Eles se perderam algumas vezes, mas não param de se reencontrar – insiste.

– Eu te acho toda vez que se perde. – Beijo-a.

– As pessoas dizem que não há nada como Paul e Elisa. Será? – parece pensar alto.

– E é verdade, mas também não há nada como eu e você – confesso.

Enquanto Alma se rende, coloca seu corpo sobre o meu e me lança olhares de afeto, penso em Elisa e, mentalmente, agradeço que ela esteja bem e agradeço também por cada dia que divido com ela. Sem aquela fase da minha vida, jamais entenderia o quão especial é o meu casamento.

Talvez, para as revistas, livros e filmes, a história de uma jovem escritora brasileira e um galã inglês que vira um astro aclamado de Hollywood pareça mais encantadora do que a de um professor de Literatura de beleza mediana e de uma médica com problemas com comprimidos, vivendo no interior de São Paulo. Porém, não me importo. A minha história não precisa ilustrar nenhum folhetim, basta que ela exista na grama desse jardim, nos lençóis daquela cama e nas nossas retinas quando se olham.

O amor que sinto por Alma é silencioso, o máximo de barulho que faz é um canto de passarinho. Nossa vida não ofusca, é um pequeno raio de sol atravessando as folhas de uma árvore. Nossos passos estão firmes pelas ruas de paralelepípedos da Serra e sobre a sombra do nosso passado. Nossos sonhos dividem espaço com nossos pesadelos e, no comum do mundo, somos divinos.

Não importa se nossa vida não passaria nos cinemas, ela passa pelos olhos dos nossos amigos, nas risadas e inevitáveis lágrimas das quartas-feiras e nas vozes saudosas de nossas mães ao telefone em todo fim de tarde.

A vida que nós construímos é repleta de contas a pagar, de cirurgias que não dão certo, de telefonemas da Cristina, de saudades da Patrícia e de preocupação com o pai de Alma. É abarrotada de estudantes bêbados, de esporádicas brigas no bar e de jovens que chegam e vão embora renovando o ar da cidade e de uma esperança que não consigo identificar. Talvez seja uma fé insistente nos dias que virão.

Nós aprendemos a superar alguns problemas e também a empurrar para debaixo do tapete alguns outros. Alma ainda quer ser infalível na medicina, mas sua humanidade sempre a boicota, trazendo recaídas. Eu ainda quero ser o cara bem-resolvido, equilibrado, mas de repente a revolta me acerta e eu brigo com o mundo por não entender como é que a banda do Universo toca. A diferença é que, no final de cada dia, nós voltamos para casa, e não há nada como ter ao seu lado a pessoa que transforma tudo em lar. Nós realmente moramos um no outro. Essa é a minha definição para a palavra paz e eu a vivo, a tenho e não abro mão.

Empurro o jornal para o lado e vejo a foto de Elisa sorrindo. Eu já quis uma vida perfeita, já quis a garota de cabelos esvoaçantes e ter uma posição de destaque no mundo. Hoje, eu quero os problemas que divido com ela, sua nuca à mostra e o sossego do seu colo. Eu quero o caminho da nossa cama, os gemidos dela no meu ouvido e cada arrepio que ela provoca no meu corpo. Eu quero o céu estrelado que Alma chama de nosso e tudo o que acontece sob ele. Tudo, sem exceção. Tudo com ela, como almejei no princípio.

O passado me fez querer muitas coisas, mas foi o futuro que trouxe a única que eu realmente precisava para ser feliz: ela. E eu não me importo se somente nós soubermos disso. Basta que sejamos nós.

Aceito cada pedaço da minha vida. Não consigo imaginar nenhum outro caminho porque foi esse que me levou até ela. Cada passo me levou ao encontro do que eu nem sabia que existia e merecia.

Enquanto ela tira a minha camiseta suada, morde os lábios e deita sobre o piso frio, tudo faz sentido. Aceito cada curva, cada percalço e atalho malsucedido que percorri, porque agora eu sei que o destino da minha estrada era ela. Quando respiro e é o cheiro dela que sinto, sei que estou no lugar certo. Não preciso de mais nada, já tive a sorte de ter achado a minha garota mesmo quando desisti de procurá-la.

– Você tem alguma dúvida de que o nosso amor é o mais bonito do mundo? – digo, com minha cabeça enterrada em seu pescoço.

– Não – murmura.

– Isso basta.

Ela me basta. Vivê-la me basta, porque o amor só passou a existir quando o encontrei em minha Alma.

31
Epílogo

*Mas tua imagem, nosso amor, é agora
menos dos olhos, mais do coração.
Nossa saudade te sorri: não chora...*

Mário Quintana, *Parece um sonho, in* Poesia Completa.

Papai,

Não é estranho repetirmos o ritual que você fazia com a vovó? Nós poderíamos trocar e-mails ou mensagens pelo celular se o senhor aceitasse a tecnologia e não tivesse essa vida nômade que só lhe permite ter uma caixa postal.

De qualquer maneira, às vezes, acho que ela planejou tudo isso, que somos marionetes dos desejos da velha Samanta Cunha e quando penso nisso, quase tenho raiva. Não consigo manter o sentimento de discórdia porque estou bem neste futuro e se foi ela que o planejou, por mim tudo bem.

Confesso que minha cabeça ainda não é a das mais certas, o senhor entende, provavelmente o parafuso que me falta é herança genética oferecida pelo seu DNA, pois mamãe nunca esteve tão bem. Antes que se assuste, seu bom estado não está relacionado ao campo amoroso, ela apenas foi promovida, mudou de apartamento e está feliz morando com a Luana. Certa vez, lhe perguntei se não tinha vontade de refazer a vida e encontrar alguém, ela respondeu que só se ama uma vez na vida. Não sei se concordo, mas quando olho para Cadu, penso que sim. O que senti pelos homens que vieram antes dele parecia amor, mas o sentimento sempre vinha acompanhado de uma explicação e, honestamente, eu e o senhor sabemos que o amor é, antes de tudo, nada lógico ou explicativo.

Sabe, pai, por falar no Cadu, ando tentando engravidar. Nunca pensei na maternidade, mas ultimamente olho para ele e minha cabeça se inunda com a ideia de ter um bebê nosso. Queria muito ter um filho com ele. Sei que a ausência de história com o Léo é insubstituível, mas acho que preencheria ao menos uma parte desse vazio que existe em seu coração. Às vezes, o vejo encarando sua cicatriz no espelho e me sinto inútil por ainda não ter engravidado. Talvez eu tenha esperado demais, mas eu não me sentia pronta. Pra dizer a verdade ainda não me sinto, mas eu aprendi que a gente não precisa se preparar para a vida, os acontecimentos dão um jeito de fazer a gente se acostumar. Não é verdade?

Não sei o motivo de eu ter falado tudo isso, pois resolvi escrever para saber como o senhor está. Na última carta disse que tinha passado alguns dias na cama por conta de um resfriado e isso é preocupante na sua idade. Está melhor? Talvez pudesse usufruir do fato de ter uma filha médica e vir fazer alguns exames. Sei que dinheiro não lhe falta, mas tem coisa que a gente não faz por nós mesmos, é preciso alguém que se importe para nos fazer valorizar a própria vida, e eu me importo. Outra lição recente.

Enquanto escrevia esta carta, a minha casa ganhou cheiro de macarronada – integral e com molho orgânico porque meu marido é um alucinado por vida saudável – e eu me lembrei de uma carta em que o senhor dizia que estava se esquecendo do cheiro da cozinha de sua mãe. Pai, neste momento em que eu quero ser capaz de ter um filho, preciso lhe dizer que o senhor pode não ter me ensinado a andar de bicicleta, ter colocado algum namorado pra correr ou ter me ajudado com o dever, mas você, em suas cartas, me ensinou a deixar de fugir. Não para enfrentar, não para ser durona ou provar alguma coisa sabe lá pra quem, mas para não ter saudade.

Eu não quero me esquecer do cheiro da cozinha de casa, da textura das mãos de minha mãe ou da cor dos seus olhos. Eu não quero me esquecer da risada das minhas amigas, da voz dos meus pacientes quando acordam após a cirurgia e do gosto da boca do meu grande amor. Eu parei de fugir, pai. Queria muito que o senhor também parasse. Não vou dizer que é fácil porque há dias que eu tremo inteira de medo, mas todas as vezes que eu respiro fundo e fico, ganho mais um dia ao lado deles e a vida me parece melhor assim.

Quando cheguei à Serra, o Cadu me disse que era hora de fazer as pazes. Acho que fiz. Não com o senhor, com a Samanta ou qualquer outra pessoa, pois a verdade é que nunca acalentei ressentimentos, eu vivia os dias ignorando o meu passado. Esse reencontro com a história da nossa família e a minha volta para a cidade que foi o berço de todas as nossas gerações foi o caminho que o destino – ou a Samanta – traçou para que eu fizesse as pazes comigo mesma.

Digo isso para que o senhor saiba que se não foi possível resolver toda a nossa história, eu lamento muito por isso, mas ao menos encerramos aqui essas dores e mal-entendidos. Eu estou bem, pai. De verdade. E tanto faz se foi um Deus ou a velha bruxa (brincadeira, ela está mais para fada-madrinha!) que armou toda essa reviravolta. Deu certo e acho que esse é o primeiro bom desfecho para uma Abreu.

Não demore a me responder, estou realmente preocupada com sua saúde.

Lembranças da sua que virou a minha Serra.

Com carinho,

Alma.

Este livro foi impresso na
LIS GRÁFICA E EDITORA LTDA.
para a Editora Rocco Ltda.